훌륭한 군인

The Good Soldier

Ford Madox Ford

훌륭한 군인

포드 매덕스 포드 지음 | 손영미 옮김

문예출판사

| 차 례 |

훌륭한 군인: 열정의 기록

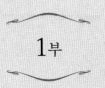

1부

1장

이렇게 슬픈 이야기는 들어본 적이 없다. 우리는 나우하임[1]에서 애쉬버넘 부부와 9년이나 절친하게 지내왔다―아니, 절친하다기보다 좋은 장갑이 손에 딱 맞듯이 그렇게 느슨하고 편하면서도 가깝게 지내왔다고나 할까. 아내와 나는 애쉬버넘 부부와 더할 수 없이 가까운 사이였지만 어떤 면에서는 그들에 대해 아무것도 모르고 있었다. 이는 영국인들의 경우에만 가능한 일인데, 오늘날까지도 이 슬픈 사건에 대해 곰곰이 생각해볼수록 나는 그 나라 사람들에 대해 아는 것이 전혀 없다는 느낌이 든다. 나는 6개월 전 처음 영국에 왔고, 영국인들의 본심은 전혀 알 길이 없다. 내가 알던 사람들은 그렇게 복잡하지 않다.

우리 부부는 물론 영국인들을 많이 알고 있었다. 부득이 유럽에 거주하는 부유한 미국인들이니, 즉 미국인이 아닌 셈이었으니, 친

---

1 나우하임(Nauheim) : 독일 프랑크푸르트 암 마인에서 약 38킬로미터 떨어진 곳에 위치한 온천 도시. 신경 계통 질병이나 심장병에 특효가 있다는 염천수로 유명함.

절한 영국인들과 자주 만날 수밖에 없었던 것이다. 우리는 당시 파리에 살고 있었다. 아내와 나는 겨울이면 니스[2]와 보르디게라[3] 사이를 오가며 지내고, 7월부터 9월까지는 나우하임에서 지내곤 했다. 이렇게 말하면 여러분은 우리 둘 중 하나가 심장에 문제가 있었고, 아내가 죽었다고 했으니 그쪽이 환자라고 생각하시리라.

애쉬버넘 대령도 심장에 문제가 있었다. 그런데 대령은 1년에 한 달만 나우하임에 있어도 열한 달을 너끈히 지냈는데, 가엾은 아내는 두 달 넘게 거기 있어도 그다음 여름까지 간신히 버티는 정도였다. 대령은 젊은 시절 폴로나 다른 격렬한 운동을 너무 많이 해서 심장에 문제가 생긴 것 같았다. 가엾은 플로렌스의 심장병은 우리가 처음 유럽에 올 때 바다에 폭풍이 몰아치는 바람에 생긴 것 같았다. 당시 그녀를 진료한 의사의 지시로 우리는 유럽에 갇혀 지내야만 했다. 의사는 해협[4]만 건너가도 가엾은 아내가 죽을 수 있다고 했다.

우리가 처음 만났을 때 애쉬버넘 대령은 서른세 살이었는데, 인도에서 근무하다 병가를 내고 돌아와 있는 참이었다. 대령의 부인 레오노라는 서른한 살이었다. 나는 서른여섯, 가엾은 플로렌스는 서른 살이었다. 그러니 살아 있다면 지금 플로렌스는 서른아홉, 대령은 마흔 둘이다. 우리는 모두 조용한 편이었고, 대령 부부는 특히 영국인들이 말하는 '말수 적고 점잖은 사람들'이었으니, 두 부

---

2 니스(Nice) : 프랑스 남해안에 위치한 휴양 도시.
3 보르디게라(Bordighera) : 영국인 관광객들에게 특히 인기 있던 이탈리아 북부 해안의 휴양 도시. 아름다운 해변과 독특한 식생(植生)으로 유명함.
4 해협 : 프랑스와 영국 사이에 있는 도버(Dover) 해협을 가리킴.

부는 젊은이와 중년 간의 우정을 나눈 셈이었다.

여러분도 짐작하셨겠지만, 대령은 찰스 1세를 단두대로 모시고 간 애쉬버넘 경[5]의 후손이었고, 그런 계층의 영국인들이 늘 그렇듯 아무도 그 사실을 눈치채지 못하게 처신했다. 애쉬버넘 부인은 포위스 집안 출신이고, 플로렌스는 코네티컷 스탬퍼드의 헐버드 가문 사람이었다. 거기서 그 집안은 영국 크랜퍼드[6] 주민들보다 더 전통적으로 살았다. 나는 펜실베이니아 주 필라델피아의 다우얼 집안 사람인데, 거기에는 정말 영국의 여러 군(郡)을 합한 것보다 더 많은 영국 집안들이 대를 이어 살고 있었다. 실제로 나는 한때 체스넛과 월넛 가[7] 몇 구역에 걸쳐 있던 내 농장의 등기 문서를 늘 지니고 다니는데, 그러면 세계 어디를 가든 우리 동네에 있는 느낌이다. 이 문서는 서리 주 파넘 출신으로 윌리엄 펜[8]과 함께 미국으로 건너온 조상이 한 인디언 추장에게서 받은 선물이었다. 플로렌스의 집안은 코네티컷 사람들이 흔히 그렇듯 애쉬버넘의 영지가 있는 포딩브리지[9] 인근 출신이다. 지금 나는 바로 거기서 이 글을

---

5 애쉬버넘 경(Sir John Ashburnham) : 애쉬버넘(1603~1671)은 찰스 1세의 신하로, 청교도혁명(1642~1651) 당시 왕당파의 재정을 관리했음.

6 크랜퍼드 : 영국의 소설가 엘리자베스 개스켈(Elizabeth Gaskell, 1810~1865)의 소설 《크랜퍼드 Cranford》에 나오는 허구의 마을. 《크랜퍼드》는 영국의 시골 생활을 잘 묘사한 작품으로 유명함.

7 체스트넛과 월넛 가(Chestnut and Walnut Streets) : 미국 필라델피아의 부유한 주거 지역.

8 윌리엄 펜(William Penn, 1644~1718) : 필라델피아를 세운 영국 퀘이커교도로 런던의 타워힐 출신. 서리(Surrey) 주의 파넘(Farnham)과는 무관한 인물.

9 포딩브리지(Fordingbridge) : 에이번(Avon) 강가에 위치한 작은 타운. 뉴포리스트(New Forest) 서쪽 끝에 있음.

쓰고 있다.

여러분은 내가 이 글을 쓰는 이유가 궁금하시리라. 그런데 그 이유가 한두 개가 아니다. 어떤 도시가 약탈당하거나 한 민족이 흩어지는 것을 목도한 사람은 그 장면들을 잊기 위해서라도 미지의 후손이나 아주 먼 미래 사람들에게 자기가 본 것을 얘기하고 싶어 한다.

쥐 한 마리가 암에 걸려 죽는 것이 어찌 보면 로마가 고트족에 함락된 것[10]만큼이나 심각한 일이라고 말한 사람도 있다. 나로서는 우리 네 사람의 우정이 무너진 것 역시 그처럼 상상할 수 없는 일이었다. 여러분이 어느 날 오후 홈부르크[11]의 한 클럽 하우스 앞에 놓인 작은 탁자에 둘러앉아 차를 마시며 미니 골프를 구경하는 우리 네 사람을 보았다면, 인간사가 흔히 그렇듯, 그야말로 든든한 성채라고 생각했을 것이다. 우리는 이를테면 푸른 바다를 떠가는 커다란 흰 돛단배, 인간 정신이 상상할 수 있는 가장 아름답고 안전한 것들 중에서도 가장 멋지고 안전해 보이는 존재였다. 그토록 공고한 안식처를 대체 어디서 찾을 수 있단 말인가?

영속성? 안정성? 그 우정이 사라졌다는 것이 믿어지지 않는다. 막 미뉴에트를 추기 시작한 그 길고 평온한 삶이 9년하고 6주의 마지막 나흘 동안에 와장창 사라졌다는 것이 너무 황당하다. 우리

---

10 로마가 고트족에 함락된 것 : 서기 410년 8월 서고트족의 왕 알라리크(Alaric, 370~410)가 로마를 약탈한 사건으로, 고트족의 로마 함락은 로마 제국의 멸망을 상징.

11 홈부르크(Homburg) : 프랑크푸르트 암 마인에서 약 19킬로미터 떨어진 곳에 위치한 온천 도시.

의 우정은 정말 미뉴에트 같았다. 언제 어떤 상황이든 우리는 어디로 가고 어디에 앉을지 알고 있었고, 넷이 동시에 같은 탁자를 향해 걸어갔다. 아무런 신호 없이도 넷이 동시에 온천장 악단의 음악에 맞추어 자리에서 일어나 온화한 햇살 속으로, 그리고 혹시 비가 오는 날에는 적당한 안식처로 걸어갔던 것이다. 그렇다, 그런 우정은 사라질 수 없다. 마음의 미뉴에트는 죽일 수 없는 것이다. 헤센[12]의 여러 온천 도시에서 울리던 우리의 미뉴에트가 그렇듯이 누군가 악보를 덮거나, 하프시코드를 닫거나, 쥐들이 서랍장에 든 하얀 리본을 갉아먹거나, 폭도들이 베르사유[13]를 쳐들어가거나 트리아농을 짓밟아도 미뉴에트―미뉴에트 자체는 저 우주 끝에 있는 별까지 이어질 것이다. 아름다운 옛 춤, 아름다운 우정이 영원히 지속되는 천국이 어딘가에 있지 않을까? 쑥 먼지 속에 떨어져 약하고 불안정하지만 영원히 이어지는 희미한 악기 소리가 울리는 극락이 어딘가에 있지 않을까?

아니, 절대 그렇지 않을 것이다! 우리를 둘러싼 것은 미뉴에트 선율이 아니라, 넷이 마차를 타고 타우누스 숲[14]의 그늘진 길을 달릴 때 그 비명이 마차 바퀴 소리보다 크게 울리지 않도록 단단히 묶어놓은 미치광이들로 가득 찬 감옥이었다.

하지만 거룩한 하느님의 이름을 걸고 맹세하건대, 그 우정은 진

---

12 헤센(Hesse) : 독일 헤센 주.

13 베르사유(Versailles) : 파리에서 서쪽으로 약 19킬로미터 떨어진 곳에 위치한 프랑스 왕의 궁전. 프티트리아농(Petit Trianon)은 루이 16세(1754~1793)의 왕비 마리 앙투아네트(1755~1793)가 즐겨 머물던 별궁.

14 타우누스 숲(Taunus Wald) : 비스바덴(Wiesbaden)에서 홈부르크 사이에 걸쳐 있는 타우누스 산맥의 숲.

실했다. 그 햇살, 그 음악, 분수대의 돌고래 입에서 뿜어 나오는 물소리, 그 모두가 진짜였다. 내가 볼 때 우리 넷이 안목이 같고 원하는 것이 같으며 연기가 아니라 진짜로 동시에 같은 탁자에 앉았다면, 그 우정은 진실하지 않았을까? 내가 9년 6개월에서 나흘 빠지는 기간 동안 고갱이는 썩었지만 겉으로 볼 때 아주 좋은 사과를 갖고 있었다면, 9년 동안 좋은 사과를 갖고 있었다고 말할 수 있지 않을까? 에드워드 애쉬버넘, 그의 부인 레오노라, 그리고 가엾은 플로렌스도 마찬가지일 것이다. 생각해보면, 우리의 사각형 집에서 최소한 기둥 두 개가 썩어 보이는데도 내가 위험하다는 생각을 한 번도 못했다는 것이 이상하지 않은가? 실제로 넷 중 두 명이 죽었는데도 그런 생각이 안 드니, 나도 잘 모르겠다.

나는 인간의 마음에 대해 아무것도, 정말 아무것도 아는 것이 없다. 내가 외롭다는 것, 끔찍하게 외롭다는 것을 알 뿐이다. 이제 나는 어떤 응접실에서도 다른 사람과 친밀하게 교유할 수 없을 테고, 어떤 끽연실에서도 흐릿한 연기 속을 오가는 불가해한 가짜들 말고는 아무도 만나지 못할 것이다. 그런데 평생 응접실이나 끽연실 말고는 아무 데도 안 가본 내가 그런 곳을 모른다면 나는 무엇을 알 수 있을까? 포근한 응접실! 플로렌스가 거기 있었다. 그녀가 고질적인 심장병에 걸린 그 폭풍우 이후로 12년 동안, 내가 아래층에 내려와 라운지나 끽연실에서 사람들과 얘기를 나누거나 자리에 들기 전 시가 한 모금 더 피우는 동안 아내는 침실에서 안전하게 쉬고 있었다. 그 시간 이외에는 단 1분도 내 시야에서 벗어난 적이 없다. 아내를 탓할 생각은 없다. 그렇지만 그녀는 어떻게 그런 것을 알았을까? 어떻게 알게 되었을까? 어찌 그토록 철저히 알고 있었을까? 그럴 시간이 전혀 없었을 텐데. 내가 목욕을 하거나, 스웨덴 체조를 하거나, 손톱을 손질할 때 그런 거겠지. 그녀를 늘 정성껏 돌보려면 나 자신의 건강도 챙겨야 했기 때문이다. 아마 그런 때 그랬을 것이다! 하지만 그래도 두 사람이 죽은 뒤 레오노라가 전해준, 통속적인 지혜로 가득한 아주 긴 대화를 나눌 시간은 없었을 텐데. 나우하임과 그 인근에서 의사가 시킨 대로 나와 산책을 하면서 그녀는 어느 틈에 에드워드 애쉬버넘과 레오노라 사이에 끼어들어 그렇게 긴 협상을 이어갈 수 있었을까? 그리고 그 오랜 세월 동안 에드워드와 레오노라가 둘만 있을 때는 서로 단 한마디도 하지 않았다는 것이 말이 되는가? 인간은 대체 어떤 존재일까?

두 사람은 정말 모범적인 부부였다. 솔직한 푸른 눈, 약간의 어리숙함, 따뜻하고 친절한 태도를 갖춘 대령은 정말 헌신적인 남편이었다. 레오노라는 아주 늘씬하고 뽀얀 데다 말을 탈 때는 정말 멋졌다. 그녀는 너무도 뽀얗고 진솔해 보여서 그런 사람이 실제로 존재한다고 믿기 어려울 정도였다. 모든 면에서 그렇게 뛰어난 사람은 정말 드물기 때문이다. 두 사람은 지주였고, 그렇게 보였다. 아주 적절하고 완벽하게 부유했고, 그런 경우에 꼭 필요한 약간의 오만함까지 갖춘 채 그야말로 완벽하게 처신했다. 사람이 그렇게 많은 것을 가질 수 있고, 또 그렇게 많은 것을 갖출 수 있다니! 진실이기에는 너무 멋진 커플이었다. 바로 오늘 오후에도 레오노라는 그동안의 일을 얘기하다가 이렇게 말했다. "한번은 애인을 사귀어보려 했지만, 나 자신이 너무도 슬프고 기진맥진한 상태라 포기할 수밖에 없었어요." 정말 놀라운 얘기였다. "그때 나는 그 사람

품에 안겨 있었어요. 정말 좋은 사람이었는데! 아주 친절한 사람이었죠. 나는 소설에 나오는 사람들처럼 이를 꽉 악물고 이렇게 내뱉었어요. '자, 이왕 시작했으니 한 번, 평생 처음, 신나게 즐겨보자!' 사냥 무도회에 갔다가 돌아오는 어두운 마차 안이었죠. 집까지는 18킬로미터를 가야 했어요! 그런데 그때 갑자기 끝없이 불행하고, 언제나 행복한 척해야 하는 내 처지가 뇌리를 스치면서 모든 걸 망쳐버렸어요. 그래요, 난 즐길 기회가 와도 그럴 수 없을 만큼 철저히 망가져 있었던 거죠. 난 흑 울음을 터트렸고, 18킬로미터 내내 울고 또 울었어요. 제가 우는 모습을 상상해보세요! 그렇게 착하고 친절한 사람 앞에서 바보짓을 하는 저를 상상해보라고요. 그건 연기가 아니었어요, 안 그래요?"

글쎄, 잘 모르겠다. 레오노라가 맨 끝에 한 말은 바람둥이들이 늘 하는 소리일까, 아니면 지주계급이든 아니든 그냥 대부분의 여자들이 그렇게 생각하는 것일까? 아니면 여자들은 늘 그런 생각을 하는 것일까? 아무도 모를 일이다.

하지만 이날 이 시간 우리가 도달한 이 문명의 정상에서, 그동안 모든 도학자들의 설교와 엄마들의 끝없는 잔소리에도 그것을 알 수 없다면… 그런데 그것이 바로 엄마들이 딸들에게 가르쳐온 교훈일 수도 있다. 입으로는 안 그래도 눈, 아니면 가슴에서 가슴으로 속삭여왔을 수도 있다. 그런 것도 모르면 나는 대체 아는 게 뭘까, 그리고 여긴 왜 온 것일까?

플로렌스에게 그 말을 해보았는지, 그녀는 뭐라고 대답했는지 묻자 레오노라는 이렇게 말했다. "플로렌스는 아무 말 안 했어요. 그녀가 뭐라고 하겠어요? 할 말이 뭐 있겠어요? 그럴듯한 겉모습을 유지하기 위해 우리가 감수한 지독한 가난, 그렇게 가난해진 이유를 생각하면 어떤 여자든 애인을 사귀고 선물을 받을 만했어요. 무슨 얘긴지 아시겠죠? 언젠가 플로렌스가 아주 비슷한 처지의 여자에 대해 얘기한 적이 있어요. 대단히 미국적이고 점잖은 사람이라 제 얘기를 하지는 않았지만, 그런 경우라면 얼마든지 그럴 수 있고, 순간적인 충동에 따라 행동해도 괜찮다고 말하더군요. 물론 미국식 영어로 말했지만 내용은 그런 뜻이었어요. '받아들이든 거절하든 그 여자 맘이죠…'라고 말했던 것 같아요."

테디 애쉬버넘이 악한이라는 말은 아니다. 대령은 그런 사람이 아니었다. 어쩌면 모든 남자가 그런 사람일 수도 있다. 앞에서 말했듯이 나는 끽연실에 대해서도 아는 것이 없다. 끽연실에서 보면 정말 병이 날 만큼 이상한 얘기를 늘어놓는 사람도 있다. 그래서 부인들을 그런 남자와 같이 두면 안 된다고 하면 다들 기분 나빠 한다. 사람들이 그러는 것도 이해가 간다. 누가 아내를 다른 사람 손에 맡기겠는가? 하지만 그런 남자는 이상한 이야기를 듣고 그런 이야기를 하는 데서 가장 큰 즐거움을 느낄 것이다. 그들은 사냥도, 몸단장도, 일도 대충 하고 어떤 문제에 대해서도 3분 넘게 대화를 이어가지 못하지만, 다른 종류의 얘기가 나오면 웃으면서 얼른 정신을 차리고 자세를 바로잡는다. 그런데 그런 이야기를 그토록 좋아하는 사람들이, 남의 아내를 유혹할 수도 있다는 말을 들으면 왜 그렇게 정말로 기분 나빠 하는 걸까? 어쨌든 에드워드 애쉬버넘은 정말 단정해 보이는 남자였다. 뛰어난 관리, 일급 군인, 영국 햄프셔에서 가장 훌륭한 지주 가운데 하나로 알려진 사람이었다. 대령은 가난한 사람이나 불우한 주정뱅이들을 만나면 자상한 후견인 역할을 했다. 우리가 알고 지낸 9년 동안 그가 듣기 민망한 얘기를 한 적은 한두 번에 불과했다. 그런 이야기는 듣는 것도 싫어했다. 그래서 누가 그런 얘기를 꺼내면 어색해하다가 시가를 사러 가곤 했다. 정말 아내를 맡길 만한 그런 사람이었다. 나는 내 아내를 맡겼고, 그것은 그야말로 미친 짓이었다.

그런데 나는 어떤가? 에드워드가 단정해 보여서 위험했다면—진짜 바람둥이들이 대개 그렇다던데—나 자신은 어떤가? 왜냐하면 나는 평생 한 번도 점잖지 못한 말을 꺼낸 적이 없고, 불순한 생각을 해본 적도 없을 뿐 아니라, 바람을 피운 적도 없다. 그런데 그 결과는 어땠는가? 이 전체가 웃기는 바보짓이었던가? 나는 환관이고, 정말 남자다운 남자, 살 권리가 있는 사람들은 다른 사람의 아내를 쫓아다니는 사나운 종마들이란 말인가?

나로서는 알 수가 없다. 어떤 규율이 있는 것도 아니다. 성도덕처럼 기본적인 문제에 대해 그렇게 모든 것이 모호하다면 사람들 사이의 관계나 인간 활동의 더 복잡한 문제에 대해 어떤 규율이 존재할 수 있을까? 아니면 우리는 그저 순간의 충동에 따라 행동하면 되는 것일까? 모든 것이 어두울 뿐이다.

2장

이 사건을 어떻게 얘기해야 할지 막막하다. 하나의 이야기처럼 시간순으로 풀어가는 것이 좋을지, 아니면 레오노라나 에드워드에게서 들은 순서대로 말하는 것이 좋을지 잘 모르겠다.

그래서 그냥 저 멀리 파도 소리가 들리고 하늘에서는 시커먼 바람결이 빛나는 별들을 스쳐 가는 동안, 어느 시골집 화롯가에서 내 얘기를 잘 들어줄 사람에게 두 주일 동안 조용한 어조로 사건의 전모를 털어놓는 형식으로 진행해보려고 한다. 그렇게 얘기를 나누다가 가끔 문을 열고 커다란 보름달을 쳐다보며, "프로방스에서 봤을 때만큼 밝네요!" 하고는, 우리가 지금 아주 슬픈 이야기도 밝게 느껴지는 프로방스에 있지 않다는 사실에 가볍게 한숨을 쉬며 다시 화롯가로 돌아올 것이다. 페이르 비달[15]의 슬픈 사연을 생각해보라. 2년 전 플로렌스와 나는 비아리츠[16]에서 블랙 마운틴스

---

15 페이르 비달(Peire Vidal, 1175~1205) : 프로방스 지방에서 활동하던 중세 음유시인의 일원으로 툴루즈(Toulouse) 출신.

16 비아리츠(Biarritz) : 프랑스 서남부에 위치한 비스케이(Biscay)만 연안의 휴양 도시. 라

21

에 있는 라스투르까지 여행한 적이 있다. 구불구불 이어지는 골짜기 한중간에 거대한 산봉우리가 솟아 있고, 그 위에 네 개의 성(城), 즉 라스투르가 서 있었다. 대단한 강풍이 프랑스에서 프로방스로 넘어가는 이 계곡을 따라 불어와 은회색 올리브 잎들이 바람에 날리는 머리카락처럼 보였고, 로즈마리 덤불들은 바람에 뿌리째 뽑힐까 봐 어두운 바위틈으로 기어드는 것 같았다.

라스투르에 간 것은 물론 플로렌스 때문이었다. 코네티컷 스탬퍼드 태생이라 그렇게 성격이 밝았겠지만, 그녀는 또 배서 칼리지 출신이었다. 특이하고 말 많은 그녀가 그 학교 출신이라니, 정말 묘한 일이다. 플로렌스는 전혀 낭만적이지 않은, 즉 시적인 몽상에 빠졌다거나 상대방을 꿰뚫어 본다는 느낌이 전혀 없는 아련한 눈빛으로, 상대방이 자기 말에 반론을 제기하거나 토 다는 것을 막으려는 듯 한 손을 쳐들고 얘기했다. 그녀는 과묵한 윌리엄 공,[17] 말 많은 구스타브 공,[18] 파리에서 유행하는 드레스, 1337년 무렵 빈민의 옷차림, 팡탱라투르[19]에 대해 얘기하다가, 파리-리옹-지중해편 특급열차를 타고 가다 타라스콩[20]에서 내려 세찬 바람이 몰아

___

스투르(Lastours)는 카르카손에서 12킬로미터 떨어진 프랑스 남서부 블랙 마운틴스에 있음.

17 과묵한 윌리엄 공(William the Silent): 오렌지 공 윌리엄(1533~1584)을 가리킴.

18 말 많은 구스타브 공(Gustave the Loquacious): 여러 외국어에 능숙했다는 스웨덴 왕 구스타부스 아돌푸스(1594~1632)를 가리키는 듯함.

19 팡탱라투르(Henri Fantin-Latour, 1836~1904): 정물화와 인물 군상을 잘 그린 프랑스 화가.

20 타라스콩(Tarascon): 프랑스 론 강 하구 옆에 위치한 중세 도시. 강 건너에 관광객들이 즐겨 찾는 중세 도시 보케르(Beaucaire)가 있음.

치는 현수교를 건너 론 강 너머에 있는 보케르를 한 번 더 보면 좋겠다고 말하곤 했다.

물론 우리가 바늘처럼 가늘고 5번가와 브로드웨이 사이에 있는 플랫아이언 빌딩[21]만큼이나 높은 흰색의 삼각형 탑이 있는, 키 큰 석송들 아래 피어 있는 1.5에이커의 푸른 수련을 둘러싼 산꼭대기의 회색 담장이 있는 아름다운 보케르를 다시 본 적은 없다. 석송은 정말 아름답다!

우리는 정말 어떤 곳도 다시 간 적이 없다. 하이델베르크, 하멜른, 베로나, 몽마주르[22]는 물론 카르카손[23]에도 다시 가지 않았다. 어딘가를 다시 가보자고 한 적은 있지만, 플로렌스는 한 번만 가도 볼 것은 다 보는 것 같았다. 관찰력이 뛰어났기 때문이다.

그런데 나는 그렇지 못했다. 그래서 다시 한 번 가보고 싶은 곳이 정말 많았다. 눈부신 햇살이 내리쬐는 동네들, 푸른 하늘을 배경으로 서 있는 석송들, 꼭대기에 작은 성인상이 붙어 있고 사슴, 빨간 꽃, 까마귀 발자국 무늬가 알록달록 새겨져 있는 박공들의 옆부분, 회색과 분홍색의 궁전들과 레그혼[24]과 나폴리 사이, 지중해에서 1.6킬로미터 정도 떨어진 담으로 둘러싸인 동네들을 나는 꼭 다시 한 번 보고 싶었다. 하지만 우리는 단 한 곳도 다시 가지 않았고, 그래서 내게 세상은 거대한 캔버스에 점점이 그려진 점들 같았

---

21 플랫아이언 빌딩(Flatiron Building) : 뉴욕에 있는 약 87미터 높이의 마천루. 풀러(Fuller) 빌딩이라고도 함.

22 몽마주르(Montmajour) : 타라스콩과 보케르 근처에 있는 프로방스의 작은 도시.

23 카르카손(Carcassonne) : 프랑스 남서부에 위치한 중세 성곽 도시.

24 레그혼(Leghorn) : 이탈리아 피사 남쪽에 위치한 리보르노(Livorno)의 영어 이름.

다. 다시 가보았으면 지금 의지할 뭔가가 있을 텐데.

이 모두가 다 사족일까? 아니면 그 반대? 나로서는 역시 알 수 없는 일이다. 그대는 내 앞에 앉아 있지만 말없이 듣기만 한다. 어쨌든 나는 플로렌스와 내가 어떻게 살았는지, 그녀가 어떤 사람인지 그대에게 설명하려 애쓰고 있다. 그녀는 영리하고 춤을 잘 추었다. 물에 반사되어 천장에 비친, 가볍게 흔들리는 밝은 광선처럼 그녀는 성의 무도회장, 바다 위, 양장점의 살롱, 리비에라의 해변을 춤추며 지나갔다. 그 빛이 꺼지지 않도록 지키는 것이 내 삶의 소명이었는데, 그 광선을 손으로 잡는 것만큼이나 어려운 일이었고 오랫동안 끝나지 않았다.

플로렌스의 이모들은 내가 필라델피아에서 가장 게으른 사람이라고 말하곤 했다. 그분들은 필라델피아에 와본 적이 없으며, 뉴잉글랜드적인 사고방식을 갖고 있었다. 처음 플로렌스의 집을 방문한 날, 얇은 잎이 무성한 키 큰 느릅나무 아래 자리한 오래된 콜로니얼식 목조 가옥에서 그분들은 나를 보자마자 인사 대신 직업이 뭐냐고 물었고, 나는 무직이라고 대답했다. 나도 뭔가 직업이 있으면 좋았겠지만, 그럴 필요를 느끼지 못했다. 왜 꼭 뭔가를 해야 할까? 나는 우연히 플로렌스와 마주쳤고, 그녀를 갖고 싶어졌다. 14번 가가 아직 주거 지역이었을 때, 브라우닝 다과회[25]인지 그런 모임에서 처음 그녀를 만났다. 플로렌스가 그날 왜 그런 데를 갔었는지 모르지만, 그때도 거기는 배서 칼리지 졸업생이 드나들

---

25 브라우닝 다과회(Browning tea) : 영국 시인 브라우닝(Robert Browning, 1812~1889)의 생애와 작품을 연구하기 위해 1881년 F. J. 퍼니벌(Furnivall)과 E. H. 히키(Hickey)가 창립한 브라우닝 협회. 현재도 활동 중임.

만한 곳이 아니었다. 빈민촌 방문처럼, 스타이브선트[26] 가 사람들의 문화 수준을 높여주려고 그랬겠지. 말하자면 문화적 빈민촌 방문이었다. 그녀는 늘 사람들의 지적 수준을 높여주려고 했다. 가엾은 플로렌스, 그녀는 테디 애쉬버넘에게 프란스 할스[27]와 바우베르만[28]의 차이나 미노아 문명의 조각상들이 왜 입방형이고 위에 둥근 혹 같은 것이 달려 있는지 한 시간이나 설명하곤 했다. 애쉬버넘은 그걸 어떻게 받아들였을까? 고마워했을 수도 있지.

나는 고마웠다. 가엾고 소중한 플로렌스가 크노소스[29]에서 발굴된 유물이나 월터 페이터[30]의 영성(靈性) 같은 문제에 마음을 쏟게하는 것이 나의 가장 중요한 임무였기 때문이다. 안 그러면 그녀는죽을 것이었다. 그녀가 무슨 일로 흥분하거나 어떤 문제 때문에 감정이 격해지면 그 작은 심장이 멈출 것이라고 의사가 하는 말을들었다. 그래서 나는 12년 동안 사람들이 그녀에게 하는 한마디 한마디를 유심히 듣고 있다가, 사랑이나 빈곤 또는 범죄와 종교 같은심각한 얘기가 나오면 얼른 화제를 돌리곤 했다. 그녀가 르아브르

---

26 스타이브선트(Stuyvesant) : 네덜란드의 식민지 관리인 페테르 스타이브선트(Peter Stuyvesant, 1610~1672)는 1664년까지 뉴네덜란드의 총독이었음. 1664년 9월 영국군이 이 지역을 점령, 뉴욕과 뉴저지로 분할했음. 맨해튼에는 지금도 스타이브선트 광장이 있음.

27 프란스 할스(Frans Hals, 1580~1666) : 플랑드르 안트베르펜에서 출생했으나 하를럼 (암스테르담 서쪽에 있는 도시)에서 주로 활동한 화가.

28 필립 바우베르만(Philips Wouwerman, 1619~1668) : 할스의 제자로 전쟁화에 능했음.

29 크노소스(Knossos) 궁전 : 그리스 크레타 섬에서 발달했던 미노아 문명의 유적. 영국의 고고학자 아서 에반스(Arthur Evans, 1851~1941)가 처음 발굴했음.

30 월터 페이터(Walter Pater, 1839~1894) : 영국 작가이며, 대표작으로 《르네상스사(史) 연구 Studies in the History of the Renaissance》(1873)가 있음.

항에서 들것에 실려 나갈 때 우리가 처음 본 의사가 그렇게 하라고 지시했다. 그 작자들은 모두 끔찍한 천치들이었을까, 아니면 온 세상 의사들이 모두 짜고 그런 것일까? 내가 페이르 비달에 대해 생각하게 된 것도 그 때문이다.

비달의 이야기는 문화적인 내용이고, 나는 플로렌스가 문화에 관심을 갖도록 해야 했다. 게다가 그녀는 오랫동안 웃을 일이 없었는데 비달의 하는 짓들이 너무도 재미있고, 그녀는 사랑에 대해 생각하면 안 되는데 그 이야기는 사랑으로 가득 차 있었다. 혹시 이 이야기를 아시는가? 네 개의 성으로 이루어진 라스투르에는 한때 암늑대라는 별명을 지닌 블랑쉬 아무개라는 여주인이 살고 있었다. 그런데 어느 날 페이르 비달이라는 음유시인이 그 성에 찾아왔다. 여주인은 그를 본체만체했지만, 비달은 사랑에 빠진 이들이 으레 그러듯 그녀를 즐겁게 해주려고 늑대 가죽을 입고 울창한 숲 속으로 들어갔다. 그런데 검은 숲의 목동과 개들이 그를 늑대로 착각해 두들겨 패고 발톱으로 온통 긁어놓았다. 비달이 성에 실려 갔을 때 암늑대는 꿈쩍도 안 했다. 하인들이 상처를 치료하고 깨끗한 옷으로 갈아입히자, 성주는 위대한 시인을 그렇게 무시하고 무관심하게 대했다며 아내를 호되게 꾸짖었다.

비달이 자기가 예루살렘인지 어디의 황제라고 하자 성주는 무릎을 꿇고 그의 발에 입을 맞추었다. 하지만 암늑대는 꿈쩍도 안 했다. 페이르는 부하 넷을 이끌고 예수의 무덤을 찾으러 갔다. 그런데 배가 바위에 부딪혀 난파되자 성주는 사람들을 보내 그를 구해 왔다. 페이르 비달은 암늑대의 침대에 쓰러졌고, 용맹한 전사인 성주는 위대한 시인은 극진히 대접해야 하는 법이라며 다시 한 번 아내를 꾸짖었다. 그런데 더 용맹한 쪽은 암늑대였다. 어쨌든 그 일은 그렇게 끝났다. 정말 대단한 얘기 아닌가?

플로렌스의 이모들과 삼촌은 정말 별나게 고리타분했다. 마르 고 온유하며 '심장' 때문에 나중에 플로렌스와 아주 비슷한 삶을 산 삼촌은 스탬퍼드가 아니라 유명한 시계 회사가 있는 워터베리[31] 에 살았다. 그분은 공장을 하나 갖고 있었는데, 미국 공장들이 더 러 그렇듯 거의 해마다 생산 품목이 바뀌었다. 아홉 달 정도 뼈로 된 단추를 만들다가, 갑자기 마부의 제복에 다는 구리 단추를 만들 었고, 나중에는 볼록 무늬가 있는 양철 사탕상자 뚜껑을 만들었다. 심장이 약하고 불규칙하게 뛰는 이 가엾은 노인은 실은 아무것도 만들고 싶지 않았던 것이다. 그는 은퇴하고 싶었고, 일흔 살이 되 자 정말 일을 그만두었다. 그런데 온 동네 애들이 그를 가리키며 "저기 워터베리에서 제일 게으른 사람이 지나간다!"고 외치는 소 리가 듣기 싫어서 세계 일주를 떠났다. 그리고 플로렌스와 지미라 는 청년이 그를 따라갔다. 플로렌스의 말에 따르면, 지미는 헐버드 씨가 충격받을 만한 이야기를 막아주는 역할을 했다. 예컨대 그는 사람들이 노인에게 정치 얘기를 꺼내지 못하게 했다. 공화당원으 로 가득 찬 것 같은 시대에 노인은 열렬한 민주당원이었기 때문이 다. 어쨌든 세 사람은 세계 일주를 했다.

노인의 성격을 잘 보여주는 이야기가 있다. 헐버드 씨는 내 가 엾은 아내의 성격을 형성하는 데 큰 영향을 미쳤기 때문에 그대는 이 노인에 대해 잘 알아둘 필요가 있다.

---

31 워터베리(Waterbury): 코네티컷 주에 위치한 황동(黃銅) 산업의 중심지.

샌프란시스코에서 남양으로 떠날 준비를 하는 동안 노인은 배에서 만날 사람들에게 줄 선물을 준비하자고 했다. 캘리포니아 특산품인 오렌지와 편안한 접이의자를 고른 노인은 엄청난 양의 오렌지와 의자 반 다스를 사서 자기 선실에 있는 특별 케이스에 담았다. 그 배의 화물 절반은 오렌지였을 것이다.

그들이 타고 간 기선 몇 척에서 노인은 가볍게 인사만 나눈 사람에게도 매일 아침 오렌지를 선물했는데, 세계 일주가 끝날 때까지도 오렌지가 남아 있었다. 세 사람이 노스 곶[32]에 도착했을 때 이 깡마른 노인은 수평선 너머에 서 있는 등대들을 보고, "안녕하시오. 저 사람들은 정말 외로워 보이는구나. 저들에게 오렌지를 갖다주자"고 하더니, 작은 배에 오렌지를 가득 싣고 등대로 갔다. 배에서 맘에 드는 여자를 만나거나, 좀 지치거나 아파 보이는 여자가 있으면 노인은 얼른 접이의자를 빌려주었다. 노인은 그렇게 심장을 보호해줄 지미와 조카딸을 데리고 세계 일주를 했던 것이다……

노인은 자기 심장에 대해 요란을 떨지 않았다. 그래서 나는 그가 심장병을 앓았다는 사실도 몰랐다. 그는 자기 심장이 아주 특이하다고 생각했기 때문에 과학 발전을 위해 워터베리의 의학 실험실에 기증했다. 그런데 우스운 것은, 가엾은 플로렌스가 죽기 나흘 전 노인이 기관지염에 걸려 84세로 세상을 떠났을 때 심장을 조사

---

32 노스 곶(North Cape): 노르웨이 북부의 한 섬에 위치한 노스 곶은 유럽 대륙의 최북단으로 간주되었음. 관광선의 주요 기착지.

해보니 그야말로 아무런 문제가 없었다. 가끔 의사를 부를 정도로 심장이 불규칙하게 뛴 적도 있었지만 그것은 허파 모양이 특이하기 때문이었다. 나는 이런 문제에 대해 아는 것이 별로 없다.

노인이 죽고 닷새 만에 플로렌스가 세상을 떠났기 때문에 내가 그의 유산을 물려받았다. 안 그랬으면 좋았을 텐데. 유산 상속은 쉬운 일이 아니었다. 노인이 여러 기관에 돈을 남겼기 때문에 나는 플로렌스가 죽은 직후 워터베리에 가서 수탁자들을 정해주어야 했다. 그의 기부금이 제대로 관리되게 해주고 싶었기 때문이다.

정말 어려운 일이었다. 기부금 문제를 대충 처리했을 때, 빨리 돌아와달라는 애쉬버넘의 전보가 왔다. 그리고 바로 뒤이어 레오노라에게서 전보가 왔다. "맞아요, 제발 와주세요. 와주시면 정말 큰 도움이 될 거예요." 에드워드는 아내와 상의하지 않고 전보를 보낸 다음 나중에 얘기한 것 같았다. 실제로 그랬던 것 같다. 에드워드는 소녀에게 전보 얘기를 했고, 레오노라는 소녀에게서 그 말을 들었던 것이다. 하지만 일찍 갔어도 마찬가지였을지 모르지만, 나는 너무 늦게 도착했기 때문에 아무런 도움도 되지 못했다. 내가 영국을 처음 알게 된 것도 그때였는데, 정말 놀랍고 압도적인 곳이었다. 에드워드가 내 옆에서 타고 가던 매끈한 말, 그 말의 행동거지, 높게 쳐든 발, 비단 같은 털은 영원히 잊지 못할 것이다. 그리고 그 평화로운 분위기! 사람들의 붉은 뺨! 너무도 아름다운 집들.

에드워드의 영지는 브램쇼[33] 영지 옆이었는데, 우리는 높고 맑

---

33 브램쇼(Bramshaw) : 영국 햄프셔의 뉴포리스트 가장자리, 포딩브리지에서 서쪽으로 약 10킬로미터 떨어진 곳에 위치.

고 바람이 세찬 뉴포리스트의 황야에서 그쪽으로 내려갔다. 테디 애쉬버넘이 '여기 와서 나랑 얘기 좀 하자'고 전보를 보냈었는데, 막상 도착해보니 이런 곳, 이곳 사람들에게는 정말 끔찍한 일은 절대 일어나지 않을 것 같았다. 평화 그 자체 같은 곳이었다. 금발을 굽이굽이 땋아 올린 레오노라는 집사와 하인과 하녀들을 대동한 채 웃음 띤 얼굴로 문 앞 계단에 서 있다가, 마치 내가 황급한 전보를 받고 지구 반 바퀴를 돌아온 것이 아니라 15킬로미터쯤 떨어진 동네에서 점심이라도 먹으러 온 듯 "잘 오셨어요" 했다.

소녀는 사냥개들을 데리고 나간 듯했다.

그리고 내 옆에 서 있는 가엾은 작자는 절대적이고 절망적이며 상상할 수 없는 고통에 시달리고 있는 표정이었다.

3장

1904년 8월은 아주 더웠고, 플로렌스는 벌써 한 달째 온천욕을 하고 있었다. 나는 아파 본 적이 없기 때문에 그런 곳에서 요양하는 이들이 어떤 느낌인지 알 수가 없다. 어딘지 모르게 편안하고 든든한 그런 느낌 아닐까? 환자들은 명랑한 얼굴, 권위 있는 태도, 새하얀 면직 옷차림의 온천 직원들을 좋아하는 것 같았다. 하지만 나는 나우하임에 있으면 바닷가나 아주 광활한 곳에 갔을 때처럼 뭐랄까, 어쩐지 발가벗은 듯한 느낌이 들었다. 거기는 아는 사람도 없고 쌓아온 역사도 없었기 때문이다. 고향에서는 소소하지만 본질적인 정들이 쌓여 의자 하나도 우리를 감싸주는 것 같고, 어떤 길은 다른 길들보다 더 다정하게 느껴지는 법이다. 그리고 사실 그런 감정이 삶에서 아주 중요하다. 이런저런 휴양지를 떠돌며 오랜 세월을 보낸 나는 그것을 잘 알고 있다. 그러다 보면 사람이 너무 말끔해진다. 나는 평생 한 번도 추레하게 하고 다닌 적은 없지만, 가엾은 플로렌스가 오전 온천욕을 하는 동안 '영국 마당'의 깨끗한 계단에 서서, 말끔히 차려입은 사람들이 용의주도하게 선택한 시간에 적당히 밝은 표정으로 세심히 배치된 회랑을 산책하는 동안, 말끔히 정돈된 자갈길 여기저기에 놓인 잘 손질된 화분의 화초들, 공원의 큰 나무들, 온천탕의 붉은 돌—돌이 아니라 반으로 쪼갠 흰색 나무로 지은 오두막이었나?—을 볼 때 느꼈던 감정을 기억한다. 거기에 그렇게 자주 갔는데도 돌인지 나무인지 전혀 기억나지 않는다. 나우하임이 내게 어떤 곳이었는지 짐작이 갈 것이다. 나는 눈을 감고도 온천욕장, 세면장, 적갈색 물이 쏟아져 나오는 안마당 중앙에 있는 분수를 찾아갈 수 있었다. 그랬다. 눈을 감고도 어디든 찾아갈 수 있었다. 거기까지의 정확한 거리를 알고 있었기 때문이다. 레지나 호텔에서 나와 187보를 걸은 다음 왼쪽으로 획 꺾어 420보를 걸으면 분수대가 있었다. '영국 마당' 보도에서 출발하면 97보, 왼쪽으로 돌아서 걸으면 똑같이 420보였다.

정말 아무것도 할 일이 없었기에 나는 몇 걸음 걸었는지 세는 습관이 생겼다. 내가 플로렌스를 온천에 데려다 주는 동안 그녀는 내게 이런저런 이야기를 해주었다. 그녀는 정말 화젯거리가 풍부했다. 그녀는 머리를 아주 예쁘게 손질하고, 아주 비싸고 아름다운 옷을 입은 채, 아주 가볍게 걸어갔다. 그녀는 물론 자기 재산이 있었지만 내 돈으로 치장했어도 신경 쓰지 않았을 것이다. 그런데도 그녀가 입었던 옷들이 단 한 벌도 기억나지 않는다. 아, 딱 하나 생각나는 옷이 있다. 풍성한 치마에 어깨 부분이 넓은, 중국풍 무늬가 있는 아주 단순한 푸른색 드레스. 그녀의 머리는 황동색이었고, 구두는 아주 높아서 가끔 구두코에 걸려 넘어지기도 했다. 온천장에 도착해 문이 열리면 그녀는 나를 돌아보며 아주 요염하게 웃었는데, 볼이 어깨에 닿을 듯했다.

그 옷을 입을 때면, 루벤스의 〈밀짚모자〉[34]와 비슷한데 아주 하얗고 챙이 꽤 넓은 레그혼 모자를 썼던 것 같은데, 드레스와 같은 천으로 된 모자 끈을 느슨히 매고 있었다. 자신의 푸른 눈을 돋보이게 하는 법을 알고 있었던 것이다. 목에는 단순한 분홍색 산호 목걸이를 걸었고, 얼굴 피부는 완벽하게 맑고 매끈했다.

그렇다. 그 드레스에 그 모자를 쓰고 어깨 너머로 나를 돌아보던 그녀의 모습, 조약돌처럼 진하게 푸른 두 눈이 반짝이던 그 모습이 가장 또렷이 기억난다…….

그런데 그녀는 대체 누구를 위해 그렇게 웃어 보였던 걸까? 온천장 직원? 지나가는 사람들? 잘은 모르지만 어쨌든 나를 위해 그랬던 것은 아니다. 왜냐하면 평생 그 어떤 경우에도, 거기 말고 다른 어디에서도 나에게 그처럼 놀리듯, 유혹하듯 웃어준 적이 단 한 번도 없었기 때문이다. 아, 그녀는 정말 수수께끼였다. 하지만 다른 여자들도 마찬가지다. 언젠가 영 끝내지 못한 문장을 시작했던 일이 기억난다. 매일 아침 온천에 플로렌스를 데리러 가려고 호텔 계단에 서 있으면 느끼곤 했던 감정에 대한 문장이었다. 말끔하고 단아하고 단정히 빗질한 차림으로 나는 키 큰 영국인, 홀쭉한 미국인, 통통한 독일인, 비대한 러시아계 유태인 여자들 사이에서 스스로가 왜소하다는 느낌에 빠진 채, 잠시 햇살 가득한 풍경을 둘러보며 담뱃갑에 담배를 톡톡 치곤 했다. 하지만 그 뒤로는 혼자서 그럴 기회가 없었다. 애쉬버넘 부부와의 만남이 내 삶을 어떻게 바꾸

---

34 〈밀짚모자 Le Chapeau de Paille〉: 페테르 루벤스(Sir Peter Rubens, 1577~1640)의 작품으로, 현재 런던 내셔널갤러리에 소장되어 있음.

어놓았는지 그대도 짐작이 갈 것이다.

나는 이 일의 많은 부분을 잊어버렸지만, 그날 저녁과 그 뒤의 많은 저녁 엑셀시어 호텔의 모습은 영원히 잊지 못할 것이다. 여러 성들과 내가 한 번도 다시 가보지 못한 많은 도시들이 통째로 기억에서 사라졌지만, 꽃과 과일 모양 몰딩으로 장식되고, 창이 높고, 탁자들이 아주 많고, 날아오르는 모양의 금빛 학이 한 폭에 한 마리씩 달린 검은 세 폭 병풍, 식당 중앙에 놓인 야자수 화분, 웨이터들의 발소리, 차갑고 고급스러운 우아함이 넘치는 하얀 식당, 매일 저녁 식사하러 들어오는 손님들의 모습, 마치 온천장 직원들이 처방한 대로 음식을 먹어야 한다는 듯 진지한 표정과 어떤 이유로든 음식의 맛을 즐기면 안 된다는 듯 절제된 태도 등은 쉽게 잊히지 않을 것이다.

그러던 어느 날 저녁 어스름에 에드워드 애쉬버넘이 병풍 옆을 지나 식당으로 들어오는 것을 보았다. 잿빛 얼굴의 헤드 웨이터는—대체 땅속 어느 구석에 박혀 있다 나와야 그렇게 완전히 시커먼 피부를 갖게 되는 걸까?—부리나케 그쪽으로 달려가더니 애쉬버넘의 속삭임에 귀를 기울였다. 처음 온 손님들에게는 꽤 힘든 일인데, 애쉬버넘은 영국 신사답게 이 위기를 넘겼다. 그때는 두 사람이 나누는 대화 말고는 그 부부에 대해 정말 아무것도 몰랐는데도, 그가 웨이터에게 몇 마디 속삭이는 입 모양을 보자마자 나는 그가 브램쇼 영지의 브램쇼 저택에 사는 14 경기병대 대장 에드워드 애쉬버넘이라는 것을 알 수 있었다. 매일 아침 식당 앞에서 기다리는 동안 호텔 주인인 숀츠 씨가 비치해둔, 손님들이 투숙할 때 작성하는 경찰 보고서를 읽어보았기 때문이다.

헤드 웨이터는 즉시 대령을 내 자리에서 세 탁자 떨어진, 방금 전까지 뉴저지 폴스 리버에서 온 그렌폴스 부부가 앉아 있던 빈자리로 안내했다. 그런데 눈부시지는 않지만 그래도 햇살이 정면으로 내리쬐는 곳이라 새로 온 손님에게는 좋은 자리가 아니었다. 바로 그 순간 대령도 똑같은 생각을 한 모양이었다. 그때까지는 영국인답게 그야말로 아무런 표정도 없어 보였다. 대령은 기쁨도, 절망도, 희망도, 두려움도, 지루함도, 만족도 없는 표정을 하고 있었고, 마치 정글 속을 거니는 듯 붐비는 식당 안에 아무도 없다는 듯한 얼굴이었다. 그때까지 나는 그처럼 완벽한 표정을 본 적이 없었고, 앞으로도 절대 없을 것이다. 오만한 것은 아니지만 오만하고, 겸손한 것은 아니지만 겸손한 표정이었다. 그는 왼쪽 관자놀이에서 오른쪽 관자놀이로 구비치는 밝은색 고수머리에 얼굴 피부는 머리 뿌리까지 똑같이 연한 적갈색이었고, 노란 콧수염은 칫솔처럼 뻣뻣했으며, 검은 양복 상의는 몸이 약간 굽은 듯 보이도록 어깨 부분을 덧댄 것 같았다. 대령은 그런 일을 할 만한 사람이었고, 그런 것들을 생각하는 사람이었다. 마틴게일,[35] 치프니 재갈,[36] 부츠, 최고급 비누나 브랜디를 파는 가게, 카이버 고개[37]의 절벽을 말을 타

---

35 마틴게일(martingale) : 말이 꼿꼿이 서거나 머리를 쳐드는 것을 방지하기 위해 채우는 줄. 한쪽 끝은 코 끈(noseband), 재갈, 고삐에 연결돼 있고 다른 쪽은 뱃대끈에 붙어 있음.

36 치프니 재갈 : 새뮤얼 치프니(Samuel Chifney, 1753~1807)가 발명한 장치로, 말굴레에 달린 마우스피스(mouthpiece).

37 카이버 고개(Khyber Pass) : 아프가니스탄의 수도 카불(Kabul)과 파키스탄 북부의 페샤와르(Peshawar)를 잇는 약 72킬로미터의 산길로, 힌두쿠시 산맥에 위치해 있음. 전략적 요충지.

고 달려 내려가는 남자의 이름, 4번 화약을 장전하기 전에 퍼지는 3번 화약의 분산력 등등 정말이지 대령이 그런 것 말고 다른 것에 대해 얘기하는 것을 들어본 적이 별로 없다. 아, 맞다. 내가 하고 있던 특이한 푸른색 넥타이를 내가 다니는 뉴욕의 어느 가게보다 더 싸게 살 수 있는 데가 벌링턴 아케이드[38]에 있다는 말을 한 적이 있다. 그 타이가 실제로 어떤 색이었을지 모르겠지만. 그 가게는 아마 로마의 포럼처럼 넥타이들이 두 줄로 죽 걸려 있고, 에드워드 애쉬버넘은 그 사이를 쭉 지나가며 타이를 고르겠지. 하지만 거기서 파는 푸른 넥타이는 내가 하고 있는 제품과 전혀 다른 색일 것이다. 한 번은 그가 칼레도니아 후배주(後配株)가 오를 것 같다며 얼른 사라고 했다. 그래서 바로 샀는데 정말 값이 올랐다. 대령이 대체 어디서 그런 정보를 얻었는지 궁금하다. 마치 하늘에서 뚝 떨어진 것 같았다.

한 달 전까지 대령에 대해 내가 아는 것은 그게 전부였다. 또 하나 있는데, 바로 그의 이름 약자인 E. F. A.를 새긴 돈피(豚皮) 상자를 여러 개 갖고 있다는 것이다. 총, 셔츠 칼라, 셔츠, 편지, 모자, 헬멧 상자가 각각 있었고, 약을 네 병씩 넣어두는 상자도 있었다. 그 세트를 다 만들려면 가다라의 돼지 떼[39]를 전부 잡아야 할 것이다. 어쩌다 그의 방에 들러 보면 대령은 코트와 조끼를 벗은 채 허

---

38 벌링턴 아케이드(Burlington Arcade) : 1819년에 설립되어 여러 차례 개조된 런던의 고급 상업 지역. 피커딜리(Piccadilly) 가에서 북쪽으로 뻗어 있음.

39 가다라의 돼지 떼 : 〈마태복음〉 8장 28~32절에 나오는 일화. 예수가 가다라에 갔을 때 한 청년의 몸에 깃들어 있던 귀신들을 내쫓자 2천 마리의 돼지 떼로 옮겨가 모두 바다로 뛰어들었다는 이야기.

리에서 구두 굽까지 늘씬하게 흐르는 매우 우아한 바지 차림에 아주 진지한 얼굴로 이런저런 상자를 여닫고 있었다.

사람들은 대체 대령의 어떤 면이 그렇게 좋았을까? 훌륭한 군인이라고들 했지만, 안팎을 다 봐도 그 이외에는 아무것도 없었다. 그런데도 레오노라는 그를 애타게 열애했고, 바닷물처럼 진하게 증오했다. 그런 사람이 어떻게 상대방의 감성을 자극할 수 있었을까?

우리 둘이 보고 있는 동안 그는 사람들에게 무슨 얘기를 했을까? 아, 맞다. 마치 영감이 떠오르듯 그가 했던 얘기가 생각났다. 훌륭한 군인들, 그런 유의 훌륭한 군인들은 모두 감상주의자이기 때문이다. 군인들은 직업 자체가 용기, 충성심, 명예, 지조같이 거창한 말들로 가득 차 있다. 우리가 친하게 지낸 9년 동안 단 한 번이라도 그가 '좀 더 심각한 주제'에 대해 얘기했다는 인상을 주었다면 그것은 내 탓이다. 맨 마지막에 내게 그 이야기를 털어놓기 전에도 어쩌다 한 번 아주 늦은 밤에 대령은 감상적인 세계관이 엿보이는 발언을 하곤 했다. 좋은 여자는 우리를 구원으로 이끈다거나 모든 미덕 가운데 지조가 가장 중요하다고 말하곤 했는데, 물론 아주 심각한 어조였지만 꾸며서 하는 말은 아니었다.

지조라! 생각해보면 정말 이상한 일 아닌가? 하지만 가엾은 에드워드는 정말 책 읽기를 좋아했고, 몇 시간씩 타이피스트와 후작이, 가정교사와 공작이 결혼하는 감상적인 소설에 빠져 있곤 했다. 그가 읽는 책에서 사랑은 버터 친 꿀처럼 부드럽게 이루어졌다. 그는 특정한 유의 시들을 좋아했고, 아주 슬픈 연애소설도 읽을 수 있었다. 그가 절망적인 이별 장면을 읽으며 눈물을 글썽이는 모습을 본 적이 있다. 그리고 아이들, 강아지, 진부한 이야기들을 감상적으로 사랑했다……

그렇다면 그가 여자들에게 떠들어댈 화제가 얼마든지 있었던 셈이다. 그 밖에도 대령은 말의 가슴걸이에 대한 상식, 시골 관리로서의 감상적 경험, 어느 순간 자신이 유혹하는 여자가 바로 그가 마침내 찾았고 영원히 변함없이 사랑할 운명의 연인이라는 낙관적 확신까지 갖고 있었다. 그러니 눈치 보이는 남자들이 옆에 없을 때 얼마든지 대화를 끌어갈 수 있었으리라. 그래서 모든 것이 끝났을 때, 즉 소녀가 운명의 브린디시[40]로 출발하고 대령이 자기 자신과 나에게 그녀를 사랑한 적 없다고 강변하던 그날, 나는 그가 정말 문학적이고 적절한 표현을 쓰는 것을 보고 깜짝 놀랐다. 그는 통속소설이 아니라 아주 좋은 책처럼 이야기하고 있었다. 나를 여자나 변호사로 본 것 같았다. 어쨌든 그 끔찍한 밤에 대령의 그런 면이 표출되었던 것이다. 그런데 그 이튿날 아침에는 나를 재판소로 데리고 가더니, 자기 아기를 죽인 혐의로 고소된 소작인의 딸을 무죄로 풀려나게 하기 위해 아주 차분하고 사무적인 어조로 변론을 진행하고, 변호사비 200파운드를 내주었다……. 에드워드 애쉬버넘은 그런 사람이었다.

그의 눈 얘기를 빠뜨릴 뻔했다. 대령의 눈은 어떤 성냥갑 옆면처럼 푸른색이었는데, 자세히 보면 정말 진솔하고 솔직하며 완벽하게 아둔한 눈이었다. 하지만 붉은 안쪽 눈꺼풀과 수평을 이루는 붉은 얼굴 때문에 붉은색 도자기에 박힌 푸른 모자이크 조각처럼

---

40 브린디시(Brindisi) : 이탈리아 동남부 아드리아 해 연안에 있는 항구 도시. 유럽에서 인도로 가는 이들이 승선하던 항구.

특이하고 위험한 인상을 주었다. 그리고 방에 들어서는 순간, 당구공 여러 개를 다루는 마술사만큼이나 능숙하게 모든 여성의 눈길을 사로잡았던 것이다. 정말 놀라운 일이었다. 공중으로 던진 당구공 열여섯 개가 동시에 어깨, 발꿈치, 소매 안쪽 등의 몸 속으로 우수수 떨어지는 동안 마술사 자신은 무대 위에 가만히 서 있는 광경을 본 적 있으리라. 대령의 등장이 꼭 그랬다. 그는 약간 거칠고 쉰 듯한 목소리를 갖고 있었을 뿐이다.

그날 대령이 탁자 옆에 서 있는 동안, 나는 병풍을 등지고 앉아 그를 바라보고 있었다. 그런데 어느 순간 갑자기 침착한 그의 눈에 두 가지 서로 다른 표정이 섬광처럼 번득였다. 대체 어떻게 그럴 수 있을까? 상대를 똑바로 째려보는 그의 푸른 두 눈이 전혀 움직이지 않았기 때문이다. 그의 시선은 아무런 변화나 동요 없이 똑바로 앞만 보고 있었다. 눈꺼풀이 약간 둥글게 변하고 입술이 '자네 거기 있었구먼' 하듯 미세하게 움직인 것 같긴 했다. 어쨌든 그는 상대를 소유한 사람이 가질 법한 당당하고 흡족한 표정을 하고 있었다. 그 뒤에도 한 번 그런 표정을 본 적이 있다. 햇살 가득한 브램쇼의 들판을 응시하며, "이게 다 내 땅이야!"라고 말했던 것이다.

하지만 때로는 그보다 더 강하고 대담한 눈빛으로 상대를 째려보기도 했다. 상대를 재고, 그에게 도전하는 눈길이랄까. 비스바덴[41]에서 보너 후사렌[42]과 폴로 경기를 할 때였는데, 대령이 바로 그런

---

41 비스바덴(Wiesbaden) : 독일 중부 라인 강변에 위치한 온천 도시.
42 보너 후사렌 : 1815년에 창설되어 1918년에 해체된 프로이센의 경기병연대. 1860년에 본부를 본으로 옮겼고, 1861년 빌헬름 1세가 왕위에 오르자 '본의 경기병들'이라는 이름을 '왕의 연대'로 바꿈.

눈빛으로 경기장을 둘러보며 판세를 재고 있었다. 독일팀 주장인 이디곤 폰 르뢰펠[43] 백작은 독일인들이 흔히 그렇듯 아주 편안하게 말을 달리며 공을 몰고 골문 바로 옆으로 가고 있었고, 다른 선수들은 여기저기 아무렇게나 흩어져 있었다. 한마디로 어설픈 경기였다. 애쉬버넘은 우리에게서 5미터 정도 떨어진 레일 바로 옆에 서 있었는데, 혼잣말로 "한번 해보지 뭐!" 했다. 그러더니 정말 그렇게 했다. 세상에! 그는 지붕에서 떨어지는 고양이처럼 말의 네 다리가 쫙 벌어질 정도로 빠르게 방향을 틀었다…….

바로 그 눈빛이 내 눈에 띄었다. "한번 해보지 뭐" 하는 소리가 지금도 귀에 들리는 듯하다.

뒤를 돌아보니 늘씬한 레오노라가 명랑하고 밝게 웃음 띤 얼굴로 서 있고, 그 옆에는 작은 체구에 살결이 뽀얀 내 아내가 바다에 비친 한 줄기 햇살처럼 눈부신 표정으로 서 있었다.

가엾은 인간! 그 순간 얼마나 난처했을까? 하지만 그자는 속으로 "한번 해보지 뭐!" 했을 것이다. 폭발하는 화산 한가운데 선 채 용암 속으로 뛰어들어 건초 더미에 불붙일 생각을 하는 자와 비슷한 심정이었겠지. 광기? 운명? 어느 쪽이었는지는 아무도 모른다.

그 뒤로 9년 동안 애쉬버넘 부인이 그 순간만큼 밝은 표정을 짓는 것을 본 적이 없다. 여러 온천장에 다녀본 유복한 부류겠지만, 어떤 계층의 영국인들은 미국인들을 만나면 평소보다 훨씬 더 명랑하게 보이려고 애쓰는 것 같다. 그런 경우를 자주 보았다. 물론

---

43 르뢰펠(Lelöffel) : 황제 빌헬름 2세의 총애를 받던 백작 중 한 사람으로, 포드는 나우하임에서 그를 만난 적이 있음.

우리 미국인들을 받아들여주기는 했지만, 일단 그러고 나면 속으로 이렇게 생각했을 것이다. '저 여자들은 정말 명랑해. 우리라고 질 수 없지.' 그래서 얼마 동안은 아주 명랑한 얼굴을 하지만 결국 원래 모습으로 돌아간다. 적어도 나를 만나기 전까지는 레오노라도 그랬다. 나중에는 단 한 번도 안 그랬지만, 한순간 약간 오만한 사람이라는 느낌을 받은 것도 그 때문인 것 같은데, 그녀는 아주 멀리서 큰 소리로 이렇게 말했다.

"테디, 그 형편없는 탁자 옆에 서 있지 말고 이리 와서 이 좋은 분들 옆에 앉아요."

그것은 그야말로 특이한, 아주 특이한 발언이었다. 나 같으면 죽었다 깨어나도 전혀 모르는 사람들을 좋은 분들이라고 말하지 못했을 것이다. 하지만 레오노라도 나름의 노선을 취하고 있었다. 그녀 역시 나처럼 투숙객 명단을 읽었던 것이고, 그녀가 볼 때 나는 그 호텔에 묵는 많은 남자 가운데 하나일 뿐이었다. 그녀는 아주 명랑한 얼굴로 내 옆에 있는 구겐하이머 부부의 예약석에 앉았다. 그러고는 회색 숫양 같은 얼굴의 헤드 웨이터가 아무리 사정해도 들은 척도 안 했다. 가엾은 그자는 자신의 본분을 다하고 있었을 뿐인데 말이다. 웨이터는 지난 한 달 동안 자신을 너무도 힘들게 한 시카고의 구겐하이머 부부가 팁으로 2달러 50센트를 주면서 팁 제도에 대해 투덜댈 것을 알고 있었다. 그는 애쉬버넘 부부가 자신을 전혀 애먹이지 않을 것임을 알고 있었다. 물론 얼핏 보기에 아무런 감정도 없을 것 같은 그의 마음이 레오노라의 웃음으로 약간 동요될 가능성이 있었지만 말이다. 사랑은 상류층만의 전유물이 아니기 때문이다. 그는 에드워드 애쉬버넘이 매주 빛나는 1파운드 금화를 줄 것을 알고 있었다. 하지만 이 땅딸막한 웨이터는 시카고의 구겐하이머 부부를 위해 그 탁자를 지키려고 애쓰고 있었다. 결국 플로렌스가 입을 열었다.

"우리 모두 같은 구유에서 먹으면 되잖아요? 이건 뉴욕 사람들이나 쓸 거친 표현이지만, 우리 모두 조용하고 점잖은 사람들 같으니 이 탁자에서 같이 드시게요. 원탁이니까 별문제 없겠죠."

그러자 애쉬버넘 대령이 흠흠 소리로 흡족함을 표시했고, 애쉬버넘 부인은 어쩐지 꺼림칙한 듯 타고 가던 말이 갑자기 서버린 듯 딱 동작을 멈추었다. 하지만 곧 정신을 차리고 순식간에 옆 테이블을 떠나 내 앞자리에 앉았다.

레오노라는 이브닝드레스가 별로 어울리지 않는다. 프릴이 전혀 없는 단순한 디자인의 검은 드레스를 즐겨 입는데, 어깨도 너무 고전적이어서 마치 검은 웨지우드 화병에 꽂힌 하얀 대리석 흉상 같은 느낌을 주었다. 나는 잘 모르겠다.

나는 언제나 레오노라를 사랑했고, 얼마 안 남은 목숨이지만 그녀를 위해서라면 지금이라도 기꺼이 내놓을 용의가 있다. 하지만 그녀에게 성적 매력을 느낀 적은 한순간도 없다. 그녀 또한 나에 대해 그런 느낌을 가져본 적이 없을 것이다. 아니, 전혀 없다. 내 경우에는 바로 그 하얀 어깨 때문인 것 같다. 거기 입술을 대보면 얼음처럼 차갑지는 않고 사람의 체온이 남아 있겠지만 식은 목욕물처럼 냉기만 가신 그런 느낌일 것 같다. 실제로 그녀의 어깨를 보고 있으면 내 입술이 차가워지는 것 같다……

내 생각에 레오노라는 푸른 맞춤옷을 입었을 때 가장 멋있다. 그 옷을 입으면 눈부신 금발이 하얀 어깨 때문에 퇴색되어 보이지 않는다. 어떤 여자들을 보면 눈길이 자연스럽게 목이나 속눈썹, 입술, 가슴으로 흘러가게 된다. 그런데 레오노라의 경우는 손목으로 가는 것 같다. 그녀의 손목은 검은색 장갑이나 개가죽 장갑을 끼었을 때 제일 돋보였는데, 언제나 아주 조그만 서류함 열쇠가 달린 작은 금팔찌를 걸고 있었다. 그 안에 자신의 마음이나 감정을 담아 갖고 다닌 것일까.

어쨌든 그녀는 내 앞에 앉더니 그제야 내 존재를 알아차린 듯 갑자기 오랫동안 바라보았다. 그녀의 눈 역시 짙푸른 색이고 모양도 둥글어서 홍채가 전부 보였다. 정말 특이하고 감동적인 눈길이어서 잠깐 동안 등대가 나를 쳐다보는 느낌이었다. 두 눈 뒤에 있는 레오노라의 머릿속에서 이런저런 질문들이 휙휙 지나가는 것 같았다. 말의 상태를 정확히 보는 안목을 가진 여성이 '서 있는 자세가 바르다, 어깨가 아니라 위가 크다' 등등 머리로 질문하고 두 눈이 답하는 간단한 과정이 느껴졌던 것이다. 실제로 레오노라는 그런 안목을 갖고 있다. 그녀의 눈은 나를 보면서, '돈 문제에서 믿을 만한가, 여자를 유혹하는 부류인가, 아내 단속을 잘해줄까, 그리고 무엇보다도, 나에 대해 떠들고 다닐 사람인가' 등 이런저런 질문을 던지고 있었다.

그러더니 갑자기 그 차갑고 약간 도전적이며 거의 방어적인 푸른 눈망울에 일종의 온기, 부드러움, 우호적인 동질감이 깃들었다. 아, 정말 매력적이고 감동적이며, 정말 모욕적인 일이었다. 엄마가 아들을 보고 누나가 남동생을 볼 때처럼 상대에 대한 신뢰와 믿음으로 가득 찬 그런 눈빛이었다. 그녀는 정말 나를 환자처럼 보는 듯했다. 온천장의 친절한 여직원이 목욕 의자에 앉아 있는 남자를 보는 그런 눈길이랄까. 정말 그랬다. 레오노라는 플로렌스가 아니라 내가 환자인 듯, 추운 날은 담요를 들고 쫓아왔다. 그렇다면 그녀의 눈은 나에 대해 좋은 대답을 준 것이리라. 그리고 다음 순간 플로렌스가 이렇게 말했다. "이로써 원탁의 기사단이 결성되었다." 그러자 에드워드 애쉬버넘이 또 한 번 흡족한 듯 끄르륵 소리를 냈다. 하지만 레오노라는 거위가 자기 무덤 위를 지나간 듯 몸을 부르르 떨었다. 그리고 나는 그녀에게 은색의 빵 바구니를 건네주고 있었다. 전진!

4장

그때부터 그지없이 평온한 9년이 이어졌다. 그 기간 동안 애쉬 버넘 부부는 자신들에 대해 거의 얘기하지 않았고, 우리 역시 아주 특이할 만큼, 그리고 그들과 비슷한 정도로 개인적인 얘기를 빼놓고 대화했다. 우리 두 부부의 관계는 모든 것을 있는 그대로 받아들이는 것이 특징이었다. 우리는 모두 '점잖은 사람들'이며, 네 사람 모두 약간 덜 익힌 스테이크를 좋아하지만 너무 덜 익히면 안 되고 점심 식사 후에는 두 남자 모두 좋은 리큐어 브랜디, 여자들은 광천수에 온천물을 타 마신다는 등의 몇 가지 전제를 깔고 있었다. 두 부부 모두 원할 때는 과하지 않은 범위에서 지위에 맞는 쾌락을 누릴 돈이 있고, 낮에는 자동차나 마차를 이용하고, 서로에게 저녁을 대접하고 친구들을 식사에 초대하며, 원하면 아주 검소하게 지낼 수도 있다는 사실을 전제로 했다. 그래서 예컨대 완전히 영국 마니아인 플로렌스는 매일 런던에서 발행되는 〈데일리 텔레그래프〉를 받아 보았다. 나 자신은 파리에서 찍어내는 〈뉴욕 헤럴드〉면 충분했다. 그런데 어느 날 레오노라와 플로렌스가 런던에서 발행되는 애쉬버넘의 신문이 계속 배달되고 있다는 사실을 알고는, 한 해는 우리가, 다음 해에는 그쪽 부부가 자신들의 신문 구독을 취소하자고 제안했다. 그와 비슷한 일인데, 나사우 슈베린[44] 대공은 매년 온천장에 오면 거기 오는 열여덟 가족과 한 번씩 저녁 식사를 했다. 그 대신 나중에 그들을 한꺼번에 초대해 정찬을 베풀었다. 그런데 대공과의 식사는 비용이 상당했기 때문에 (대공뿐 아니라 그의 일행, 거기 와 있는 외교관들을 모두 초대해야 했다) 플로렌스와 레오노라가 머리를 굴려 두 집이 같이 저녁을 내자고 했고, 정말 그렇게 했다. 대공 전하가 그것을 알아차렸는지 모르지만, 그랬더라도 별로 개의치 않았을 것이다. 어쨌든 대공과의 합동 식사는 점차 연례행사로 자리 잡았고, 나중에는 참가 인원이 점점 더 늘어서 적어도 우리가 보기에는 그 시즌을 마무리하는 일종의 폐막 행사가 되었다.

우리가 '왕족과의 교유'를 원했다는 말이 아니다. 그러고 싶은 마음도 없었고, 그럴 자격도 없었다. 우리는 그저 '점잖은 사람들'이었다. 하지만 대공은 고 에드워드 7세처럼 쾌활하고 상냥한 성격이었고, 경마나 디저트, 자기 조카인 황제[45]에 대해 즐겁게 얘기하곤 했다. 어떤 때는 산책하다가 걸음을 멈추고 치료가 잘되고 있는지, 프랑크푸르트 벨터 주식에 얼마나 걸었는지 관심 있게 묻기도 했다.

그런데 솔직히 우리가 뭘 하면서 그 많은 시간을 보냈는지 잘 모르겠다. 사람들은 뭘 하면서 시간을 보낼까? 9년이나 만났는데

---

44 나사우 슈베린(Nassau Schwerin) : 나사우는 1866년까지 독립된 독일동맹의 공국이었고, 베를린에서 약 207킬로미터 떨어진 슈베린은 메클렌부르크-슈베린 공국의 수도였음. 나사우 슈베린이라는 공국은 존재하지 않았음.

45 독일 황제이자 프로이센의 왕인 빌헬름 2세(1859~1941)를 가리킴.

뭘 했는지 전혀 모르겠으니 이상하지 않은가? 정말 아무것도 생각나지 않는다. 체스 말 같은 모양인데, 위에 난 구멍으로 나우하임의 네 가지 풍경을 들여다볼 수 있는 상아 펜꽂이 하나 남아 있지 않다. 그렇다고 뭔가를 체험하거나 인간에 대해 더 알게 된 것도 아니다. 그런 것도 전혀 없다. 솔직히 말해서 나는 역으로 가는 도로 초입에서 아주 비싼 값에 제비꽃을 팔던 여자한테 바가지를 썼는지 어땠는지도 모르겠다. 레그혼 역에서 우리 짐을 옮겨주고 가방 하나에 1리라씩 받은 짐꾼이 사기를 쳤는지 아닌지도 알 수 없다. 이 세상에서 정직한 사람을 만나는 것은 사기꾼을 만나는 것 못지않게 놀라운 일이기 때문이다. 45년이나 사람들과 살아 왔으면 인간에 대해 뭔가 알 만도 한데, 사실은 그렇지 못하다.

이는 상당 부분 사람들을 보이는 그대로 받아들이는 현대 문명인의 습관 때문일 수도 있다. 오랫동안 지켜봤지만 정말 기묘하고 미묘한 일이다. 우리는 각자 불완전하지만 확실한 방식으로 사람들을 판단한다.

이것이 가장 바람직한 생활 방식이 아니라든가, 기준이 너무 높다고 말하는 것은 아니다. 하지만 얇고 미지근하고 질긴 고기를 매일 몇 조각씩 씹어야 하는 것은 정말 역겨운 일이다. 따뜻하고 달착지근한 퀴멜[46]을 마시고 싶은데 브랜디를 마셔야 한다든가, 실은 저녁때 따뜻한 물로 목욕하고 싶은데 아침에 냉수욕을 해야 하는 것은 정말 끔찍한 일이다. 나는 필라델피아의 퀘이커인데 누군

---

46 퀴멜(Kümmel) : 독일 북부에서 생산되는 달콤한 술. 커민(cumin)과 캐러웨이(caraway) 씨가 들어 있어 소화를 도와줌.

가 물어보지도 않고 나를 감독파로 단정하면 마음 저 깊은 곳에서 조상 대대로 내려온 신앙심이 발동한다.

하지만 우리는 그렇게 살 수밖에 없다. 사람은 누구나 아스클레피오스[47]에게 닭을 바쳐야 하기 때문이다.

한 가지 기묘하고 특이한 것은 같은 법칙이 모든 사람에게 적용된다는 사실이다. 호텔, 기차역, 그리고 그만큼은 아니지만 크루저나 기선에서 만난 사람까지, 우리는 누군가를 만나면 그들이 내는 아주 작고 개인적인 소리나 사소한 동작만 보고도 즉시 그들이 좋은 사람인지, 사귀면 안 될 사람인지 판단을 내린다. 우리는 그 사람들이 약간 덜 익힌 고기부터 영국 국교에 이르기까지 모든 면에서 우리의 기준에 맞게 행동할지 알게 되는 것이다. 키가 크든 작든, 꼭두각시 인형처럼 목소리가 작든 황소처럼 우렁차든, 독일인이든 오스트리아인이든 프랑스인이든 스페인 사람이든, 아니면 브라질인이든, 우리는 그들이 매일 아침 냉수욕을 하고 외교관들과 어울리는 부류이기를 바란다.

하지만 정말 불편하고 죽도록 짜증 나는 것은, 다들 상대방이 어떠하리라고 으레 짐작하기 때문에 내가 지금까지 말한 것보다 더 깊은 차원에서 그들과 친해지기는 대단히 어렵다는 사실이다.

이 사실을 잘 보여주는 놀라운 예가 있다. 우리의 첫해, 그러니까 플로렌스와 내가 만난 지 4년째지만 나우하임에서 우리 넷이 처음 만난 해 같은데, 어쨌든 그해나 그다음 해였을 것이다. 우리

---

[47] 아스클레피오스(Asclépios) : 그리스 신화에 나오는 아폴론의 아들로, 의학의 신. 병에 걸렸다 나은 사람들은 그에게 수탉을 바쳤다 함.

넷의 관계가 얼마나 특이하고 서로 얼마나 급속히 친해졌는지 보여주는 사건인데, 그때 우리는 전에도 여러 번 그랬다는 듯 거의 아무런 준비도 없는 상태에서 아주 자연스럽게 이 소풍을 떠나려는 참이었고, 그래서 서로 더 친밀한 느낌이었다…….

하지만 거긴 적어도 플로렌스의 입장에서는 우리가 친해진 지 얼마 안 되었을 때 같이 가고 싶은 곳 같았고, 그래서 처음 만났을 때 갔어야 되는 것이 아닌가 싶을 정도였다. 플로렌스는 고대 유적들에 대해 아주 해박한 지식을 갖고 있었고, 사람들을 그런 데 데리고 가서 누군가가 거기 서서 다른 사람이 살해되는 장면을 지켜봤던 창가를 보여주기를 정말 좋아했다. 그런 일은 딱 한 번 있었지만, 플로렌스는 아주 능숙하게 그 일을 해냈다. 그녀는 거리들이 반듯반듯하고 주소가 다 매겨져 있어서 24번가에서 30번가까지 아주 쉽게 찾아갈 수 있는 미국 도시처럼 베데커[48] 한 권만 있으면 어느 유적이든 쉽게 돌아다닐 수 있었다.

나우하임에서 기차로 50분 거리에 있는 M-시[49]는 거대한 현무암 위에 자리하고 있었고, 밑에서 위로 스카프처럼 비스듬히 3중으로 도로가 나 있었다. 정상에는 헝가리의 성 엘리자베트[50]가 살

---

48 베데커(Baedeker): 독일의 출판업자 카를 베데커(Karl Baedeker, 1801~1859)가 펴낸 여행 안내서 시리즈. 독일 라인 강변에 자리한 코블렌츠(Koblenz)를 다룬 첫 권은 1829년에 나왔음.

49 M-시: 독일 헤센 주 란(Lahn) 강변에 위치한 유서 깊은 대학 도시 마르부르크(Marburg). 11세기에 건립된 고딕식 성당들이 있음. 동서(쾰른-프라하)와 남북(북해-이탈리아)을 잇는 유럽 두 교역로의 교차점.

50 헝가리의 성 엘리자베트(St. Elizabeth of Hungary, 1207~1231): 1228년에 과부가 된 엘리자베트 왕비는 마르부르크의 프란체스코파 수녀가 되어 그 도시에 병원을 설

던 성이 있는데, 윈저 성[51]처럼 사각형이 아니라 점판암 박공과 꼭대기에 수탉 모양의 금빛 풍향계가 번쩍이는 높은 탑들이 즐비하게 늘어선 묘한 건물이었다. 성이 위치한 프로이센은 어쩐지 늘 꺼림칙한 느낌이었다. 하지만 아주 유서 깊은 성이고, 탑이 두 개씩 달린 교회들이 여러 채 있어서 마치 푸르른 란 강[52]의 계곡에서 솟아난 피라미드처럼 보였다. 애쉬버넘 부부도 그렇고 나 역시 별로 가고 싶지 않았지만, 가지 말자고 한 사람은 없었다. 매주 서너 번씩 소풍을 가는 일이 치료의 일부였다. 그래서 우리는 모두 플로렌스의 제안을 아주 고맙게 생각했다. 플로렌스 역시 나름의 이유가 있었다. 당시 그녀는 애쉬버넘 대령을 교육시키고 있었다. 아, 물론 아주 좋은 의도로! 그녀는 레오노라에게, "남편을 이렇게 무식하게 놔두는 게 이해가 안 가요!"라고 말하곤 했다. 레오노라는 늘 아주 유식해 보였고, 플로렌스가 하는 얘기를 이미 다 알고 있었다. 아내가 일어나기 전에 베데커를 읽었을 수도 있지. 물론 레오노라가 그런 것을 알고 있다는 말은 안 했지만, 용감한 루드비히[53]가 여러 여자와 차례로 결혼했던 헨리 8세와 달리 세 여자와 동시에 결혼하려 했기 때문에 여러 가지 문제에 봉착했었다는 말을 꺼

립. 1235년 교황 그레고리오 9세에 의해 시성(諡聖)됨.

51 윈저 성(Windsor Castle) : 버크셔에 있는 윈저 성은 사각형이 아니라 불규칙한 평행사변형으로 되어 있음. 11세기 노르망디에서 건너온 정복왕 윌리엄(William the Conqueror, 1027~1087)이 요새를 세웠다 함.

52 란(Lahn) 강 : 라인 강의 지류로 마부르크를 관통함.

53 용감한 루드비히 : 헤센 공국의 영주였던 관대한 필리프(Philip the Magnanimous, 필리프 1세, 1504~1567)로 추정됨. 마르틴 루터는 필리프가 두 번째 부인과 결혼하는 것을 용인했다고 함. 영국의 헨리 8세(1491~1547)는 여섯 번 결혼했음.

내면 그녀는 다 알고 있다는 식으로 고개를 끄덕여서 가엾은 플로렌스를 당황하게 만들곤 했다.

아내는 이렇게 소리치곤 했다. "다 알고 있었으면서 왜 애쉬버넘 대령에게 말해주지 않은 거죠? 재미있어하셨을 텐데." 그러면 레오노라는 차분한 얼굴로 남편을 바라보며, "말의 입을 다루는 손에 영향을 줄까 봐 그런 거죠"라고 했다. 대령은 얼굴을 붉히며, "괜찮아. 나한테는 신경 안 써도 돼"라고 했다.

가엾은 테디는 레오노라의 농담에 깜짝 놀란 듯했다. 어느 날 저녁 끽연실에서 머리에 든 것이 너무 많으면 정말 폴로를 할 때 동작이 둔해지냐고 물어봤기 때문이다. 그러면서 유식한 사람일수록 운동을 못한다고 덧붙였다. 나는 걱정 말라면서, 균형 감각을 잃을 만큼 많이 배울 일은 없을 것이라고 했다. 당시 대령은 플로렌스에게서 교육받는 것을 아주 즐기고 있었다. 아내는 레오노라와 내가 지켜보는 가운데 한 주에 서너 번 그를 교육시켰다. 체계적이지는 않고 한 번에 많은 양을 가르치는 식이었는데, 지구상의 몽매한 이들을 가르쳐 세상을 좀 더 나은 곳으로 만들겠다는 노력의 일환이었다. 그녀는 대령에게《햄릿》의 줄거리를 들려주고, 첫 두 주제를 흥얼거리며 교향곡의 형식을 설명하고, 아르미니위스파[54]와 에라스투스파[55]의 차이를 말해주고, 미국의 초기 역사를 요약해주기도 했다. 플로렌스는 어린아이에게 아주 효과적인 방식으로 이

---

54 아르미니위스파: 네덜란드의 신교 신학자 야코뷔스 아르미니위스(Jacobus Arminius, 1560∼1609)의 교리를 신봉한 사람들.

55 에라스투스파: 스위스의 신학자 토마스 에라스투스(Thomas Erastus, 1524∼1583)의 교리를 신봉한 사람들.

런 것들을 가르쳤다. 너, 마컴 부인[56]의 책 읽어본 적 있니? 그런 식이었다……

그런데 M-으로의 소풍은 그보다 훨씬 더 거창한 일이었다. 그 도시에 있는 성(城)의 기록보관소에는 우리 셋을 한꺼번에 교육시키는 데 필요한 문서가 전시되어 있었다. 플로렌스는 자기가 교양 면에서 레오노라보다 뒤떨어질까 봐 늘 노심초사했다. 레오노라가 뭘 알고 뭘 모르는지 알 수 없지만, 플로렌스가 어떤 얘기를 꺼낼 때마다 그녀는 이미 그 내용을 알고 있었다. 뿐만 아니라 플로렌스가 여기저기서 주워들은 것을 그녀는 아주 잘 알고 있는 듯한 인상을 주었다. 정확히 설명할 수는 없지만, 거의 물리적인 차이였다. 리트리버가 그레이하운드를 쫓아가는 장면을 본 적 있는가? 둘이 거의 나란히 푸른 들판을 달려가다가 리트리버가 갑자기 사냥개에게 덥석 달려드는데, 사냥개는 이미 저 앞에 가고 있다. 속도를 높이거나 다리에 힘을 주는 장면을 보지 못했는데, 그레이하운드는 리트리버보다 이미 2미터쯤 앞서 가고 있는 것이다. 플로렌스와 레오노라는 교양 면에서 그런 차이가 있었다.

그런데 그날은 뭔가가 있었다. 그보다 며칠 전 나는 플로렌스가 랑케의 《교황들의 역사》,[57] 시먼즈의 《르네상스》,[58] 모틀리의 《네덜

---

56 마컴 부인(Mrs. Markham) : 어린이를 위한 역사물과 동화들을 펴낸 엘리자베스 펜로즈(Elizabeth Penrose, 1780~1837)의 필명. 《마컴 부인의 영국사》(1823), 《마컴 부인의 프랑스사》(1828) 등이 유명함.

57 레오폴트 폰 랑케(Leopold von Ranke)의 《교황들의 역사 The Ecclesiastical and Political History of the Popes of Rome During the Sixteenth and Seventeenth Centuries》(1837~1839).

58 존 애딩턴 시먼즈(John Addington Symonds)의 《이탈리아의 르네상스 The Renaissance in Italy》(1875~1876).

란드 공화국의 형성》,[59] 루터의《대화집》[60] 같은 책들을 읽는 것을 보았다.

솔직히 말해 그 놀라운 일이 벌어지기 전까지는 아주 즐거운 소풍이었다. 2시 40분 기차를 잡은 것도 좋았고, 거대한 기차가 느리고 부드럽게 달리는 것도 좋았다. 우리는 그날 세계 최고의 기차를 타고 있었다! 푸른 들판을 달리며 커다랗고 깨끗한 유리창 밖을 내다보는 것도 좋았다. 물론 들판이 정말 푸르지는 않았지만 말이다. 햇살이 비치면 들판은 심홍색, 보라색, 붉은색, 초록색, 빨간색으로 바뀌었다. 쟁기를 끄는 소는 매끈한 갈색, 검은색, 자주색으로 보였고, 농부들은 까치처럼 흰색과 검은색 옷을 입고 있었다. 까치들도 커다란 무리를 지어 날고 있었다. 또 다른 들판에는 작은 건초 더미들이 쌓여 있었는데, 해가 비치는 쪽은 녹회색, 그늘진 쪽은 보라색을 띠고, 그곳 농부들은 에메랄드빛 리본이 달린 심홍색 원피스, 보라색 치마, 흰 셔츠, 검은 벨벳 가슴 장식 차림이었다. 그래도 느낌에는 아주 밝은 초록의 들판을 달리는 것 같았고, 기차가 앞으로 달려가는 동안 이 들판들은 어두운 보라색을 띤 전나무 숲, 현무암으로 된 산봉우리, 거대한 숲 쪽으로 멀어지는 것 같았다. 시냇가에는 조팝나무와 소들이 있었는데, 그날 오후 나는 갈색 암소가 검고 흰 얼룩소의 배를 들이받아 좁은 시냇물 한가운데 풍덩 빠뜨리는 것을 보았다. 나는 그 모습을 보고 껄껄 웃었지만 플로렌스는 뭔가 얘기

---

59 존 모틀리(John. L. Motley)의 《네덜란드 공화국의 형성 The Rise of the Dutch Republic》(1856).

60 마르틴 루터(Martin Luther)의 《대화집 The Table Talk or Familiar Discourse of Martin Luther》(1848).

하느라 바쁘고 레오노라는 듣는 데 열중해 있어서 아무도 알아차리지 못했다. 나는 쉴 여유가 생겨서 좋았다. 플로렌스가 용감한 루드비히 공에 대해 얘기하는 동안은 (용감한 루드비히 공 같았는데, 역사가가 아니라서 확실히는 모르겠다) 문제가 없을 것이었다. 그녀는 세 여자와 동시에 결혼하려 했고 루터를 후원했던 (대충 그런 얘기였던 것 같다!) 헤센의 용감한 루드비히 공에 대해 얘기하고 있었는데, 적어도 그동안에는 자신을 흥분시키거나 심장박동을 불규칙하게 만들 일은 하지 않을 테니 그야말로 걱정 없는 상황이었고, 소가 물에 빠지는 것을 보니 정말 유쾌했다. 그날 오후 나는 그 장면을 생각하며 몇 번이고 혼자 킥킥 웃었다. 얼룩소가 시냇물 한가운데 풍덩 빠지는 것은 정말 상상하기 힘든 장면이었다.

그 소가 불쌍하게 느껴져야 하는데 그런 생각이 안 들었다. 즐기러 나온 소풍 길이었기 때문이다. 나는 그냥 모든 것을 즐기고 있었다. 산 위에 서 있는, 탑이 두 개씩 달린 성이 있는 아름다운 동네들을 지나가는 것은 기분 좋은 일이다. 햇살이 비치면 도시의 유리창과 약국의 금빛 간판, 산 위에 높이 자리한 학생 클럽 하우스의 표장, 하얀 면바지를 입고 짧고 뻣뻣한 다리로 행진하는 군인들의 군모가 빛을 반사한다. 농부, 꽃, 암소들이 있는 그림과 청동 장식물로 꾸민 크고 웅장한 프로이센의 역에서 내리는 것, 플로렌스가 두 마리 야윈 말이 끄는 낡은 마차의 마부와 씩씩하게 요금을 흥정하는 소리를 듣는 것은 즐거운 일이다. 나는 어린 시절에 들은 펜실베이니아식 독일어 억양을 완전히 버리지 못했지만 플로렌스보다는 독일어를 훨씬 더 정확하게 한다. 어쨌든 우리는 팁 없이 5마르크를 내고 성 바로 앞까지 기분 좋게 마차를 타고 갔다.

박물관에서는 벽난로의 무쇠 장식, 오래된 유리, 옛날 칼들, 이런 저런 장치들을 구경했다. 그다음에는 나선형 계단을 올라가, 세 여자와 동시에 결혼했고 여섯 명의 여자와 차례로 결혼한 사람과 동맹을 맺었던 (난 이런 이야기에는 별로 관심 없지만, 지금 내가 하고 있는 이야기와 연관이 있어서 언급한다) 군주의 비호 아래 루터와 동지들이 처음으로 만난, 그림으로 장식된 커다란 방을 보았다. 그 방 다음에는 교회당, 음악실, 그리고 거기서 좀 더 올라가면 아주 높은 곳에 빙 둘러 육중한 덧문이 달리고 벽장이 여러 개 있는 크고 오래된 방이 있었다. 플로렌스는 완전히 흥분한 표정으로 피곤하고 따분해 보이는 관리인에게 몇 군데 덧문을 열어달라고 했다. 그러자 어둡고 오래된 방으로 눈부신 햇살이 들이비쳤다. 플로렌스는 이 방이 바로 루터가 묵었던 방인데, 햇살이 들이비친 바로 그곳이 그의 침대가 있던 자리라고 했다. 그런데 그 말은 사실이 아니었을 것이다. 그는 피신 길에 이 성에서 점심 한 끼 얻어먹은 정도였기 때문이다. 하지만 성주가 루터를 붙잡아 자고 가라고 했었으면 아마 이 방에서 묵었을 것이다. 어쨌든 다음 순간 플로렌스는 투덜대는 관리인에게 또 다른 덧문을 열어달라고 하더니 커다란 유리장 쪽으로 걸어갔다.

"아, 저거다." 그녀는 하루 쓴 돈을 메모한 듯 연필로 옅게 휘갈겨 쓴 편지의 반절로 보이는 종이를 가리키며 즐겁고 당차고 의기양양한 어조로 이렇게 소리쳤다. 애쉬버넘은 양손으로 유리장을 짚고 있었다. "저게 바로 〈항변〉[61]이에요." 우리 셋이 모두 무슨 말

---

61 〈항변 Protest〉: 마르부르크 성에 있는 문서는 사실 〈항변〉이 아니라 〈마르부르크담

인지 모르겠다는 표정을 짓자 플로렌스는 이렇게 말했다. "저것 때문에 우리가 다 프로테스탄트라고 불리는 거잖아요. 그들이 발표한 항의서의 초기 버전이죠. 마르틴 루터, 마르틴 부처, 츠빙글리, 그리고 용감한 루드비히가 연필로 서명한 게 보이죠?"

나는 이름들은 잘 몰랐지만 루터와 부처가 여기 왔었던 것은 알고 있었다. 플로렌스가 여전히 흥분한 표정이라 다행이었다. 지금 컨디션도 좋고 딴짓할 생각도 없다는 뜻이었기 때문이다. "바로 저 문서 때문에 여러분이 모두 성실하고, 금욕적이고, 검소하고, 근면하고, 양심적인 사람들로 살게 된 거잖아요. 저 문서가 아니었으면 여러분은 아일랜드인이나 이탈리아인, 폴란드인처럼 살았을 거예요. 특히 아일랜드인들처럼 말이죠……."

그러고는 손가락으로 애쉬버넘의 손목을 짚었다.

그날 나는 뭐라고 정의하거나 비유하기 어렵지만 어딘가 수상하고 무섭고 사악한 기운을 감지했다. 뱀이 구멍에서 머리를 내밀었다기보다, 내 심장이 쿵 내려앉은 느낌이랄까. 우리 넷은 이제 비명을 지르고 서로를 외면하며 각기 다른 방향으로 달아나야 할 것 같았다. 애쉬버넘의 얼굴은 두려움으로 가득 차 있었고, 나 역시 엄청난 공포에 휩싸였다. 레오노라는 내 왼쪽 손목을 아프도록 움켜쥐고 있었다.

이윽고 그녀가 완전히 흥분한 어조로 말했다. "더는 못 참겠어

화 Marburg Colloquy〉(1529). 15개 조로 이루어진 이 문서에는 스위스의 종교개혁가 울리히 츠빙글리(Ulrich Zwingli, 1484~1531), 마르틴 루터, 독일의 종교개혁가 마르틴 부처(Martin Bucer, 1491~1551), 관대한 필리프 등이 서명했음. 용감한 루드비히는 그 오래전에 사망했고, 연필 역시 1760년에 처음 생산되었음.

요. 빨리 나가요."

나는 엄청난 공포에 휩싸였다. 생각할 시간이 없는데도, 그녀가 정말 질투심 많은 여자라는 생각이 들었다. 하지만 애쉬버넘과 플로렌스를 질투하다니! 우리는 겁에 질린 채 밖으로 뛰쳐나왔고, 나선형 계단을 내려와 거대한 접견실을 가로지른 다음 넓은 계곡과 란 강 하구의 광활한 들판이 내나보이는 작은 테라스로 나왔다.

레오노라가 "안 보여요? 지금 무슨 일이 일어나고 있는지 모르겠어요?" 하는 말을 듣자 두려움으로 심장이 멎는 듯했다. 나는 떠듬떠듬 작은 소리로 간신히 대답했다.

"아뇨! 뭐가 문젠데요? 대체 뭐가 문제죠?"

그러자 레오노라가 내 눈을 똑바로 쳐다보았다. 그녀의 엄청나게 크고 압도적인 푸른 두 눈이 나를 세상에서 격리시키는 거대한 벽처럼 느껴졌다. 말도 안 되는 소리지만 내 느낌은 그랬다.

그녀는 너무도 비통하고 쓰라린 어조로 말을 이었다. "그게 바로 이 모든 비극, 이 세상 모든 슬픔의 원인이라는 것, 나와 당신, 그리고 그 두 사람을 지옥으로 떨어지게 할 영원한 저주의 원인이라는 걸 모른다고요?"

나는 너무도 두렵고 놀란 나머지 그다음 말은 귀에 들어오지도 않았다. 의사나 애쉬버넘 대령을 불러와야 한다는 생각이 머리를 스쳤다. 플로렌스를 불러 그녀를 알뜰히 돌보게 하면 어떨까 했지만, 그러면 아내의 심장에 무리가 올 수도 있었다. 그런데 내가 밖으로 나오는 순간 레오노라는 이렇게 말하고 있었다. "밝고 행복하고 순수한 존재들은 이 세상 어디에 있을까요? 행복은 어디에 있을까요? 그런 건 책에나 나오지요!"

그녀는 특이한 동작으로 자기 이마를 손끝으로 긁어 올렸다. 눈을 크게 부릅뜬 채 지옥의 불구덩이를 들여다보며 끔찍한 장면들을 구경하는 이의 표정이었다. 그러다가 갑자기 표정이 바뀌더니, 놀랍게도 순식간에 애쉬버넘 부인으로 돌아왔다. 그녀의 얼굴은 완전히 맑고 단정하고 또렷했으며, 화려하게 땋은 금발이 눈부셨다. 그녀는 뭔가를 경멸하듯 코를 씰룩거리더니 저 아래 작은 다리를 건너오고 있는 집시 행렬을 유심히 지켜보았다.

그러더니 맑고 딱딱한 목소리로 물었다. "내가 아일랜드계 가톨릭이라는 거 알고 있죠?"

5장

그 말을 들으니 마음이 편안해졌다. 나 자신에 대해 한순간에 그렇게 많이 알게 된 것은 평생 처음이었다. 그때까지 나는 플로렌스 이외에는 갖고 싶은 것이 별로 없었다. 물론 나도 원하는 게 있고 싫어하는 게 있었다. 예컨대 호텔 식당에서 캐비아를 돌릴 때 내 차례가 됐는데 조금밖에 안 남아 있을까 봐 마음이 조마조마했던 적이 있고, 기차를 놓쳤을 때 심하게 짜증이 나기도 했다. 벨기에 국립 철도회사는 프랑스 기차에서 내린 승객들이 브뤼셀에서 제시간에 갈아타지 못하게 하는 버릇이 있는데, 그런 일이 벌어질 때마다 나는 정말 화가 치밀었다. 그 문제에 대해 〈타임스〉에 편지를 보냈더니 실어주지 않았다. 파리에서 발행되는 〈뉴욕 헤럴드〉에도 같은 내용으로 편지를 보냈는데, 그 신문은 매번 실어주었다. 하지만 신문에 실린 내용을 읽어보면 왠지 마음에 들지 않았고, 그럴 때마다 엄청 화가 났다.

지금 생각하면 그 일로 화가 났었다는 것이 이상하다. 이해가 가긴 한다. 그때 나는 플로렌스나 애쉬버넘 대령 등 심장에 이상이 있는 사람들에게 관심이 있었다. 어쩌면 레오노라에게 더 관심이 있었을 수도 있지만. 사랑에 빠진 것은 아니었다. 적어도 내가 보기에 우리는 같은 일을 하고 있었다. 우리는 둘 다 심장병 환자들이 죽지 않도록 지키고 있었다.

그것이 얼마나 심각한 일인지 그대는 짐작도 못할 것이다. 대장장이가 "모든 일은 망치와 손에 달려 있다"고 생각하고, 빵집 주인이 온 우주의 운명이 그날 아침 구워낸 빵의 품질에 달려 있다고 믿고, 우체국장이 자기야말로 사회를 보전하는 존재라고 믿듯이—우리에게는 이런 망상이 꼭 필요하다—나 역시 심장병 환자가 목숨을 보전하도록 지키는 일이 가장 중요하다고 생각했다. 레오노라도 그랬을 것이다. 그게 얼마나 심각한 일인지 그대는 모를 것이다. 그 일의 심각성에 비하면 왕족, 공화국, 자유시[62]의 운명 따위는 우습지도 않게 느껴졌다. 자동차 바퀴에 뭐가 깔리거나 푹파인 웅덩이 때문에 차가 휙 흔들릴 때마다 나는 그곳의 왕이나 대공 또는 시장을 비난했고, 교회 종소리 때문에 통화에 불편을 겪는 주식 중개인처럼 투덜거리곤 했다. 이런 것은 중세의 유물이라는 등, 세금은 많이 걷으면서 이게 뭐냐는 등 떠들어댔다. 브뤼셀에서 칼레행 배를 놓치는 일이 그토록 화나는 것은 시간 때문에 생명을 다툴 수도 있는 심장병 환자들이 가장 짧은 시간에 해협을 건너는 선편을 이용할 수 없었기 때문이다. 유럽에는 심장병 치료에 좋다는 온천이 나우하임과 스파[63] 등 두 군데 있는데, 영국에서

---

62 자유시(Free City) : 종교개혁 이후 독일에는 브레멘, 함부르크, 뤼베크 등 자유시 세 곳이 있었는데, 자유시의 군주들이 종교개혁에 열성적이었음.

63 스파(Spa) : 벨기에 아르덴(Ardennes) 지역에 있는 온천.

가장 짧은 항로로 이곳에 가려면 칼레에서 기차를 타고 브뤼셀에서 갈아타야 했다. 그런데 벨기에 기차는 칼레발이든 파리발이든 단 1초도 기다려주지 않았다. 설사 파리발 기차가 정시에 도착하더라도 낯선 브뤼셀 역내를 급하게 달려―심장병 환자가 뛴다는 게 말이나 되는 일인가?―움직이는 열차의 높은 계단을 뛰어올라야 했다. 만일에 기차를 놓치면 대여섯 시간을 기다려야 했고…….
그럴 때 나는 약이 올라서 밤새 잠을 설치곤 했다.

플로렌스는 뛰곤 했다. 아내는 내게 약하다는 인상을 주려고 애쓴 적이 없다. 하지만 한 번, 독일의 기차 안에서 그녀는 한 손으로 옆구리를 짚고 눈을 감은 채 뒤로 기댄 적이 있다. 그녀는 대단한 배우였고, 나는 그야말로 완벽하게 속아 넘어갔다. 플로렌스는 내게 아내이면서 동시에 가질 수 없는 애인이기도 했다―결국 그것이 내 현실이었다. 그리고 그녀를 이 세상에 살아 있게 하는 것이 나의 일이자 직업, 꿈이었다. 한 사람이 이처럼 다양한 역할을 하는 경우는 드물다. 레오노라 역시 대단한 배우였다. 그녀는 정말 굉장했다! 그녀는 플로렌스를 보호하기 위한 내 계획을 몇 시간씩 들어주곤 했다. 물론 때로는 아이의 얘기를 들어주는 엄마나 환자를 다루는 의사처럼 내 말을 들으면서 딴생각을 하는 순간도 있긴 했다.

에드워드 애쉬버넘의 심장은 아무런 이상이 없었다. 그는 심장이 약한 어떤 여자를 쫓아 인도에서의 지위를 버리고 지구 반 바퀴를 돌아 나우하임에 온 것이었다. 그는 그렇게 감상적인 작자였다. 그들 부부의 형편으로는 브램쇼 영지를 세놓고 인도에서 살았어야 했다.

물론 그때 나는 킬사이트 사건에 대해 알지 못했다. 애쉬버넘은 어느 날 기차 안에서 어떤 하녀에게 입을 맞춘 적이 있고, 통신망의 발달과 햄프서 재판소의 배려가 아니었으면 그 일로 벌써 몇 년 전에 윈체스터 감옥에 가 있었을 것이다. 나는 레오노라의 얘기가 거의 끝날 무렵에야 이 사건에 대해 알게 되었다.

하지만 그 가엾은 작자의 처지를 생각해보라. 난 그대에게 그자의 처지에 대해 생각해보라고 부탁할 권리가 있다. 그렇게 운 나쁜 작자가 그렇게 무심하고 알 수 없는 운명에 시달려야 한다는 게 말이 되는가? 이 이야기는 그렇게밖에는 설명할 길이 없다. 전혀 없다. 나는 그렇게 말할 권리가 있다. 그자는 오랫동안 내 아내의 애인이었고, 그녀를 죽였으며, 내 삶의 모든 즐거움을 망쳐놓았기 때문이다. 먼 곳에 있는 말 없는 독자여, 어떤 성직자도 내게 독자 그대나 세상, 그자의 마음속에 그런 욕망과 광기를 심어놓은 신에게 그를 긍휼히 여겨달라는 부탁을 하지 못하게 막을 권리는 없다……

물론 나는 킬사이트 사건에 대해 알 길이 없었다. 나는 애쉬버넘 부부가 어떤 사람들과 친한지 전혀 몰랐고, 내가 볼 때 둘은 그저 영국 남부에 넓고 양지바른 영지를 가진 점잖은 사람들, 복받은 사람들이었다. 그저 좋은 사람들! 단언하건대 킬사이트 사건이 내가 알 정도로 유명했더라면 대령에게는 더 좋았을 것이다. 하녀들, 가이드들, 온천의 다른 손님들이 몇 년씩 수군댈 정도로 알려졌더라면 점차 잊혔을 것이다. 윈체스터 감옥이든, 운 나쁜 시기에 육체적 욕망을 추구한 죄 때문에 받게 되는 다른 벌을 치렀더라면 언젠가 온천장 테라스에 모인 손님들도 고개를 끄덕이면서 '그 사람 참 안됐지' 했을 것이다. 그랬으면 등은 굽었지만 훌륭한 군인으로 남았을 것이다. 가엾은 작자, 나이에 비해 일찍 등이 굽었으면 더 나았을 텐데.

그랬으면 정말 천 배나 나았을 텐데……. 왜냐하면 레오노라가 차갑고 무심하게 느껴지기 시작했을 때 킬사이트 사건이 벌어졌기 때문이다. 대령은 그 뒤로 절대 하녀들을 건드리지 않았다.

그래서 그는 자기 계층의 여자들을 더 열심히 쫓아다니게 되었다. 레오노라의 말에 따르면, 대령은 기차에서 하녀에게 입을 맞춘 것은 어쩔 수 없는 일이었다고 털어놓음으로써, 자신이 미얀마에서 나우하임까지 쫓아온 여자인 메이단 부인의 관심을 샀다고 한다. 내 생각에 대령은 완전히 만족스러운 여자를 찾겠다는 미친 욕망 때문에 자기도 모르게 그 하녀에게 입 맞추었을 것이다. 가식은 아니었겠지. 그리고 메이단 부인에 대한 사랑 역시 가식은 아니었으리라. 그녀는 긴 속눈썹에 피부색이 어둡고 체구가 작은 미인이었고, 플로렌스도 그녀를 퍽 좋아했다. 대령 부부를 알게 된 뒤로 한 달 동안 우리는 메이단 부인을 꽤 자주 만났는데, 그녀는 심장병으로 아주 조용히 세상을 떠났다.

하지만 가엾은 메이단 부인은 정말 상냥하고 정말 젊었다. 죽었을 당시 스물셋도 안 됐고, 치트랄[64]에 있는 남편도 스물넷 정도였다. 그렇게 젊은 사람들은 건드리면 안 되는데. 물론 애쉬버넘은 그녀를 건드릴 수밖에 없었다. 그로서는 그럴 수밖에 없었을 것이다. 실은 이렇게 많은 시간이 흐른 지금, 나 자신도 그녀가 그리울

---

64 치트랄(Chitral) : 페샤와르에서 약 207킬로미터 떨어진 치트랄은 애쉬버넘이 근무할 당시 아프가니스탄 국경에 가까운, 영국령 인도제국의 북서쪽 변방. 현재는 파키스탄령.

정도니까. 어느 순간 그녀를 생각하면 라벤더 종이에 정성껏 싸서 오래전에 떠나온 옛집 서랍장에 넣어둔 뭔가를 생각할 때처럼 웃음이 떠오르기도 한다. 그녀는 정말 고분고분했다. 심지어 어린애들도 무시할 나 같은 사람에게도 그렇게 했으니까. 맞다, 정말 슬픈 이야기다······.

플로렌스가 메이단 부인이 불륜 장난을 하게 내버려두었으면 좋았을 텐데. 그것은 물론 불륜이었지만 그녀는 그 단어의 철자도 잘 모를 정도로 어린 사람이었다. 아니, 어쩌면 메이단 부인이 그 가엾은 작자를 파멸로 이끈 집요함과 강렬한 욕망에 그저 따라준 것일 수도 있다. 그리고 어쩌면 플로렌스의 역할이 별것 아니었을 수도 있다. 애쉬버넘은 플로렌스가 아니더라도 다른 여자 때문에 메이단 부인을 버렸을 수 있으니까. 글쎄, 나도 잘 모르겠다. 그 가엾은 여자의 몸 상태로 보아 어차피 얼마 못 가 죽게 되어 있었다. 그래도 플로렌스가 창밖에서 애쉬버넘에게 미국 헌법에 대해 설명하는 소리를 들으면서 대낮에 베개를 눈물로 흠뻑 적시고 죽지는 않았을 텐데······. 플로렌스가 그녀를 조용히 죽게 내버려두었으면 이렇게 뒷맛이 씁쓸하지 않을 텐데······.

그렇게 보면 레오노라는 플로렌스보다 점잖게 처신했다. 그녀는 메이단 부인의 뺨을 때렸을 뿐이다. 그랬다. 그녀는 에드워드의 방 앞 복도에서 치미는 화를 참지 못하고 메이단 부인의 뺨을 후려쳤다. 플로렌스와 애쉬버넘 부인이 갑자기 친해진 것도 바로 그 사건 때문이었다.

두 사람이 친해진 것은 정말 희한한 일이었다. 모르는 사람이 볼 때 세상에서 제일 자존심 강한 레오노라가 발밑 양탄자만큼도

64

가치 없는 천한 미국인들과 친해진다는 것은 있을 수 없는 일이었다. 그녀가 그처럼 당당하게 굴 근거가 있는지 궁금하시겠지. 그녀는 애쉬버넘 가문의 아들과 결혼한 포위스 가문 딸이었다. 그렇다면 적절한 범위 내에서 천한 미국인들을 깔볼 권리가 있었다. 도도하게 굴 권리를 지닌 사람이 정말 있는지는 나도 모른다. 레오노라는 자신의 인내심, 남편이 빚으로 감옥에 가지 않도록 지켜왔다는 사실 때문에 그렇게 당당했을 수도 있다. 아마 그랬을 것이다.

어쨌든 플로렌스는 그 일을 계기로 레오노라를 알게 되었다. 저녁 식사 직전 호텔 복도에 있는 병풍을 돌아 나오다가 레오노라가 손목에 걸고 있던 금빛 열쇠가 메이단 부인의 머리칼에 얽혀 있는 것을 보았던 것이다. 다들 아무 말 없었다. 작은 메이단 부인의 창백한 왼쪽 뺨에 붉은 손자국이 나 있고, 검은 머리칼에 얽힌 열쇠는 좀체 빠지지 않았다. 레오노라는 메이단 부인의 몸에 손을 대면 토할 것 같은 상태였기 때문에 플로렌스가 열쇠를 빼낼 수밖에 없었다.

다들 아무 말 없었다. 레오노라는—자기 자신과 메이단 부인의—네 개의 눈이 보는 가운데 그녀의 뺨을 때릴 만큼 흥분했지만, 모르는 사람이 나타나는 순간 완전히 이성을 되찾았다. 그래서 처음에는 아무 말 없었지만, 플로렌스가 열쇠를 빼낸 순간 정신을 차리고 이렇게 말했다. "제가 이래요. 메이단 부인의 머리핀을 반듯이 꽂아주려다가 그만……."

하지만 메이단 부인은 애쉬버넘과 결혼한 포위스 가문의 딸이 아니었다. 그녀는 시골 목사의 아들과 결혼한 가엾고 조그만 오플래허티 집안의 딸에 불과했다. 그래서 그녀가 쓸쓸한 모습으로 복도를 걸어가며 자기도 모르게 흑 울음을 터트린 순간 플로렌스는 어떤 상황인지 짐작이 갔다. 그런데도 레오노라는 연기를 계속했다. 그녀는 아주 당당하게 애쉬버넘의 방문을 열더니 매우 다정하고 친밀한 어조로 말했다. "에드워드." 하지만 에드워드는 안에 없었다.

에드워드는 안에 없었다. 레오노라가 완전히 체면을 구긴 것은 아마 그날이 처음이자 마지막이었을 것이다. 그녀는 "이 일을 어쩌지! 불쌍한 메이시……."

그러고는 얼른 입을 다물었지만 이미 엎질러진 물이었다. 정말 묘한 상황이었다.

레오노라를 탓할 생각은 전혀 없다. 나는 그녀를 정말 좋아하고, 나의 작은 가정을 확실히 무너뜨린 이 사건에서 그녀는 본의 아닌 실수를 저질렀을 뿐이다. 나도 그렇지만 레오노라 자신도 가없은 메이시 메이단이 에드워드의 애인이었다고 생각한 적은 없다. 심장이 너무 약해서 열정적인 포옹을 한다면 곧바로 죽었을 것이기 때문이다. 그것이 사실이고, 사실을 그대로 말하는 것이 제일 낫다. 그녀는 다른 두 사람이 자기들만의 이유로 가장했던 바로 그것이었다. 정말 묘한 일 아닌가? 신이 고약하게 인간을 갖고 논 경우랄까. 게다가 보통 때 같으면 레오노라도 에드워드가 메이단 부인을 사귀는 것을 그다지 싫어하지 않았을 것이다. 그 편이 오히려 메이단 부인에 대한 에드워드의 감상적 넋두리와, 그 넋두리를 고분고분하게 듣고 있는 그녀의 태도보다 덜 역겨웠을 것이기 때문이다. 레오노라는 정말 그렇게 생각했을 것이다.

하지만 메이단 부인의 뺨을 때리는 순간, 레오노라는 견딜 수 없는 우주의 면상을 갈기고 있었다. 그날 오후 에드워드와 정말 심하게 싸웠었기 때문이다.

레오노라는 언제든 그의 편지를 열어볼 권리가 있다고 생각했다. 에드워드의 상황이 너무 엉망인 데다 그런 상황에 대해 거짓말까지 심하게 했기 때문에 당연히 그의 비밀을 캐봐야 한다고 생각했던 것이다. 그는 자신이 저지른 일들이 너무 부끄러워서 도저히 모든 것을 털어놓을 수 없었고, 그래서 레오노라가 직접 진상을 캐볼 수밖에 없었다.

레오노라로서는 뿌듯한 일이었을 것이다. 하지만 그날 오후 에드워드가 온천 의사의 처방대로 한 시간 반 동안 침대에 누워 있을 때 그녀는 허비 대령이 보낸 것으로 보이는 편지를 열었다. 9월 한 달 동안 린리스고셔[65]에서 같이 지내기로 했는데 그 일정이 11일부터인지 18일부터인지 불확실한 상태였고, 봉투에 적힌 주소가 허비 대령의 필체와 똑같았기 때문이다. 그래서 레오노라는 비밀을 캔다는 생각은 전혀 없이 봉투를 열었다.

그런데 사실은 그 안에 엄청난 비밀이 담겨 있었다. 에드워드 애쉬버넘이 자신의 약점을 잡고 있는 누군가에게 한 해 3백 파운드가량을 주고 있었던 것이다. 그녀에게는 그야말로 청천벽력이었다. 상당히 많던 빚을 겨우 청산했다고 생각했었기 때문이다. 그들이 정말 큰 빚을 지게 된 것은 러시아 대공의 정부라고 떠들고 다닌 꽃뱀과의 진부한 연애 사건 때문이었다. 그 여자는 에드워드와

---

65 린리스고셔(Linlithgowshire) : 이전에는 스코틀랜드령, 지금은 웨스트로디언(West Lothian)의 일부임.

한 주일 정도 놀아주고 나서 2만 파운드짜리 진주 티아라를 요구했다. 그렇게 많은 돈을 쓰면 재정적으로 큰 타격을 입을 테고, 그는 상습적인 도박꾼도 아니었다. 그런데 대령은 그 티아라 값과 한 주 동안 그녀와 쓴 상당한 액수의 호텔비를 도박으로 딸 수 있다고 생각했다. 당시 그의 재산은 50만 파운드 정도였다.

그리고 결국 도박장에서 4만 파운드를 잃었다. 4만 파운드라는 돈을…… 사채업자들에게 빌린 4만 파운드를! 그러고 나서 그 여자와 즐기러 갔다. 도저히 저항할 수 없는 유혹이었던 것이다. 처음부터 그럴 생각이었겠지만 그는 2만 파운드보다 훨씬 적은 돈으로 그 여자를 손에 넣었다. 내가 볼 때 그는 만 파운드 정도 썼던 것 같다.

어쨌든 그의 재산에 10만 파운드가량의 결손이 생겼고, 그 결손을 해결하는 것은 레오노라의 몫이었다. 에드워드는 여기저기 돈이나 빌리러 다닐 터였다. 그리고 그때만 해도 레오노라가 남편의 외도 사실을 안 지 얼마 안 된 시기였다. 그런 것을 외도라고 할 수 있는지 모르겠지만 말이다. 그리고 그녀는 이 상황을 다른 경로를 통해 알게 되었다. 안 그랬으면 어떤 일이 벌어졌을지 모르겠다. 에드워드는 아마 전 재산을 잃을 때까지 레오노라에게 아무 말 안 했을 것이다. 하지만 다행히 그녀는 돈을 빌려준 사채업자를 직접 만나 남편이 빌린 돈의 정확한 액수를 알아낼 수 있었다. 그녀는 즉시 영국으로 떠났다. 그랬다. 레오노라는 앙티브[66]로 잠적한 남

---

66 앙티브(Antibes) : 프랑스의 코트다쥐르 연안, 니스와 칸 사이에 위치해 있는 고급 휴양지.

편이 여전히 그 꽃뱀의 품에 안겨 있는 동안 영국으로 건너가 에드워드와 자신의 변호사를 만났다. 대령은 금세 그 여자에게 싫증이 났지만, 레오노라는 그전에 이미 자신의 변호사에게서 사업 수완을 익혀 1870년 프로이센 군으로부터 파리를 수호한 트로쉬[67]의 작전만큼이나 명확하고 효과적인 계획을 세웠다. 어쨌든 그 당시에는 그렇게 보였다.

그 일은 아마 1895년 아까 말한 그때, 즉 플로렌스가 레오노라의 약점을 잡은 날로부터 9년쯤 전에 일어났을 것이다. 그랬다. 플로렌스는 레오노라의 약점을 잡았다. 어쨌든 애쉬버넘 부인은 에드워드의 전 재산을 넘겨받았다. 그녀는 남편에게 뭐든 요구할 수 있었다. 서툴고 사람 좋고 어눌한 에드워드는 부인을 귀신보다 무서워했다. 그는 아내를 정말 대단하다고 생각했고, 어느 여자 못지않게 좋아했다. 그녀는 그 점을 이용해 마치 파산자 다루듯 남편을 관리했다. 그에게는 그렇게 하는 것이 최선이었으리라.

어쨌든 첫 3년가량 레오노라는 눈코 뜰 새 없이 일했다. 생각지도 않았던 빚들이 계속 불거졌고, 남편이란 작자는 전혀 도움이 안 됐다. 애쉬버넘은 여자를 밝히면서도 자신의 소행에 대해 엄청난 수치심을 갖고 있었다. 믿기 힘들겠지만, 그는 레오노라의 순수함을 지켜주고 싶었기 때문에 그런 일들이 이 세상에 존재한다는 사실을 아내가 알게 될까 봐 벌벌 떨었다. 그래서 누가 그런 말을 할 때마다 자신의 결백을 주장했던 것이다. 그는 아내의 순수한 마음

---

67 트로쉬 장군(Jules Louis Trochu, 1815~1896): 프로이센-프랑스 전쟁(1870~1871) 당시 파리를 통치한 장군으로, 소심하고 소극적인 성격이었음. 1871년 트로쉬가 사임하고 한 달 뒤에 프랑스군은 식량 부족으로 프로이센과 휴전하게 됨.

을 지켜주고 싶어 했다. 이 얘기는 마지막에 소녀가 브린디시로 가는 동안 몇 시간씩 나와 산책하던 어느 날 애쉬버넘 본인이 직접 해준 말이다.

그래서 물론 그 3년 동안 레오노라는 흥분할 일이 많았고, 두 사람이 정말 심하게 싸운 것도 그때였다.

그랬다. 두 사람은 정말 지독하게 싸웠다. 지나쳐 보이지만 사실이다. 레오노라는 남편을 소리 없이 증오하고 그는 눈물로 잘못을 뉘우쳤을 것 같지만, 실은 전혀 그렇지 않았다. 에드워드는 여자를 밝히고 그 점을 부끄럽게 생각하면서도, 다른 한편으로는 그것이 자기 계급의 특권이라는 확신을 갖고 있었다. 그리고 그 확신을 실행에 옮기는 데는 엄청난 돈이 들었다. 그런데 빚 얘기를 하는 동안 에드워드가 바람둥이라는 인상을 주지 않았나 우려된다. 그는 바람둥이가 아니라 감상주의자였다. 킬사이트 사건의 하녀는 예뻤지만 어딘지 애처로운 소녀였다. 에드워드는 그녀를 위로하고 싶은 마음에 입을 맞추었을 것이다. 그리고 그녀가 그의 유혹에 넘어갔으면 포츠머스나 윈체스터에 자그만 집을 얻어주고 4, 5년간 변함없이 사랑했을 것이다. 그는 그러고도 남을 사람이었다.

사실 그가 여자 문제로 돈을 뜯긴 것은 딱 두 번, 대공의 정부와, 레오노라가 열어본 협박 편지의 주인공을 만났을 때였다. 에드워드는 그 멋진 여자를 열정적으로 사랑했다. 대공의 정부와 헤어진 뒤 만난 여자로 같은 부대 소속 대위의 아내였는데, 레오노라도 아는 가운데 두 사람은 몇 년 동안 아주 열렬한 연애를 이어갔다. 보다시피 에드워드는 점점 더 높은 계급의 여자들과 사랑을 나누었다. 처음에는 하녀, 그다음에는 고급 창부, 그리고 그다음에는 전혀 안 어울리는 남편과 사는 상류층 여자와 연애를 했던 것이다. 그 여자의 남편은 이혼 법정을 들먹이며 편지를 비롯한 이런저런 방식으로 에드워드를 협박해 1년에 3, 4백 파운드를 뜯어갔다. 그 여자 다음에는 메이시 메이단, 그 뒤 한 명 더, 그리고 그다음에 필생의 연인을 만난 것이다. 레오노라와는 부모의 중매로 결혼했는데, 그는 늘 아내가 대단하다고 생각했고 그녀의 정신적 지원을 절실히 필요로 했지만 그녀에 대한 감정은 기껏해야 상냥함 정도였다.

하지만 경제적으로 정말 큰 부담을 준 것은 그의 지위에 수반되는 자선 행위들이었다. 레오노라의 말을 들어보면, 에드워드는 늘 소작인들의 월세를 깎아주고 앞으로는 그만큼만 내라고 말했다. 그는 술주정을 부리다 잡혀 온 자들의 벌금을 내주고, 매춘부들에게 괜찮은 일자리를 구해주고, 불쌍한 아이들을 보면 완전히 이성을 잃었다. 그가 도와주고 취직을 시켜준 불우한 이들의 수는 기억나지 않는다. 레오노라한테서 듣긴 했는데 너무 과장된 것 같아서 감히 여기 적지는 못하겠다. 뿐만 아니라 그는 이런저런 병원이나 보이스카우트에 후원금을 내고, 경진대회 입상자들에게 상을 주고, 해부반대협회에 회비를 내기도 했다.

레오노라는 이들 대부분을 중단시켰다. 대공의 정부에게 큰돈을 뜯긴 터라 그런 식으로 살다가는 브램쇼의 영지를 지킬 도리가 없었다. 그녀는 소작인들의 월세를 원래대로 올리고, 공짜로 들어와 사는 주정뱅이들을 내쫓고, 이런저런 협회에 후원 중단을 통고했다. 하지만 아이들에게는 후했다. 레오노라는 그들이 자라 도제나 하녀 자리를 얻을 때까지 뒤를 봐주었다. 그녀 자신은 아이가 없었다.

레오노라는 아이가 없는 것이 자기 탓이라고 생각했다. 그녀는 땡전 한 푼 없는 포위스 가문의 딸이었고, 아이들을 구교도로 길러야 한다는 조건 없이 가엾은 에드워드와 결혼했다. 그리고 그것은 물론 레오노라에게는 영적인 죽음이나 진배없었다. 영국 구교도들이 다 그렇듯이 레오노라 역시 강하고 엄격한 양심의 소유자였다. (나 자신은 거의 본능적으로 구교를 싫어한다. 레오노라와 그렇게 친하지만, 내 마음속 깊은 곳에는 평화로운 분위기로 가득한 작고 아담한 필라델피아 아치 가[68]의 올드 프렌스 교회에서 붉은 악녀[69]의 이야기를 들었을 때 느낀 오싹함이 늘 자리하고 있기 때문이다.) 그래서 나는 레오노라가 에드워드의 삶을 제대로 관리하지 못한 것은 많은 부분 영국의 구교라는 그녀의 종교적 배경 때문이라고 생각하고 있다. 왜냐하면 에드워드는 저 바닥까지 떨어져서 돈 한 푼 없이 떠돌다가 길에서 만나는 여자들과 자도록 내버려두는 것이 제일 좋았을 사람이기 때문이다. 그랬으면 그렇게 많은 해를 끼치지 않았을 것이고, 그 자신 역시 그토록 고통받지 않았을 텐데. 어쨌든 그토록 신세를 망치고 그렇게 많이 뉘우치지는 않았을 텐데. 에드워드는 뉘우치는 데는 고수였다.

하지만 내가 보기에 레오노라의 영국 구교적 양심, 엄격한 원칙, 냉정함, 그리고 그녀의 인내심 자체가 에드워드의 경우에는 그야말로 최악의 영향을 끼쳤다. 그녀는 그야말로 진지하고 순진하게 구교가 이혼을 금한다고 믿었다. 또 로마 교회가 자신에게 에드워드

---

68 아치 가(Arch Street) : 필라델피아 아치 가에는 세계 최대의 퀘이커교당이 있음.

69 붉은 악녀(Scarlet Woman) : 〈요한계시록〉 17장 1~18절에 나오는 바빌론의 매춘부. 가톨릭교회를 가리키기도 했음.

애쉬버넘을 충실한 남편으로 만들라는 불가능한 임무를 부과할 정도로 괴상하고 천치 같은 종교라고 진지하고 순진하게 믿었다. 그녀는 영국인들 식으로 말하자면 비국교도적 기질의 소유자였다. 우리 미국에서는 그런 성격을 뉴잉글랜드적 양심이라고 부른다. 그것은 물론 영국 구교도들이 귀에 못이 박히도록 배워온 사고방식이기 때문이다. 그들이 몇백 년 동안 겪은 맹목적이고 악질적인 억압, 공직에 나아갈 수 없는 처지, 적대적인 나라에서 고립된 소수자로 살아가야 하는 현실, 그래서 더 정중하게 처신해야 한다는 압박감, 이 모두가 합쳐져 나온 것이 바로 그런 사고방식인 것이다. 그리고 내가 알기로 영국 구교도는 실제로 비국교도로 분류된다.

유럽의 구교도들은 천박하고 쾌활하고 파렴치한 집단이지만, 바로 그렇기 때문에 기회주의자가 될 수 있다. 그들은 가엾은 에드워드를 단번에 끝장냈을 것이다. (이토록 끔찍한 일에 대해 이렇게 경박한 어조로 얘기하는 것을 용서해주길. 안 그러면 주저앉아 울고 말 것이다.) 레오노라가 밀라노나 파리에 있었으면 적당한 자들에게 2백 달러만 줘도 여섯 달 안에 이혼할 수 있었을 것이다. 그리고 에드워드는 이리저리 떠돌다가 내가 말한 그런 부랑자로 전락하고 말았을 것이다. 아니면 술집 여자와 결혼해서 공공장소에서 창피를 당하고 수염을 뽑히고 얼굴이 벌게지도록 따귀를 맞아서 평생 그녀에게만 충실한 삶을 살았을 것이다. 그가 원하는 구원의 방식은 바로 그런 것이었다.

바람기나 죄책감 못지않게 공공장소에서 창피당하는 것에 대한 두려움도 강했던 에드워드는 남 앞에서 법석을 떤다든가 화가 나서 치고받는 것, 요컨대 사람들의 구경거리가 되는 것을 정말 싫어했다. 그렇다. 술집 여자라면 그의 바람기를 완전히 고쳐놓았을 것이다. 지독한 술꾼이었으면 더욱 좋았겠지. 그녀를 돌보느라 딴 짓할 시간이 없었을 테니 말이다.

내 생각이 맞을 것이다. 킬사이트 사건을 보면 틀림없다. 그가 입 맞춘 하녀는, 정식 명칭은 잘 모르겠지만 영국 비국교도의 수장 집에서 일하는 유모였다. 그리고 그 수장은 토리 지구당의 위원장인 에드워드를 파멸시키기로 작심했기 때문에 하원에서 이 문제를 거론하고, 햄프셔 판사들을 싸잡아 비난하고, 국방부에 에드워드는 장교로 근무할 자격이 없다는 편지를 보내는 등 그야말로 갖가지 방법으로 그를 괴롭혔다.

독자도 아시다시피 그 결과 에드워드는 다시는 하류층 여성을 건드리지 않게 되었다. 레오노라는 정말 다행이라고 생각했다. 식모보다는 메이단 부인 같은 여자와 얽히는 편이—그것도 결국 얽히는 거니까—그나마 덜 역겨웠기 때문이다.

어떤 의미에서 레오노라는 나우하임에 도착한 그날 저녁 거의 느긋한 기분이었다.

영국에서 지주로 사는 편보다 생활비도 적게 들었고, 이런저런 여자와 외도를 즐겨도 큰돈 안 들고 별 타격도 없는 치트랄이나 미얀마 같은 데 위치한 작은 병영에서 여러 해를 알뜰히 생활함으로써 레오노라는 에드워드의 재정적 손실을 상당 부분 만회할 수 있었다. 그래서—남편이 너무 젊어서 문제가 될 수 있는—메이단 부인이 나타났을 때 레오노라는 그만 영국으로 돌아가기로 결심했다. 그녀는 철저한 내핍 생활을 하고, 브램쇼 저택을 세놓고, 그림 한 점과 찰스 1세의 유품을 처분하고, 본인은 몇 년간 괜찮은 옷 한 벌 못 해 입으면서 돈을 모은 결과, 가엾은 남편의 재정 상태를 대공의 정부가 나타나기 전과 거의 비슷한 상태로 되돌려놓았다고 생각했다. 물론 에드워드 자신도 재정적인 면에서 어느 정도 일조를 했다. 많은 사람이 그를 좋아했다. 멋진 외모와 싹싹한 태도 덕분에 가끔 오다가다 만난 부자들이 꽤 큰돈을 벌 기회를 알려주기도 했다. 게다가 이유는 모르겠지만 영국 구교도들이 대개 그렇듯 레오노라 역시 도박을 무서워하지 않았다.

그래서 레오노라의 투자는 모두 높은 수익을 올렸고, 에드워드는 브램쇼 저택을 다시 열고 지주로서의 삶으로 돌아갈 만한 돈을 확보한 상태였다. 레오노라가 메이시 메이단을 별말 없이 거의 안도의 한숨을 내쉬며 받아들인 것도 그 때문이었다. 그녀는 메이시를 정말 좋아했다. 레오노라도 누군가 좋아할 사람이 필요했다. 그리고 어찌 됐든 메이시는 믿을 만한 사람 같았다. 에드워드가 준 작은 싸구려 반지조차 거절한 것을 보면 한 주에 몇천 파운드씩 뜯어 갈 여자는 아닌 것 같았다. 남편이 전에 없이 열렬하게 메이시에 대해 떠들어대는 것은 사실이었다. 하지만 어찌 보면 다행스러운 일이었다. 필생의 연인을 만난 것이라면 더는 바람피우지 않을 테니 그야말로 환영할 일이었다.

그리고 그런 경우 가엾은 메이단 부인보다 나은 여자는 없었다. 몸이 너무 아파서 돈 많이 드는 여행을 갈 수도 없는 사람이었으니까. 나우하임까지의 경비도 레오노라가 댔다. 메이시에게 주면 절대 안 받을 것 같아 레오노라는 그녀의 어린 남편에게 그 돈을 주었다. 그런데 그 남편은 겁이 나서 어쩔 줄 몰라 했다. 가엾은 작자 같으니!

내 짐작이지만 인도에서 오는 배 위에서 레오노라는 평생 가장 행복한 기분이었을 것이다. 에드워드는 메이시에게 푹 빠져서 어린애를 돌보는 아빠처럼 담요와 약병을 들고 그녀 뒤를 졸졸 따라다녔다. 하지만 아주 신중했기 때문에 다른 손님들은 둘의 관계를 전혀 눈치채지 못했다. 레오노라 역시 메이단 부인에 대해 거의 엄마 같은 마음이 들었다. 그래서 겉으로 볼 때는 돈 많고 마음씨 좋은 부부가 검은 눈의 가난하고 병약한 처자를 돕는다는, 아주 보기 좋은 상황이었다. 레오노라가 그날 메이단 부인의 뺨을 후려친 것도 바로 그런 마음 때문이었을 것이다. 부적절한 순간에 초콜릿을 훔친 고약한 아이를 때려주는 엄마 같은 기분이었으리라.

정말 부적절한 순간이었다. 에드워드의 애인 남편이 보낸 협박 편지를 읽는 순간 레오노라는 과거의 공포가 다시 몰려오는 느낌이었다. 또다시 고생길이 훤히 보였다. 에드워드가 그런 일들을 무수히 숨기고 있어서 또다시 집을 잡히고, 팔찌를 전당포에 맡기고, 온갖 걱정거리가 밀려올 것 같은 느낌에 그야말로 지옥 같은 오후를 보낸 참이었다. 물론 이혼 사유였지만 그녀 역시 에드워드 못지않게 남 앞에서 창피 떠는 것을 싫어했다. 그렇다면 계속 돈을 보낼 수밖에 없었다. 1년에 3백 파운드면 사실 그리 큰돈도 아니었다. 그러니 크게 걱정할 것도 없었다. 하지만 그런 일이 수없이 많을 것이라고 생각하면 기가 막혔다.

레오노라는 기차 시간이나 하인을 뽑는 문제처럼 사소한 주제 말고는 몇 년 동안 에드워드와 대화를 나눈 적이 없었다. 하지만 그날은 얘기를 안 할 수 없었다. 에드워드는 달라진 것이 없었다. 10년 만에 책을 펴봤는데 같은 말이 나와 있는 식이었다. 그가 그러는 이유 역시 여전했다. 동료가 자기를 협박할 수 있다는 저급한 사실을 순수한 레오노라가 알게 하고 싶지 않았다. 옛사랑의 영예를 지키고 싶다는 생각도 있었다. 그가 사랑했던 여인은 그 남편과 별개의 존재였다. 그는 이런 사건은 이 한 건뿐이라고 골백번 다짐했다. 레오노라는 그 말을 믿지 않았다.

그는 같은 짓을 너무 여러 번 했고, 그녀는 처음으로 실수를 저질렀다. 그래서 에드워드는 자신의 진심을 입증해 보이려고 그길로 우체국에 가서 몇 시간 애쓴 끝에 자신의 변호사에게 전보를 띄웠다. 그 완고한 사람에게, 자기를 협박하는 그자에게 체포 영장을 발부하겠다고 위협하라는 내용이었다. 그러고는 호텔로 돌아와서 가엾은 레오노라가 더 고통받는 것은 참을 수 없다고 말했다. 남에게 진 빚은 정말 그것뿐이고, 그자가 치사하게 나오면 정말 이혼 법정에 세우겠다고 다짐했다. 남 앞에서 창피를 떨든 신문에 나든 다 감수하겠다는 것이었다. 에드워드는 레오노라에게 그렇게 말했다.

하지만 그러고 나서 자기가 어디로 가는지 말하는 것을 깜박했다. 레오노라는 전보 암호표를 가지러 방으로 돌아가는 남편을 보았는데 그로부터 두 시간 후 메이시 메이단이 그의 방에서 나오는 것을 보자, 자기가 엄청난 고통에 시달린 그 두 시간 동안 에드워드는 메이시 메이단과 사랑을 나누며 보냈다고 생각했다. 정말이지 참기 어려운 일이었다.

메이시가 에드워드의 방에 들어간 것은 사실 가난, 자존심, 순수함의 결과였다. 그녀는 하녀를 둘 돈이 없었고, 한 푼이 아쉬운 처지에 호텔 종업원을 부린 뒤 나갈 때 목돈을 낼 여유도 없었던 것이다. 전에 에드워드가 가위가 열다섯 개나 든 신기한 상자를 빌려준 적이 있는데, 메이시는 자기 방 창가에 앉아 있다가 그가 외출하는 모습을 보고는 그 상자를 에드워드 방에 갖다 두러 갔던 것이다. 그의 침대에 놓인 베개에 입 맞춘 것은 미안했지만, 그래도 그가 없는 동안 가위 상자를 갖다 두는 것은 괜찮을 것 같았다. 메이시는 그렇게 이해했다.

하지만 레오노라는 이 사건 때문에 자기가 플로렌스에게 완전히 먹혔다고 생각했다. 그 장면을 본 플로렌스는 세 사람 사이에 뭔가 있음을 눈치챘다. 세상에서 그녀만이 애쉬버넘 부부가 정말 아무 결점 없는 점잖은 사람들은 아님을 알아차린 것이다. 레오노라는 플로렌스와 친하게 지낼 생각이 없었지만—그건 어떻게 보면 협박에 지고 들어가는 일이 될 테니—자기가 메이시를 전혀 질투하지 않는다는 사실을 플로렌스에게 입증할 때까지는 그녀의 행동을 계속 지켜보기로 결심했다. 그녀가 내 아내의 팔짱을 끼고 식당에 나타나고, 그렇게 눈에 띄는 방식으로 우리 식탁에 와 앉은 것은 바로 그 때문이었다. 그날 저녁 레오노라는 뺨 때린 일을 사과하고 부디 에드워드와 함께 정원에 산책하러 가라고 부탁하러 메이단 부인의 방에 올라갈 때를 빼고는 정말 단 1분도 우리 곁을 떠나지 않았다. 나중에 메이단 부인이 수심에 찬 얼굴로 우리가 앉아 있는 라운지에 들어서자 레오노라가 이렇게 말했다. "자, 에드워드, 일어나서 메이시를 카지노에 데리고 가요. 나는 다우얼 부인에게 포딩브리지 출신으로 코네티컷에 사는 사람들 이야기를 해 달라고 할 거예요." 플로렌스가 애쉬버넘 가문이 브램쇼 영지에 오기 전 2백 년 동안 그곳을 소유한 집안 출신이라는 사실이 밝혀진 바 있기 때문이다. 어쨌든 그날 레오노라는 플로렌스가 자러 올라가고 한참이 지난 후에도 나와 거기 앉아 명랑한 얼굴로 두 사람을 상대했다. 그녀는 연기력이 대단했다.

내가 M-시에 간 날짜를 정확히 아는 것은 바로 그 일 때문이다. 바로 그날 가엾은 메이단 부인이 죽었기 때문이다. 우리가 M-시에서 돌아와 보니 그녀는 죽어 있었다. 그 내막을 모두 알고 보면 정말 끔찍한 일이다.

레오노라가 자신은 아일랜드계 구교도라고 하는 말을 듣고 내 마음이 얼마나 놓였는지 알면 독자 여러분도 내가 그 부부를 얼마만큼 좋아했는지 알 수 있을 것이다. 그들을 얼마나 좋아했던지 지금도 에드워드를 생각하면 어김없이 한숨이 나온다. 그 부부 없이는 아마 살 수 없었을 것이다. 그때 나는 기진맥진한 상태였다. 그리고 나는 레오노라가 플로렌스에 대한 질투 때문에 그렇게 흥분했더라면 정말 아내를 가만두지 않았을 것이다. 질투는 치유되는 것이 아니기 때문이다. 하지만 아일랜드와 구교에 대한 플로렌스의 생각 없는 농담은 사과로 무마할 수 있었다. 2분 정도면 충분했다.

내가 사과하는 동안 레오노라는 묘한 눈길로 나를 똑바로 쳐다보았다. 마침내 나는 용기를 내어 이렇게 말했다.

"이 상황을 받아들여요. 난 당신의 종교가 싫지만 당신 자체는 정말 좋거든요. 솔직히 나는 지금까지 누구를 정말 좋아해본 적도 없고, 누군가 나를 당신처럼 좋아해준 적도 없어요."

"아, 저도 당신을 좋아해요. 남자들이 모두 당신 같으면 좋겠다고 생각할 정도로요. 하지만 다른 사람들 생각도 해야죠." 그녀는 사실 가엾은 메이시를 생각하고 있었다. 그녀는 우리 앞에 있는 가슴께 오는 담 위에서 쐐기풀을 뜯더니 엄지와 검지로 오랫동안 문지른 다음 담 너머로 던지고는 이렇게 말했다.

"당신이 그럴 수 있다면 저도 이 상황을 받아들일 거예요."

6장

그때 레오노라가 '상황을 받아들인다'는 말을 하도 엄숙하게 하는 바람에 내가 웃으면서 이렇게 말한 기억이 난다.

"그렇게까지 심각한 건 아니오. 내 말은 그저, 자유로운 미국인은 다른 종교를 가진 사람들에 대해 어떤 생각이든 할 권리가 있다는 뜻이었어요. 플로렌스도 자기 맘대로 생각하고, 예의를 벗어나지 않는 범위에서 자기 의견을 말할 자유가 있죠."

그러자 레오노라가 대답했다. "우리 아일랜드 사람들이나 종교에 대해 아무 말 안 하는 게 좋을 거예요."

그녀는 평소와 다른, 거의 위협적일 만큼 강한 어조로 말했다. 나를 통해서 플로렌스에게 뭔가 심한 짓을 하면 정말 혼내주겠다는 뜻을 전하려는 듯했다. 그랬다. 그 순간 나는 레오노라가 나를 통해서 플로렌스에게 이런 말을 하고 있다고 느꼈다.

"나를 모욕해도 좋고 내가 가진 걸 다 훔쳐가도 좋지만, 이 상황에서 내 종교와 관련해 나를 모욕하는 말은 한마디도 안 하는 게 좋을 거야."

하지만 레오노라가 이런 말을 했을 리는 없다. 점잖은 사람들은 아무리 종교가 달라도 다른 사람을 위협하지 않기 때문이다. 그렇다면 그날 그녀가 플로렌스에게 한 말은 이 정도가 아니었을까?

"난 우리 아일랜드 구교도들에 대해 아주 예민하니까 그들에 대해 아무 말 안 하는 게 좋을걸."

그래서 얼마 뒤 플로렌스가 에드워드와 함께 탑에서 내려왔을 때 그 이야기를 해주었다. 그리고 그 순간부터 에드워드와 소녀, 플로렌스가 모두 죽은 후까지 나는 단 한순간도 우리 우정에 무슨 문제가 있다고 생각해본 적이 없다. 그날 나는 레오노라가 플로렌스를 질투할 수도 있다는 생각을 한 5분쯤 했다. 하지만 다시는 그런 생각을 해본 적이 없다. 나로서는 알 길이 없었다.

그 긴 세월 동안 나는 그저 남자 간호사였기 때문이다. 그런 내가 그토록 능란한 세 도박꾼이 짜고 숨긴 패를 어떻게 볼 수 있었겠는가? 대체 어떻게 본단 말인가? 우리는 3 대 1이었고, 그 셋은 나를 행복하게 해주었다. 오, 그들은 나를 너무도 행복하게 해주었기 때문에, 살아생전에 겪은 고통을 모두 씻어준다는 천국조차도 그런 행복은 절대 주지 못할 것이다. 그들이 뭘 했으면 더 나았을까? 그들이 한 짓보다 더 나쁜 일도 있을 수 있을까? 나는 잘 모르겠다.

그 오랜 시간 동안 플로렌스는 나를 속였고, 레오노라는 남편의 뚜쟁이 노릇을 한 것이리라. 그것이 이 고난의 삶에서 그녀가 져야 할 십자가였다.

아내에게 속았을 때 어떤 느낌이었는지 궁금하시겠지. 글쎄, 잘 모르겠다. 별 느낌이 없다고 할까. 지옥도 아니고, 그렇다고 천국도 아니니까 그 중간 단계겠지. 뭐라고 하더라? 연옥. 아니, 그렇지 않다, 실은 아무런 느낌도 없다. 그들은 모두 죽었고, 바라건대 연민의 샘을 열어주실 심판의 주님 앞에 나아갔기를⋯⋯. 나는 그것에 대해 생각할 입장이 아니다. 그저 레오노라 같은 구교도들이 말하듯이, 오, 주여, 그들에게 영원한 안식을 주소서, 그리고 그들에게 영원한 빛을 비춰주소시⋯ [선한 이들은] 영원히 기억될 것입니다⋯⋯. 그런데 그들은 어떤 사람들이었나? 선한 사람들? 나쁜 사람들? 그것은 아무도 모른다! 그래도 내 생각에 그 둘은 신의 영원한 진노 속에 이 땅을 기어 다닌 가엾은 인간말짜들이다. 정말 끔찍한 일이다.

어쩌다 한 번씩 밤에 그 심판의 장면을 상상하면 정말 끔찍하다. 전에 본 그림들에서 나온 이미지겠지만, 공중에 엄청나게 넓은 들판이 펼쳐져 있고 거기 세 사람이 있는데 그중 둘은 꼭 껴안고 있고 다른 한 사람은 못 견디게 쓸쓸한 모습으로 혼자 서 있다. 이 장면은 흑백으로 된 동판화 같은데, 아마 어디서 본 동판화의 사진일 수도 있다. 그런데 그 들판은 몇 킬로미터씩 뻗어 있는 하느님의 손바닥이고, 그 위아래로 거대한 공간이 보인다. 하느님이 이들 셋을 지켜보고 계시고, 혼자 서 있는 사람은 바로 플로렌스다.

그토록 쓸쓸한 모습을 보면 얼른 달려가 그녀를 위로해주고 싶은 마음이 굴뚝같다. 12년 동안 누구를 간호하고 나면, 그녀가 살모사처럼 미워도, 그리고 그녀가 신의 손바닥 안에 있어도 계속 돌봐주고 싶은 법이다. 하지만 밤에 그 심판 장면을 떠올릴 때, 나는 그런 욕망을 억누르곤 한다. 플로렌스가 너무 미워서 그녀가 영원히 고독하기를 바라기 때문이다. 그녀는 안 해도 되는 짓을 했다.

그녀는 미국인, 그중에서도 뉴잉글랜드 사람이었다. 그래서 저 유럽인들의 뜨거운 열정을 갖고 있지 않았다. 그녀는 저 바보 같은 작자를 찍었던 것이고, 나는 에드워드가 그 가엾은 소녀의 품에 꼭 안겨 진정한 평화를 누리게 해달라고 하느님께 기도한다! 메이시 메이단도 아마 그 어린 남편을 다시 찾았을 테고, 레오노라는 오로라나 대천사처럼 맑고 평온한 빛으로 불타오르리라. 나는… 글쎄… 엘리베이터 맨이나 될까……. 하지만 플로렌스는…….

그녀는 그러지 말았어야 했다. 그런 짓을 하지 말았어야 했다. 그건 너무 저열한 행동이었다. 그녀는 순전히 허영심 때문에 가엾은 에드워드를 찍었고, 상류층이 되고 싶다는 단순하고 어리석은 욕망 때문에 그와 레오노라 사이에 끼어들었던 것이다. 에드워드와 사귀는 동안 그녀가 줄곧 두 사람을 재결합시키려고 노력했다는 사실을 아는가? 그녀는 레오노라에게 낙관적인 미국인의 관점에서 용서에 대해 떠들어댔고, 레오노라는 그녀를 창녀로 취급했다. 플로렌스는 물론 창녀였다. 어느 날 아침 레오노라는 그녀에게 이렇게 말했다.

"당신은 내 남편의 침대에서 나오자마자 내가 있을 자리는 바로 거기라고 말해주는군. 고맙지만, 나도 이미 알고 있어."

하지만 플로렌스는 그런 말을 듣고도 꿈쩍 안 했다. 그녀는 이 세상을 좀 더 나은 곳으로 만들고 가는 것이 자신의 소명이고, 레오노라가 에드워드에게 기회만 준다면 그를 더 나은 사람으로 만든 다음 떠나고 싶다고 했다. 그러면서 그에게 정말 필요한 것은 다정함이라고 말했다.

몇 년씩이나 이런 유의 만행을 견뎌온 레오노라는 아마 이렇게 대답했을 것이다.

"맞아, 당신은 그를 포기하겠지. 그러고 나서도 계속 몰래 편지를 주고받고 호텔 방에서 간통을 저지를 거야. 난 당신들을 잘 알아. 그래, 나는 이 편이 더 좋아."

플로렌스는 레오노라의 말을 반은 무시해버렸다. 숙녀답지 않은 언사라고 생각했던 것이다. 그런데 때로는 그녀에게 에드워드에 대한 자신의 사랑은 영적인 감정, 마음의 문제라고 주장했다. 한번은 이런 말을 했다.

"메이시 메이단의 사랑은 플라토닉했다면서 내 사랑은 왜 그렇지 않다고 말하는 거죠?"

레오노라는 그때 자기 방 거울 앞에서 머리를 매만지고 있었는데, 평소 플로렌스에게 눈길 한번 안 주던 그녀가 그 말을 듣더니 고개를 돌려 차갑고 차분한 어조로 대답했다.

"내 앞에서 다시는 메이시 메이단 얘기 꺼내지 마. 당신이 그 여자를 죽인 거니까. 당신과 나 둘이 그 여자를 죽였어. 나도 당신 못지않게 나쁜 사람이지만, 누가 그 사실을 상기시켜주는 건 싫거든."

그러자 플로렌스는 자기가 잘 알지도 못하는 사람을 어떻게 그랬겠느냐는 둥, 자기는 이 세상을 좀 더 나은 곳으로 만들고 가고 싶은 사람이라는 둥, 정말 좋은 마음으로 그녀를 에드워드에게서 구하려고 노력했다는 둥 말도 안 되는 소리를 늘어놓았다. 그녀는 이 일을 그렇게 이해했고, 정말 그렇게 생각했을 것이다. 그러자 레오노라가 차분히 대답했다.

"좋아. 그렇다면 내가 그 여자를 죽였고 그 얘기를 들으면 괴롭다고 해두자고. 사람은 자기가 누군가를 죽였다고 생각하면 불쾌하거든. 당연히 그렇겠지. 그 여자를 인도에서 데려오지 말았어야 했는데."

그리고 그것이 바로 레오노라의 관점이었다. 좀 노골적으로 표현한 감은 없지 않지만, 레오노라는 원래 뭔가를 사실적으로 얘기하는 사람이었다.

우리가 M-시에 간 날 이런 일이 있었다.

그때도 가엾은 메이시에 대해 연민과 후회의 감정을 갖고 있던 레오노라는 호텔로 돌아오자마자 메이단 부인의 방으로 올라갔다. 그녀를 다독이고 싶었던 것이다. 방에 들어서자 붉은 벨벳이 덮인 원탁 위에 레오노라 앞으로 된 편지가 놓여 있었다. 편지에는 이런 내용이 적혀 있었다.

"아, 애쉬버넘 부인, 어떻게 그러실 수 있어요? 저는 부인을 정말 믿었거든요. 부인께서는 저와 에드워드에 대해 아무 말 안 하셨지만, 저는 부인을 믿었어요. 그런데 어떻게 제 남편에게 돈을 주고 저를 사실 수 있나요? 방금 전 에드워드와 그 미국 여자가 로비에서 얘기하는 걸 들었어요. 제가 여기 올 수 있게 돈을 주셨다면서요. 아, 어떻게 그러실 수 있어요? 어떻게? 저는 오늘 당장 버니에게 돌아갈 거예요……."

버니는 메이단 부인의 남편이었다.

레오노라 말로는, 편지를 읽고 있는데 방 안을 둘러보지 않고도 왠지 누군가 방을 청소했다는 느낌이 들더라고 했다. 탁자에 아무런 종이도 없고, 옷걸이에 걸린 옷도 없고, 방 안의 소리를 모두 빨아들이는 어떤 어색한 침묵이 감도는 느낌이 들었다는 것이다. 레

86

오노라는 그 느낌을 애써 떨치며 편지의 추신을 읽었다.

"부인이 저를 불륜녀로 만들려고 하신 줄 몰랐어요." 추신의 첫 줄에는 그렇게 쓰여 있었다. 메이시는 글도 잘 모르는 여자였다. "부인이 그러신 건 잘못된 일이고, 저는 절대 그런 사람이 되고 싶지 않았어요. 저는 에드워드가 그 미국 여자에게 저를 가엾은 작은 쥐라고 부르는 걸 들었어요. 저랑 둘이만 있을 때 작은 쥐라고 부르곤 했는데, 그때는 별로 싫다는 생각이 안 들었어요. 하지만 그 여자랑 얘기하면서 저를 그렇게 부른 건 더는 사랑하지 않는다는 뜻이겠죠. 아, 애쉬버넘 부인, 부인은 세상을 알지만 저는 아무것도 몰랐어요. 부인이 모든 게 괜찮다고 하면 그럴 줄 알았고, 그렇게 생각하셨기 때문에 저를 데려오셨을 거라고 믿었어요. 그러시지 말았어야 하는데, 같은 수녀원 학교 후배인 제게 어찌……."

레오노라는 그 문장을 읽고 자기도 모르게 비명을 질렀다고 했다.

메이시의 짐들이 다 꾸려져 있는 것을 보고 레오노라는 직접 그녀를 찾아나섰다. 온 호텔을 돌아다닌 끝에 매니저를 찾아가 물으니, 그는 메이단 부인이 숙박비를 완납한 뒤 곧바로 치트랄로 돌아갈 교통편을 알아보러 역에 있는 여행사에 갔고, 돌아온 것을 본 듯한데 확실치는 않다고 했다. 그렇게 큰 호텔에서 단 한 사람도 이 젊은 여자의 행방에 관심이 없었다. 메이시는 하릴없이 로비를 돌아다니다가 병풍 옆에 앉았고, 거기서 우연히 그 반대편에 있던 에드워드와 플로렌스의 대화를 듣게 되었으리라. 그 둘 사이에 어떤 일이 있었는지는 그때도, 그 후에도 들은 적이 없다. 플로렌스는 아마 메이시가 가엾은 에드워드에 대한 사랑 때문에 얼마나 고통받고 있는지 안다면서 우정 어린 충고를 했을 것이다. 그녀는 그런 식으로 얘기를 시작하곤 했다. 에드워드는 감상적인 어조로 그런 일 없다고 잡아떼면서, 메이시는 그저 가엾은 작은 쥐이고 레오노라가 여행비를 내주었을 뿐이라고 대답했을 것이다. 그 정도면 충분히 설명이 되었을 테니까.

설명은 그것으로 충분했다. 레오노라는 점점 더 심한 걱정과 죄책감에 시달리며 식당, 라운지, 도서실, 겨울 정원 등 호텔 안의 공공장소를 모두 체크했다. 5월에서 10월까지만 영업하는 호텔에 왜 온실이 필요한지 모를 일이지만, 여하튼 그 호텔에는 유리온실이 있었다. 그런 곳들을 다 체크한 레오노라는 메이시가 혹시 방으로 돌아갔나 해서 계단을 뛰어 올라갔다. 이 끔찍한 곳에서 얼른 그녀를 구해내야 한다는 생각뿐이었다. 그녀를 여기 그냥 둔다는 것은 절대 있을 수 없는 일이었다. 레오노라는 물론 그 문제에 대해 멋진 태도를 갖고 있었다. 그녀는 원래 그런 사람이었다. 하지만 이 상황을 냉철히 보면, 그녀는 같은 수녀원 학교를 다닌 사람으로서 이 젊은 여성을 엄마처럼 보호할 의무가 있었다. 생각해보면 그것이 맞았다. 에드워드는 플로렌스(그리고 나)에게 맡기고 자기는 이 어린 여자를 돌보는 데 전념해서 메이시의 건강이 어느 정도 회복되면 그 가엾은 젊은 남편에게 돌려보내는 것이 도리였다. 하지만 이미 엎질러진 물이었다.

아까는 유심히 안 봤는데, 메이시의 방에 다시 들어서는 순간 하이힐을 신은 작은 발이 침대 밖으로 나와 있는 것이 보였다. 메이시는 큰 여행 가방의 끈을 묶다가 숨진 것이었다. 그녀가 가방 속으로 엎어진 순간 거대한 악어의 입처럼 뚜껑이 닫혔고, 그녀는 여전히 가방 열쇠를 쥐고 있었다. 일본 여자처럼 까만 그녀의 머리

채가 풀려 내려와 몸과 얼굴을 뒤덮고 있었다.

　레오노라는 깃털처럼 가벼운 메이시를 안아 올려 침대에 누이고 머리카락을 가지런히 정리해주었다. 메이시는 하키 경기에서 막 골을 넣은 것처럼 웃음 짓고 있었다. 그녀는 자살한 것이 아니었다. 심장이 멈췄을 뿐이다. 긴 속눈썹이 볼에 그늘을 드리우고 입가에 미소가 어린 채 꽃으로 둘러싸인 그녀의 모습을 나도 보았다. 손에 백합 가지를 쥐고 있어서 꽃송이가 어깨에 기대어 있고, 장례식장의 밝은 불빛에 둘러싸인 그녀는 신부 같아 보였다. 고개를 숙이고 그녀의 발치에 꿇어앉은 두 수녀의 두건은 어딘지는 모르지만 어떤 사랑과 평화의 나라로 그녀를 태우고 갈 백조들 같았다. 레오노라는 내게 그녀의 모습을 보여주었지만, 다른 두 사람은 들어오지 못하게 했다. 가엾은 에드워드의 마음을 보호해주고 싶었기 때문이다. 그는 시신을 볼 만큼 담대하지 못했다. 게다가 레오노라가 편지 얘기를 안 했기 때문에 에드워드는 메이시가 그냥 아파서 죽은 줄 알고 금세 충격에서 벗어났다. 평소와 달리 그는 이 일에 대해서는 별로 뉘우칠 것이 없다고 생각했다.

2부

1장

메이단 부인이 죽은 것은 1904년 8월 4일의 일이었고, 그때부터 1913년 8월 4일까지는 아무 일도 일어나지 않았다. 똑같은 날짜에 그런 일들이 벌어져서 이상하긴 하지만, 이런 것이 바로 우리가 우연의 일치라고 부르는 고약하고 반쯤 장난스러우며 완전히 냉혹한 신의 장난일 수도 있으리라. 아니면 플로렌스로 하여금 마치 최면에 걸린 듯 어떤 행동을 하게 만드는 미신적 사고방식 때문에 그랬을 수도 있다. 어쨌든 8월 4일은 그녀에게 늘 중요한 날짜였다. 먼저 그녀는 8월 4일에 태어났다. 그리고 1899년 8월 4일에는 외삼촌하고 지미라는 청년과 셋이서 세계 일주를 떠났다. 그런데 그것은 우연의 일치는 아니었다. 심장에 이상이 있다는 진단을 받은 외삼촌은 나름의 방식으로 그녀가 성인이 된 걸 축하하는 의미에서 생일 선물로 세계 여행을 시켜주었다. 그 뒤 1900년 8월 4일 그녀는 나뿐 아니라 그녀의 삶 전체에 영향을 준 행동에 몸을 맡겼다. 그녀는 운이 없었다. 어쩌면 그녀는 그날 아침 자신에게 생일 선물을 준 것일 수도 있다.

1901년 8월 4일에는 나와 결혼해 그녀의 심장에 이상을 초래한 강풍 속에 유럽으로 가는 배에 올랐다. 그리고 그날 플로렌스는 분명히 자신에게 또 다른 생일 선물, 즉 나의 서글픈 인생을 선물로 준 것이리라. 여러분에게 우리의 결혼에 대해 한 번도 얘기한 적 없다는 사실이 지금 생각났다. 진상은 이렇다. 전에 얘기한 것 같은데, 나는 14번가에 있는 스타이브선트 가에서 플로렌스를 처음 보았다. 그리고 그 순간, 어쩌면 원래 천성이 약한 사람들이 그런지 모르겠지만, 그녀를 내 것으로 만들든지, 아니면 최소한 그녀와 결혼하기로 마음먹었다. 나는 직업도 없고 사업을 하지도 않았다. 그래서 그냥 스탬퍼드의 저급한 호텔에 숙소를 정하고 헐버드 가의 집이나 베란다에서 시간을 보냈다. 플로렌스의 이모들은 아주 특이하고 끈질기게 나를 싫어했다. 하지만 예의상 너무 함부로 굴지는 못했다. 플로렌스는 자신의 응접실을 갖고 있어서 만나고 싶은 사람은 누구든 초대할 수 있었고, 나는 그냥 그 방으로 걸어 들어갔다. 원래 아주 소심한 성격이었지만, 그때는 자동차 앞을 통과해 도로를 건너가기로 작정한 닭처럼 결심이 확고했다. 그래서 플로렌스의 아담하고 예쁘고 전통적인 응접실로 무작정 걸어 들어가 모자를 벗고 의자에 앉았다.

플로렌스를 만나러 오는 사람 가운데는 물론 낮에 뉴욕에서 일하고 저녁이면 자기 동네로 돌아오는 건장한 뉴잉글랜드 청년들이 몇 명 더 있었다. 그들도 나 못지않게 확고한 결심으로 저녁마다 그녀를 쫓아다녔지만, 그들 역시 이모들의 냉대를 견뎌야 했다.

플로렌스의 이모들은 정말 특이했다. 아주 오래전부터 내려오는 어떤 저주를 받은 집안의 자손들 같았다고 할까. 두 분은 아주

고상하고 점잖으며, 걸핏하면 한숨을 내쉬었고, 때로는 눈물을 보이기도 했다. 그래서 처음에는 플로렌스와의 관계에 별 진전이 없었다. 아마 내가 거의 낮 시간, 그것도 먼지가 안개처럼 얇은 잎들이 우거진 느릅나무 꼭대기까지 어려 있는 무더운 오후 시간에만 그녀를 만났기 때문일 것이다. 다른 사람 옆에 가까이 있다는 생각만으로도 숨이 막히는 코네티컷 주의 7월 오후가 아니라 밤 시간이 사랑의 부드러운 기술에 잘 맞는 법인데. 하지만 내가 플로렌스에게 키스도 하기 전, 그녀는 불과 두 주일 동안에 자기가 원하는 것들을 솔직히 털어놓았다. 그리고 나는 그것들을 아주 쉽게 줄 수 있었다.

자기는 유한계급 남성과 결혼하고 싶고, 유럽에서 지내고 싶으며, 남편이 영국식 영어를 구사하는 사람이면 좋겠고, 부동산 수입이 연간 5만 달러 정도 되는데 더 많은 돈을 벌려는 생각은 없길 바라고, (아주 넌지시 암시했지만) 육체적 열정은 별로 원하지 않는다는 것이었다. 미국인들은 눈 하나 깜짝 않고 그런 결혼을 계획할 수 있다.

그녀는 리알토나 베네치아의 풍경 같은 아주 멋진 얘기를 늘어놓다가 어느 순간 이런 계획을 털어놓곤 했는데, 발랄한 어조로 발모럴 성[1]을 묘사하다가 자기가 생각하는 이상적인 남편은 자기를 영국 왕실에 초대받게 해주는 사람이라고 말하기도 했다. 그녀는 영국에서 두 달 동안 머문 것 같았는데, 7주 동안은 스트랫퍼드어

---

1   발모럴 성(Balmoral Castle) : 1852년 빅토리아 여왕의 남편 앨버트 공이 구입함. 스코틀랜드 애버딘셔에 있는 성으로, 영국 왕가의 별장.

폰에이번[2]에서 스트래스페퍼[3]까지 여행했고, 한 주는 레드버리[4] 부근에 있는, 돈은 없지만 유서 깊고 여전히 화려한 백쇼라는 가문의 저택에서 유료 손님으로 지냈다고 했다. 그 평화로운 저택에서 두 달 더 있을 계획이었지만 외삼촌의 사업 때문에 두 사람은 급히 스탬퍼드로 돌아와야 했다. 그런데 지미라는 그 청년은 유럽에 대해 더 공부할 심산으로 귀국을 미루었으며, 그 계획은 성공을 거두었다. 그는 나중에 우리에게 아주 큰 도움이 되었기 때문이다.

어쨌든 나는 플로렌스가 매우 냉정하고 차분하게, 유럽에서 살게 해줄 남자가 아니면 거들떠보지도 않기로 결심했다는 것을 알게 되었다. 영국에서 잠깐 살아본 뒤에 내린 결정이었다. 그녀는 결혼하면 파리에서 1년쯤 지내고 나서 남편에게 포딩브리지 부근에 있는 부동산을 사게 할 생각이었다. 헐버드 가문은 1688년[5]에 포딩브리지에서 미국으로 이주했다고 한다. 그 사실을 근거로 플로렌스는 영국 지주 계층의 일원이 될 생각이었고, 누구도 그녀의 이 계획을 바꿀 수 없었다.

이런 얘기를 들을 때마다 나는 말할 수 없이 기분이 좋았다. 스탬퍼드에 사는 청년들 가운데 그 조건을 충족시켜줄 만한 사람은 하나도 없었기 때문이다. 그들은 대부분 나보다 재산이 적었고, 재산이 있는 부류는 설령 플로렌스와 오랫동안 지낼 수 있다 해도

---

2 스트랫퍼드어폰에이번(Stratford-upon-Avon) : 셰익스피어의 탄생지로 유명한 곳.

3 스트래스페퍼(Strathpeffer) : 스코틀랜드 하일랜즈에 있는 휴양지.

4 레드버리(Ledbury) : 헤리퍼드에서 약 19킬로미터 떨어진, 헤리퍼드셔에 있는 타운.

5 1688~1689년에 있었던 명예혁명 당시 구교도인 제임스 2세가 하야하고, 신교도인 메리 2세와 그녀의 남편 오렌지 공 윌리엄 3세가 왕위에 올랐음. 1689년에 제정된 권리장전으로 구교도들은 그 후 왕위에 오를 수 없게 됨.

월 가의 유혹을 떨쳐버릴 수 없었다. 그런데도 7월에는 우리 사이에 별 진전이 없었다. 8월 1일, 플로렌스는 이모들에게 나와 결혼하겠다고 말한 것 같았다.

나한테는 말 안 했지만 이모들의 행동을 보니 틀림없었다. 그날 오후 언니인 플로렌스 헐버드 양이 플로렌스의 방으로 가는 나를 부르더니, 흥분한 표정으로 응접실로 데리고 갔다. 우리는 물레 모양의 다리가 달린 가구, 실루엣 사진, 소형 도자기, 브래덕[6] 장군의 초상화, 라벤더 향기로 차 있는 전통적인 콜로니얼식 응접실에서 특이한 대화를 나누었다. 가엾은 두 독신 이모들은 너무 괴로운 나머지 단 한마디도 단도직입적으로 말할 수 없었다. 두 분은 거의 손을 쥐어짜면서 성격 차이에 대해 생각해보았느냐고 물었다. 플로렌스는 너무 영리해서 건실하고 진지한 성품의 나에게는 어울리지 않는다는 말을 들으니 거의 인자하다고 할까, 어쩌면 나를 걱정해주는 것 같기도 했다.

내가 한 번 워싱턴[7]보다 브래덕 장군을 더 좋아한다고 말했기 때문인지, 두 분은 내가 건실하고 진지한 사람이라고 생각했다. 헐버드 자매는 독립전쟁 때 미국이 아니라 영국을 지지했고, 그래서 재산도 꽤 잃고 탄압도 많이 받았으므로 그 사실을 절대 잊을 수 없었다.

그렇지만 플로렌스와 내가 유럽에서 산다는 것은 상상할 수도 없었고, 내가 그런 플로렌스의 소망을 들어주고 싶다고 하자 그야

---

6 에드워드 브래덕(Edward Braddock, 1695~1755) : 미국 독립전쟁 당시 프랑스군과 아메리칸 인디언군의 공격으로 전사한 영국의 장군.

7 조지 워싱턴(George Washington, 1732~1799) : 독립전쟁 당시 총사령관이었으며, 훗날 미국 초대 대통령이 됨.

말로 비명을 질렀다. 그 이유는 두 분이 유럽을 도덕적으로 타락한 악의 소굴로 보았기 때문이리라. 그들은 영국이 다른 어느 나라 못지않게 에라스무스적이라고, 즉 국가가 종교보다 우위에 있는 나라라고 보았으며 그 사실에 대해 아주 격렬하게 반대 입장을 표명했다.

그들은 심지어 결혼이 성사라고 생각하는 듯했다. 하지만 플로렌스 이모도, 에밀리 이모도 차마 그 말을 입 밖에 내지는 못했다. 그래도 플로렌스가 과거에 대단한 바람둥이였다는 사실을 내비치긴 했다.

나는 그날 두 분과의 대화를 이렇게 마무리 지었다.

"상관없습니다. 플로렌스가 은행을 털었다고 해도 저는 그녀와 결혼해 같이 유럽으로 갈 거니까요."

그러자 에밀리 이모가 비명을 지르며 기절했다. 하지만 플로렌스 이모는 쓰러진 동생은 아랑곳하지 않고 내 목에 매달리며 애원했다.

"존, 그러지 말게. 그러지 마. 자네는 좋은 사람이야." 그러다가 내가 플로렌스에게 이모들을 돌봐드리라고 말하러 가려는 순간 이렇게 덧붙였다.

"더 말해줘야 하지만 그 애가 우리 조카라서."

플로렌스는 하얗게 질린 얼굴로 나를 맞더니 이렇게 소리쳤다. "그 늙은 할망구들이 저에 대해 안 좋은 소리를 늘어놓던가요?" 나는 그런 일 없었으니 걱정 말라고 한 뒤, 우리의 결혼 소식에 특이한 반응을 보인 이모들에게 얼른 가보라고 했다. 그날 플로렌스가 했던 그 이상한 말을 까맣게 잊고 있었는데 지금 이 순간에야 기억났다. 그녀가 그날 너무도 상냥하게, 그러면서도 티 안 나게 대해주었기 때문에 나중에 그날이 기억나면 나를 정말 좋아해서 그랬으리라고 생각하곤 했다.

그날 저녁, 같이 마차를 타러 가려고 들러보니 플로렌스가 없었다. 나는 곧바로 뉴욕으로 가 그달 4일에 떠나는 '포카혼타스'[8]호에 자리를 예약하고, 다시 스탬퍼드로 돌아와 그날 중으로 플로렌스의 행방을 알아냈다. 그녀는 라이 역[9]까지 가서 기차를 타고 외삼촌이 사는 워터베리에 가 있었다. 그분은 마르고 굳은 얼굴로 플로렌스가 아파서 자기 방에만 틀어박혀 있기 때문에 만날 수 없다고 했다. 그동안 잊고 있던 성경 속의 묘한 표현을 빌리자면, 그 양반이 내비치는 속내를 들여다보니 온 가족이 그녀가 평생 결혼하지 않기를 바란다는 느낌이 들었다.

나는 당장 근처에 사는 목사의 이름을 알아낸 뒤 줄사다리를 하나 구했다. 그 당시 미국인들이 얼마나 원시적인 방법으로 이런 문제들을 해결했는지 독자 여러분은 짐작도 못 할 것이다. 지금도 그런지 모른다. 그날 새벽 1시, 나는 플로렌스의 침실에 서 있었다. 아주 투철하게 목적의식에 사로잡힌 나머지 새벽 1시에 플로렌스의 침실에 들어간다는 것이 얼마나 무례한 일인지 전혀 의식하지 못했다. 그냥 깨우기만 할 생각이었는데, 이미 깨어 있었다. 나를 기다리고 있었으며, 방금 전에 친척들이 떠났다고 했다. 그녀는 나를 열정적으로 안아주었다. 여자한테 안겨보기는 그날이 처음이었고, 여자가 조금이라도 열정적으로 나를 안아준 것은 그날이 마지막이었다.

---

8   포카혼타스(Pocahontas, 1595~1617) : 아메리칸 인디언 추장의 딸. 존 롤프(John Rolfe)와 결혼해 영국에 갔지만 천연두에 걸려 사망했음.
9   라이(Rye) : 롱아일랜드 만에 위치한 뉴욕의 교외.

그다음에 일어난 일은 내 책임이겠지. 어쨌든 나는 한시라도 빨리 결혼하고 싶었고, 그녀의 친척들에게 거기 온 것을 들킬까 봐 별 생각 없이 그녀의 유혹을 받아들였던 것 같다. 나는 30초 만에 그 방에서 나와 사다리를 내려왔다. 그러고는 아주 오랫동안 그녀가 내려오기를 기다렸다. 우리는 새벽 3시쯤 목사의 사택으로 찾아가 문을 두드렸다. 그때 나를 기다리게 한 것이, 내가 아는 한 플로렌스에게도 일말의 양심이 있다는 유일한 증거일 것이다. 내 품에 몇 분 동안 안겨 있었던 것도 양심이 있다는 증거라면 모르지만. 그때 내가 열정적으로 행동했으면 그 뒤로 그녀가 아내 노릇을 제대로 했을지도 모르고, 아예 나를 차버렸을 수도 있다. 하지만 그때 나는 필라델피아의 신사답게 행동했고, 그녀는 이후 나를 남자 간호사로 취급했다. 그래도 내가 참을 거라고 생각했겠지.

그때부터 그녀는 아무 거리낌 없이 자기 계획을 실행에 옮기기로 작정했던 것 같다. 왜냐하면 사다리를 내려오기 직전 그녀가 나를 다시 올라오라고 불렀기 때문이다. 나는 꼭두각시처럼 날렵하게 사다리를 올라갔다. 그 순간 아주 차분한 상태였다. 그녀는 상당히 강한 어조로 물었다.

"오늘 4시에 떠나는 거 맞아요? 선실 예약했다는 거 거짓말 아니죠?"

그렇게 이상한 친척들 곁을 하루라도 빨리 떠나고 싶어 하는 마음은 당연해 보였기 때문에 그녀가 나를 그런 일에 대해 거짓말할 수 있는 사람으로 오해해도 용서할 수 있었다. 나는 어떤 일이 있어도 포카혼타스 호로 떠날 거라고 말했다. 그러자 그녀가 또 다른 문제를 언급했다. 달 밝은 밤이었다. 플로렌스는 사다리에 서 있는 내 귀에 속삭였다. 워터베리를 둘러싼 산들이 정말 평화로워 보였다. 그녀는 거의 냉정한 어조로 이렇게 말했다.

"짐을 싸기 전에 확인해두어야 할 것 같아서요." 그러더니 이 말을 덧붙였다. "배에서 아플 수도 있어요. 심장이 외삼촌과 비슷하다고 하더라고요. 집안 내력이죠."

나는 포카혼타스가 특별히 탄탄한 배라고 속삭였다.

나를 사다리 아래서 기다리게 한두 시간 동안 그녀가 어떤 생각을 했는지 궁금하다. 그 생각을 알 수만 있다면 뭐든 아깝지 않을 텐데. 그때까지는 그녀도 구체적인 계획을 세우지 못했겠지. 어쨌든 그전에는 한 번도 심장 얘기를 한 적이 없었다. 헐버드 삼촌을 다시 보고 그런 생각을 하게 됐을 수도 있다. 그녀와 함께 워터베리에 온 에밀리 이모가 몇 시간씩이나 그녀를 붙잡고, 언짢은 얘기를 꺼내면 외삼촌이 쓰러질 수 있다는 사실을 귀가 닳도록 얘기했을 수도 있다. 이모의 얘기를 들으면서 그녀는 세계 여행을 하는 동안 그 가엾은 노인네가 흥분하지 않도록 자신들이 취했던 온갖 조치들을 기억했을 수도 있다. 그것들을 기억하다가 거기 착안했을 수도 있지. 하지만 나에 대해 약간 미안하다는 생각을 했을 수도 있다. 레오노라는 플로렌스가 그런 말을 한 적이 있다고 했다. 레오노라는 전부 알고 있었고, 한번은 그녀에게 어떻게 그토록 파렴치한 짓을 할 수 있느냐고 물은 적도 있다. 플로렌스는 억누를 수 없는 사랑 때문이었다고 변명했다. 글쎄, 억누를 수 없는 사랑은 당연히 강렬한 감정을 수반하겠지. 어쩔 수 없는 일이다. 그런데 그런 사랑은 또한 구체적 행동을 수반하는 법이다. 그러니 정말 사랑했다면 나와 결혼하기 전이나 후에 그자와 도망쳤을 수도 있으리라. 그럴 돈이 없다면 둘이 자살을 하거나, 친척들에게서 돈을 뜯어낼 수도 있었겠지. 하지만 물론 플로렌스는 헐버드 삼촌이 포목상 점원으로 쓰려고 한 자와 결혼할 생각은 전혀 없었으리라. 노인은 그자를 정말 싫어했다. 아무리 생각해도 플로렌스가 한 짓은 변명의 여지가 별로 없다.

글쎄, 알 수 없는 일이다. 그녀는 겁먹은 바보였고, 기발했으며, 그때는 그자를 정말 좋아했을 것이다. 그자는 그녀를 좋아하지 않았다. 가엾은 플로렌스……. 어쨌든 내가 포카혼타스는 정말 튼튼한 배라고 말해주자 그녀는 이렇게 말했다.

"우리가 헐버드 삼촌을 간호하듯이 그렇게 저를 돌봐야 할 거예요. 어떻게 하는 건지 나중에 말해줄게요." 그러고는 배에 올라타듯 창틀을 넘어왔다. 돌이킬 수 없는 선택을 한 것이었다!

하지만 그녀의 진면목을 엿보게 하는 이런저런 일들이 벌어지기도 했다. 아침 8시에 헐버드 가에 가보니 이모님들은 완전히 기진한 상태였고, 플로렌스는 단호하고 의기양양한 표정이었다. 우리는 그날 새벽 4시에 결혼하고, 동이 틀 때까지 동네 북쪽에 있는 숲 속에 앉아 밤새가 늙은 고양이처럼 우는 소리를 듣고 있었다. 그러고 보면 플로렌스에게는 나와 결혼한 것이 별로 대단한 일이 아니었던 것 같다. 나 역시 너무 얼떨떨해서 그런지, 그녀와 결혼해 정말 기쁘다는 말을 이런저런 식으로 바꿔 말한 것 말고는 그다지 할 말이 없었다. 이모님들 역시 너무 지쳤는지 별말 없으셨다. 모두 같이 아침을 먹은 뒤 플로렌스는 짐을 싸러 방으로 올라갔다. 헐버드 삼촌은 그 틈을 이용해 젊은 미국 여자가 위험하기 짝이 없는 유럽에 갈 경우 처할 수 있는 온갖 위험에 대해 정말 미국인다운 장광설을 늘어놓았다. 파리에는 나쁜 사람들이 득실거리는데, 그 점은 자신이 직접 쓰라린 경험을 통해 알게 되었다는 말도 했다. 그러고는 노인네들이 늘 그러하듯, 정확히 그렇게 말하지는 않았지만, 미국 여자들이 언젠가는 모두 중성이 되면 좋겠다는 말로 결론을 맺었다.

그날 1시 반 우리는 무사히 배에 올랐고, 바다에는 폭풍이 불고 있었다. 플로렌스에게는 기가 막힌 호재였다. 그녀는 배가 샌디 훅[10]을 벗어난 지 채 10분도 되기 전에 선실로 내려가더니 심장이 이상하다고 했다. 놀란 종업원이 급히 나를 데리러 오고, 나는 얼른 달려 내려가 플로렌스를 돌볼 방법을 배웠다. 주로 본인이 한 얘기지만. 배의 의사는 완곡한 말로 어떤 형태의 애정 표현이든 삼가는 것이 좋겠다고 충고했다. 나도 그럴 생각이었다.

나는 물론 후회막급이었다. 유서 깊은 뉴잉글랜드 사람들이고 너무 점잖은 분들이라 그렇게 표현하진 않았지만, 그녀의 이모들과 삼촌이 가장 소중한 막내 조카를 결혼시키지 않으려고 한 이유가 심장 때문이었다는 생각이 들었다. 그런 분들이니 남편이 아내의 목덜미에 입 맞추면 안 된다는 말을 할 수는 없었으리라. 그렇게 해야 된다는 말 역시 할 수 없었겠지만. 그런데 플로렌스가 한 명도 아니고 그렇게 여러 명의 의사를 어떻게 음모에 끌어들였는지 그것이 궁금하다.

그녀의 심장은 물론 약간 문제가 있었다. 헐버드 씨의 심장과

---

10 샌디 훅(Sandy Hook) : 뉴욕에서 북쪽으로 8킬로미터 뻗어 있는 반도. 대서양으로 나가기 전 마지막 등대가 서 있음.

구조가 같았고, 그 양반과 같이 다니며 전문가들에게 심장병에 대해 아주 많은 얘기를 들었을 것이다. 어쨌든 그녀와 의사들은 나를 감쪽같이 속였고, 물론 지미 역시 마찬가지였다. 그런데 플로렌스는 대체 그 형편없는 녀석의 어디가 좋았을까? 그는 말수도 적은 데다 어둡고 시무룩한 사람이었고, 화가로서의 재능도 전혀 없었다. 게다가 어둡고 창백한 낯빛에 면도도 잘 하지 않았다. 그자는 르아브르에서 우리를 맞더니, 그때부터 2년 동안 우리가 거기 있든 없든 파리의 우리 아파트에 살면서 줄리앙인지 하는 데서 그림 공부를 하며 우리 일을 도왔다.

그자는 늘 어깨 부분이 각지고 엉덩이 부분이 넓은, 흉측한 미국 코트의 호주머니에 손을 넣고 있었고, 눈빛은 어둡고 험악했으며, 뚱뚱하기까지 했다. 정말 어디를 봐도 내가 나았는데…….

아마 플로렌스도 내가 낫다고 생각했을 것이다. 가끔 그런 기미를 보이기도 했다. 온천탕으로 들어갈 때 나를 돌아보며 짓곤 하던 그 묘한 웃음은 어쩌면 일종의 유혹이었을 수도 있다. 앞에서 얘기한 그 웃음 말이다. 그녀는 어쩌면 이렇게 말하고 있었을 것이다. "저기 들어가면 나는 늘씬하고 하얀 알몸을 드러내고 서 있을 거예요. 그리고 당신은 남자잖아요……."

그렇다. 그녀가 그런 자를 오래 좋아했을 리 없다. 창백한 흙덩어리 같은 자였으니까. 물론 그녀가 처음 몸을 더럽혔을 때는 그 자도 가뭇한 피부에 몸매도 늘씬하고 아주 기품 있었겠지만, 플로렌스나 헐버드 씨가 주는 푼돈으로 파리에서 오랫동안 빈둥대면서 미국 생활에서 멀어지다 보니 마흔 살 아저씨처럼 배가 나오고 소화불량으로 성격까지 어두워진 것이리라.

그들은 정말 나를 완전 바보 천치로 만들었다! 플로렌스와 지미는 합심해서 온갖 규칙을 만들어냈다. 무려 11년 동안 둘은 내가 사랑, 가난, 범죄 같은 얘기를 꺼내면 얼른 화제를 돌렸다. 그런데 전에 쓴 부분을 다시 읽어보니 본의 아니게 내가 항상 플로렌스를 지킨 듯한 오해를 주었을 수 있을 것 같다. 하지만 나 자신이 최근까지 그런 느낌을 갖고 있었다. 그런데 생각해보니 그녀는 대부분의 시간을 나 없는 데서 보냈다.

지미는 나로 하여금 플로렌스에게 제일 필요한 것은 잠과 휴식이라고 생각하게 만들었다. 내가 혹시 노크 없이 그녀의 방에 들어가기라도 하면 심장이 풀썩 꺼져서 죽음에 이를지도 모른다는 인상을 주었던 것이다. 그가 까마귀 같은 눈빛에 아주 음침한 어조로 이런 말들을 늘어놓을 때마다 나는 아내가 금방이라도 죽어서 작고 창백하고 연약한 시신으로 변할지도 모른다는 두려움에 휩싸이곤 했다. 그래서 결국 그녀의 방에 노크 없이 들어가는 것은 교회를 터는 것보다 더 끔찍한 짓이라고 생각하게 되었다. 그리고 그러느니 교회를 터는 편이 낫다고 생각하게 되었다. 그때 나는 교회를 터는 것이 그녀의 심장에 도움이 된다면 기꺼이 그래야 한다고 생각했다. 그래서 밤 10시에 지미가 이제 올라가 자라고 말하면 플로렌스는 내키지 않지만 그래도 하는 수 없다는 듯, 마치 16세기 귀부인이 연인에게 하듯 잘 자라는 인사를 하고 순순히 방으로 들어갔다. 그리고 다음 날 아침 10시가 되면 그녀는 그리스 신화에 나오는 침상에서 일어나는 비너스처럼 생기 넘치는 모습으로 방에서 나왔다.

그녀는 도둑이 들까 무섭다며 문을 꼭 잠그고 잤다. 하지만 그녀의 작은 손목에는 전기 장치가 달려 있어서 스위치만 누르면 경보가 울리게 되어 있었다. 혹시 내가 노크를 했는데 플로렌스가 안 일어나면 아주 세게 몇 번 더 노크를 해보고, 그래도 반응이 없으면 도끼로—정말 도끼였다!—방문을 부수고 들어가게 되어 있었다. 정말 교묘한 각본이었다.

그런데 둘이 그 각본을 짤 때 간과한 부분이 있었으니 바로 우리가 유럽을 벗어날 수 없다는 것이었다. 지미가 내 머릿속에 [도버] 해협을 건너는 배를 타면 플로렌스의 심장병이 도져 죽고 말 것이라는 생각을 너무도 철저히 심어놓았기 때문에, 나중에 그녀가 포딩브리지에 가고 싶다고 했을 때 나는 단번에 절대 안 된다고 대답했다. 그렇게 발이 묶이자 그녀는 두려움에 휩싸였다. 하지만 의사들 역시 나에게 같은 소리를 하지 않았던가. 그동안 침착하고 조용한 의사 여럿이 아주 차분한 어조로 내게 영국에 가야만 하는 특별한 이유라도 있느냐고 묻지 않았던가. 그래서 내가 그런 이유는 없다고 하면, 그들은 그러면 안 가는 편이 좋겠다고 말하곤 했다. 그들이 거짓말한 것은 아니었겠지. 배를 탄다는 것 자체가 플로렌스를 불안하게 한다고 생각했을 수 있지. 그것만으로도 영국에 안 갈 충분한 이유가 되었고, 우리 돈을 유럽에 묶어놓고 싶다는 마음도 일조를 했으리라.

플로렌스는 이 예기치 않은 결과에 완전히 당황했을 것이다. 포딩브리지에 가서 자기 조상들이 소유했던 저택을 구입해 상류층 여성으로 사는 것이 그녀의 차가운 가슴속에 깃든 유일한 욕망이었기 때문이다. 그런데 지미가 그것을 막은 것이다. 그자는 칼레에서 봐도 영국 해안의 절벽이 자개처럼 빛나는 맑게 갠 날에도 배를 탈 수 없다고 못 박았고, 나는 그녀의 목숨을 구하는 데 필요하다고 해도 배를 못 타게 했을 것이다. 플로렌스의 입장에서는 정말 기가 막힌 노릇이었다.

그녀로서는 정말 이러지도 저러지도 못할 상황이었다. 심장병이 완치됐다고 하면 매일 밤 문 잠그고 자는 짓을 그만두어야 할 터였다. 그런데 지미한테 싫증났을 즈음에는—1903년에 일어난 일인데—에드워드 애쉬버넘의 정부가 되었으니 더 기가 막혔을 것이다. 에드워드는 그녀를 포딩브리지에 데리고 갈 수 있는 사람이었고, 그녀의 조상들이 소유했던 브램쇼 영지는 이미 레오노라의 소유였으니 그 집을 줄 수는 없었지만, 우리가 가진 돈과 애쉬버넘 부부와의 친분이면 그 근처에서는 여왕 노릇을 하게 해줄 수 있었기 때문이다. 뿐만 아니라 그녀가 나와 안정된 결혼 생활을 하고 있는 듯했고 내가 그녀의 정절과 미덕을 극찬하는 편지를 몇 번 보내자 헐버드 씨는 그녀에게 아주 많은 돈을 선물했는데, 내게는 전혀 필요 없는 돈이었다. 그녀가 지미에게 얼마를 주었는지 모르지만, 그녀와 내 재산을 합하면 영국 돈으로 1년에 만 5천 파운드가 넘었다. 어쨌든 그 정도면 포딩브리지에서는 정말 여왕처럼 살 수 있었을 것이다.

플로렌스와 애쉬버넘이 지미를 어떻게 떼어버렸는지 그것도 수수께끼다. 어느 날 아침 내가 꽃을 사러 가고 집에 둘만 남았을 때, 에드워드가 그 뚱뚱하고 저질스러운 까마귀의 금니 여섯 개가 뽑혀 목으로 넘어갈 정도로 심하게 패주었을지 모르지. 그런 꼴을 당해도 싼 녀석이고, 아주 질이 나쁜 작자였다. 플로렌스가 다음 세상에서는 그자를 만나지 않기를 바란다.

하늘에 맹세컨대, 두 사람이 서로 정말 열렬히 사랑했다면 나는 둘을 떼어놓지 않았을 것이다. 이런 경우 보통 사람들은 어떻게 생각할지 모르지만, 실제로 자신에게 이런 일이 벌어지면 누구나 어째야 좋을지 막막할 것이다. 하지만 서로 정말 사랑했으면 나는 가능한 한 점잖은 방식으로 두 사람을 맺어주었을 것이다. 둘이 먹고 살 돈을 주고, 나는 다른 식으로 위안을 찾았겠지. 그때는 나도 메이시 메이단이나 그 가엾은 소녀 같은 젊은 여자를 만나 어느 정도 평화롭게 살 수 있었을지 모르지. 플로렌스 옆에서는 평화를 느낀 적이 없고, 처음 한두 해를 빼고는 사랑하지도 않았던 것 같다. 나에게 그녀는 아주 귀하고 약한 존재, 부담스럽지만 정말 부서지기 쉬운 그런 존재가 되었다. 어린 암탉의 달걀을 쥐고 적도에서 호보컨[11]까지 가야 하는 심정이었다고나 할까. 그랬다. 플로렌스는 내게 말하자면 복권의 상품 또는 운동선수의 우승컵, 그의 순결, 건실함, 금욕, 굳은 의지를 보여주는 월계관 같은 존재였다. 아내로서의 본질적 가치로 따지자면 그녀는 내게 아무것도 아니었다. 그녀가 아무리 멋지게 차려입어도 나는 흐뭇한 느낌이 들지 않았다.

하지만 그녀는 지미를 열렬히 사랑하지 않았고, 정말 이상하게 들릴지 모르지만 단단히 겁에 질려 있었다. 그랬다. 그녀는 나를 무서워하고 있었던 것이다. 어찌 된 일인지 얘기해보겠다.

전에 나는 줄리어스라는 흑인 하인을 데리고 다녔는데, 그는 내 옷시중을 들거나 잔심부름을 하며 나를 진심으로 사랑해주었다. 그런데 플로렌스와 내가 워터베리를 떠나 포카혼타스 호를 타러

---

11 호보컨(Hoboken) : 허드슨 강을 사이에 두고 맨해튼과 마주 보고 있는 뉴저지의 도시.

가던 날, 그녀가 내게 아주 소중한 가죽 가방을 맡겼다. 심장에 이상이 있을 때 먹을 약이 들어 있다면서, 그 가방에 자신의 목숨이 달려 있다고 했다. 나는 뭘 들고 다니는 성격이 아니어서 그 가방을 바로 줄리어스에게 맡겼다. 그는 백발에 아주 잘생긴, 예순쯤 되는 노인이었다. 플로렌스는 그가 정말 맘에 들었던지 아버지같이 대해주면서 절대 파리에 갈 수 없다고 했다. 그런 사람을 하인으로 부릴 수는 없다는 것이었다.

줄리어스는 파리에 못 데리고 간다는 말에 너무 슬픈 나머지 그 가방을 떨어뜨렸다. 나는 크게 화가 치밀어 보트에서 한쪽 눈이 부어오르도록 그를 두들겨 팼고, 죽여버리겠다고 소리를 질렀다. 아무런 저항 없이 두들겨 맞는 흑인이 보기에도 안쓰럽고 비명 소리도 애처로운 데다, 결혼 후 처음 보는 사태라 플로렌스는 내가 아주 폭력적인 사람이라는 인상을 받았을 것이다. 그녀가 자신이 '순결한 여자'가 아니라는 사실을 어떻게든 감추기로 결심한 것은 그 사건 때문일 수 있다. 그토록 이상한 짓들을 한 것도 다 그 때문이었을지도 모른다. 그녀는 내가 자기를 죽일지도 모른다고 생각했다······.

그래서 포카혼타스에 타자마자 심장병 얘기를 지어냈던 것이다. 생각하면 어느 정도 이해가 간다. 그녀는 뉴잉글랜드 출신이었고, 당시만 해도 그쪽 사람들은 흑인들을 요즘처럼 싫어하지 않았다. 그런데 그녀가 그보다 약간 남쪽, 그러니까 필라델피아 같은 곳의 전통적인 집안에서 자랐으면 내가 줄리어스를 때린 일이 그렇게까지 충격적으로 느껴지지 않았을 것이다. 그녀의 사촌 레지 헐버드만 해도 자기는 몇 푼만 줘도 흑인을 얼마든지 때릴 수 있다고 말하는 것을 내가 들었다. 게다가 그 약 가방은 내게는 그날 아침 결혼한 사랑하는 아내의 목숨이 달린 물건이었지만, 그녀에게는 그저 유용한 거짓말에 불과했기 때문이다.

자, 당시의 상황이 바로 그러했다. 바보같이 무지한 남편에 천치 같은 두려움을 가진 냉정한 관능주의자 아내―나는 그녀의 참모습을 전혀 모르는 완전 바보였다―, 그리고 공갈을 일삼는 정부(情夫). 이어서 또 다른 정부가 등장할 참이었다.

사실 에드워드는 괜찮은 상대였다. 나는 그가 얼마나 멋진 사람인지, 얼마나 유능한 군인, 훌륭한 지주, 정말 친절하고 자상하고 부지런한 관리, 고결하고 정직하고 공정한 사람인지 제대로 그려왔을까? 별로 그러지 못한 것 같다. 에드워드만큼이나 성실하며 훌륭하고 고결한 그 가엾은 소녀가 나타날 때까지는 나 자신도 잘 몰랐기 때문이다. 그녀는 정말 그런 사람이었고 에드워드 역시 그런 사람이라는 것을 그전에 알았어야 하는데, 나는 그러지 못했다. 내가 그를 그렇게, 정말 엄청나게 좋아한 것도 그 때문이리라. 생각해보면 나는 그가 유럽에서도 아랫사람들에게 정말 친절하고, 자상하고, 사려 깊게 행동하는 모습을 수없이 보았다. 한번은 지저분하고 볼품없는 헤센 지방의 두 거지 가족을 만났는데, 에드워드는 온갖 것을 조사하고 경찰 기록을 찾아보며 경제적 도움을 주었거나, 아니면 우리나라로 보냈던 것 같다. 또 한번은 울고 있는 아이를 보고 독일어 사전을 뒤져가며 그 애를 도우려고 애쓰기도 했다. 그는 우는 아이를 그냥 지나치지 못하는 사람이었다. 어쩌면 여성을 만나면 반드시 자신의 육체적 매력으로 위로해주어야 한다고 생각했을 수도 있다.

나는 에드워드를 그토록 좋아했지만 그런 일들을 당연하다고 생각했던 것 같다. 그런 일들을 보면서 나는 그를 편하게 느끼고, 좋아하고, 믿었던 것이다. 하지만 나는 영국 남자들은 다 그렇다고 생각했다. 어느 날 에드워드는 엑셀시어 호텔의 헤드 웨이터, 얼굴과 수염이 잿빛인 그 사람이 울고 있다고 생각했다. 그래서 그 주에 여러 날 동안 편지를 쓰고 영국 영사관을 드나들어서 그의 아내와 어린 딸을 런던에서 돌아오게 해주었다. 그녀는 스위스 녀석을 따라 영국으로 도망쳤었던 것이다. 그 여자가 그 주에 안 왔으면 그는 직접 런던으로 건너가 데려왔을 것이다. 애쉬버넘은 그런 사람이었다.

에드워드는 그런 사람이었고, 그것은 그의 지위와 위치에 따르는 의무였다. 어쩌면 그것이 전부였을 수도 있다. 하지만 나라면 내 의무를 그렇게 철저히 수행하지 못했을 것이다. 그런데 내가 아무리 그런 생각을 했더라도 그 가엾은 소녀가 나타나지 않았으면 그의 진면목을 알아보지 못했을 것이다. 나는 영국인들의 삶을 잘 모르지만, 그녀가 에드워드를 얼마나 사랑하는지 쉽게 짐작할 수 있었다. 그녀는 우리가 마지막으로 나우하임에 머문 동안 그들과 줄곧 같이 있었다.

낸시 러포드라는 그 소녀는 레오노라의 하나뿐인 친구의 외동딸이었고, 그렇게 부르는 것이 정확한지 모르겠지만 레오노라는 그녀의 후견인이었다. 그녀는 난폭한 아빠 때문에 엄마가 스스로 목숨을 끊으려 한 열세 살 때부터 애쉬버넘 집에서 살았다. 그렇다. 그 이야기는 밝은 내용이다.

에드워드는 낸시를 늘 '그 소녀'라고 불렀고, 두 사람이 서로 아껴주는 모습은 정말 보기 좋다. 소녀는 레오노라를 숭배했고, 그녀에게 애쉬버넘 부부는 세상에서, 그리고 천국에서도 가장 좋은 사람들이었다. 그녀의 머릿속에는 나쁜 생각이 단 하나도 없었을 것이다. 가엾은 아이……

어쨌든 낸시는 내게 에드워드에 대한 찬사를 한 시간씩 늘어놓았고, 아까 말했듯이 나는 그 말에 별로 신경 쓰지 않았다. 그가 무공훈장[12]을 탔고, 부하들의 숭배를 받았고, 그의 부대는 유례가 없을 만큼 훌륭했고, 그가 부하들의 목숨을 구하기 위해 두 번이나 군함에서 뛰어내린 공으로 왕립인명구조협회[13]에서 훈장을 받았다는 이야기, 빅토리아 십자훈장[14]에 두 번이나 추천됐지만 어떤 절차상의 문제 때문에 그 귀한 상을 타지 못했다는 이야기, 대관식 때 특별석에 앉았다는 이야기, 왕실 근위대에서 중요한 위치를 차지했었다는 이야기 등이었는데, 낸시에게 애쉬버넘은 로엔그린[15]과 기사 바야르[16]를 합해놓은 듯한 인물이었다. 어쩌면 정말 그런 사람이었는지도 모르지……. 하지만 너무 과묵한 사람이라 자신의 그런 면을 잘 드러내지는 못했다. 그즈음에 무공훈장이 뭔지 물어보러 간

---

12 무공훈장(Distinguished Service Order) : 영국 육군이나 해군에서 뛰어난 무공을 세운 사람에게 수여되며, 1886년 빅토리아 여왕이 제정했음.

13 왕립인명구조협회(Royal Humane Society) : 인명 구조를 목적으로 하는 단체로, 1774년에 창립되어 지금도 활동 중임.

14 빅토리아 십자훈장(Victorian Cross) : 적에 맞서 탁월한 용기와 애국심을 발휘한 군인에게 주어지는 가장 영예로운 훈장으로, 1856년에 빅토리아 여왕이 제정했음.

15 로엔그린(Lohengrin) : 아서 왕의 전설에 등장하는 파르지팔(Parzifal)의 아들로 성배(聖杯)의 기사 가운데 한 명. 바그너의 오페라 〈로엔그린〉(1850)에 나옴.

16 기사 바야르(Pierre Terrail, Seigneur de Bayard, 1473~1524) : '용감하고 완벽한 기사'로 불리는 프랑스의 군인.

적이 있는데, 그는 뭘 그런 것을 묻느냐는 얼굴로 이렇게 대답했다.

"전쟁 때 군대에 불량 커피를 납품한 도매상들에게 나눠주는 그런 거죠." 그런데 왠지 믿기지가 않아서 레오노라에게 직접 물어보았다. 영국식으로 교유하는 경우 상대방을 잘 알기가 얼마나 힘든지 등등 내가 앞에서 말한 그런 얘기를 먼저 털어놓은 뒤에 에드워드가 군인이나 지주로서 정말 훌륭한 사람인지 직접적이고 구체적으로 물어보았다. 그러자 평소에 전혀 놀랄 것 같지 않은 그녀가 조금은 뜻밖이라는 표정으로 이렇게 말했다.

"그걸 몰랐던 말이에요? 영국이든 독일이든 프랑스든, 군인이나 지주로서 그이만큼 훌륭한 사람은 없을 거예요." 그녀는 생각에 잠긴 얼굴로 한동안 나를 응시하더니 이렇게 덧붙였다.

"솔직히 말하면 그런 면에서 그이보다 훌륭한 사람은 이 세상에 없을 거예요. 그런 사람이 또 있기는 어려울걸요."

"흠, 그렇다면 에드워드는 정말 로엔그린과 엘시드[17]를 합쳐놓은 그런 인물이네요. 사람에게는 그런 면이 제일 중요하죠."

그녀는 또다시 나를 한참 응시했다.

"정말 그런 면이 제일 중요하다고 생각하세요?" 그녀가 천천히 물었다.

나는 명랑하게 물었다. "에드워드가 좋은 남편이 아니라든가, 낸시에게 좋은 후견인이 아니라는 말을 하고 싶은 건가요?"

그러자 레오노라는 귀에 댄 소라껍질 소리를 듣고 있는 사람처

---

17 엘시드(El Cid) : 본명은 로드리고 디아스 비바르(Rodrigo Díaz de Vivar, 1043~1099). 중세 에스파냐의 군인으로 1094년 발렌시아 왕국을 함락시키는 데 큰 공을 세우고, 죽을 때까지 그곳을 통치했음.

럼 천천히 말했다. 그녀가 나중에 한 얘기지만—여러분은 믿기 어려운 얘기겠지만—그때 내 얘기를 들으면서 그 아이를 8년이나 데리고 살았지만 그 순간 처음으로 바로 그 뒤에 일어날 비극을 어렴풋이 예감했다고 털어놓았다.

"아, 그가 좋은 남편이 아니라든가, 아이에게 좋은 후견인이 아니라고 말할 생각은 없었어요."

그래서 내가 이렇게 말했다.

"글쎄, 레오노라, 아내보다 남자가 이런 건 더 잘 아는 법이오. 그렇게 오랫동안 지켜봤지만 당신이 없는 동안 에드워드는 다른 여자한테 1초도 한눈판 적 없어요. 정말 속눈썹 한 번 까딱하지 않았다고요. 만약 그랬다면 내가 눈치챘을 텐데 말이죠. 늘 당신이 하늘의 천사라도 되는 것처럼 얘기한다니까."

그러자 레오노라는 늘 그렇듯이 꿋꿋하게 대꾸했다. "아, 에드워드가 늘 저를 좋게 말한다는 거 잘 알고 있어요."

레오노라에게는 익숙한 장면이었으리라. 사람들은 늘 에드워드가 그녀에게 정말 충실하고, 그녀를 정말 사랑한다고 칭찬했을 테니까. 온 세상 사람이 킬사이트 사건은 잘못된 재판이라느니, 그를 싫어한 비국교도들이 거짓 증거로 그를 얽어 넣은 사건이라느니 하고 떠들어댔으니까. 하지만 그때 나는 정말 바보 천치였다.

2장

어디까지 얘기했는지 생각해보자. 아, 맞다……. 우리가 그 얘기를 나눈 것은 1913년 8월 4일이었다. 그날 레오노라에게, 정확히 9년 전에 두 사람을 알게 되었으니 그날 에드워드에 대해 내가 그런 찬사를 바친 것은 일종의 생일 선물을 준 것 같아 기분 좋다고 말했던 것이 기억난다. 그 오랜 세월 동안 우리 넷이 그토록 여러 곳을 돌아다녔지만 내 입장에서는 두 사람에 대해 아무런 불만도 없었으니, 그렇게 많은 시간을 같이한 사람들이 그럴 수 있다는 것은 정말 특별한 일이라고 덧붙였다. 우리는 나우하임에서만 만난 것이 아니었기 때문이다. 그것은 플로렌스가 바라는 바가 아니었다.

내 일기를 체크해보니, 1904년 9월 4일 에드워드가 플로렌스와 나를 따라 파리에 와서 24일까지 우리 집에 묵었다. 그랬다가 그해―우리가 처음 알게 된 해―12월에 다시 와서 며칠 머물다 갔다. 그가 지미의 앞니를 부러뜨린 것은 아마 이때였으리라. 내 생각에는 플로렌스가 그 목적을 위해 일부러 그를 불렀던 것 같다. 1905년에는 그가 파리에 세 번 왔는데, 그중 한 번은 레오노라의 옷을 산다고 둘이 같이 왔다. 1906년에는 거의 6주간 멘톤에서 같이 지냈고, 에드워드는 런던으로 돌아가는 길에 파리에 와서 우리 집에 묵다 갔다. 대개 그런 식이었다.

플로렌스에 비하면 레오노라는 그야말로 젖먹이 어린애였다. 에드워드는 제대로 걸려든 셈이었다. 그에게는 정말 보통 일이 아니었을 것이다. 레오노라는―뭐라고 해야 할까―구교도 여성은 남편을 빼앗기지 않는다는 것을 보여줌으로써 자신이 믿는 종교의 위신을 세우려고 했을 것이다. 하지만 플로렌스는 자기 조상이 살던 집의 주인에게 달라붙은 셈이었다. 게다가 에드워드는 육체적으로도 대단했을 것이다. 하지만 내 생각에 그는 3년도 안 돼 그녀와의 관계, 그리고 그녀 때문에 겪는 이런저런 일들이 싫어졌을 것이다.

만약 레오노라가 편지에서 집에 여자 손님이 와 있다든가, 아니면 그냥 어떤 여자 이름을 들먹이기만 해도 플로렌스는 브램쇼에 있는 에드워드에게 전보를 보내 당장 와서 충성을 입증해 보이지 않으면 모두 폭로해버리겠다고 협박했다. 그의 입장에서는 모조리 알려지는 한이 있어도 당장 그녀를 차버리고 싶었을 것이다. 하지만 레오노라의 말도 무시할 수 없었다. 그녀는 아무리 사소한 것이라도 이 일이 내 귀에 들어가면 자신이 생각할 수 있는 가장 무서운 방식으로 복수하겠다고 맹세했기 때문이다. 에드워드로서는 결코 쉽지 않은 일이었다. 시간이 흐를수록 플로렌스는 더 많은 관심을 요구했고, 밤이든 낮이든 내킬 때마다 키스를 해달라고 졸랐기 때문이다. 같이 기차로 도망치자는 그녀의 제안을 말릴 수 있는 유일한 방법은, 이혼녀는 햄프셔에서 절대 상류층 여성으로 행세할 수 없다고 말하는 것뿐이었다. 맞다, 에드워드는 정말 죽을 맛이었을 것이다.

플로렌스는 시간이 흐르면서 점차 자신감이 생기고 입 다물고 있기도 힘들어지자 나에게 모든 것을 털어놓고 싶어 했다. 그녀는 이런 상황을 더는 참을 수 없다고 말했다.

그녀는 내게 다 털어놓고 이혼한 다음 에드워드와 캘리포니아에 가서 살고 싶다고 했다. 하지만 진심은 아니었을 것이다. 그렇게 되면 브램쇼 저택을 소유할 가망이 없어지기 때문이다. 게다가 플로렌스는 레오노라가 폐병 환자라고 생각했다. 그렇게 건강한 레오노라에게 그녀는 내 앞에서 의사한테 가서 진찰을 받아보라고 권하곤 했다. 그런데 에드워드는 자기를 데리고 도망치겠다는 플로렌스의 말을 믿었던 것 같다. 그는 레오노라를 아주 좋아했기 때문에 절대 그러지 않았을 것이다. 하지만 플로렌스가 정말 그렇게 나오면 내가 이 일을 알게 되고, 그러면 레오노라가 온갖 방법으로 복수를 할 터였다. 그리고 그녀는 생각할 수 있는 모든 수단을 동원해 복수하겠다고 다짐하곤 했었다. 그녀는 정말 나를 다치게 하고 싶지 않았고, 당시 그녀가 에드워드에게 가할 수 있는 가장 잔인한 복수는 바로 그를 다시는 안 보는 것이었다.

이 정도면 당시의 상황을 대충 짐작하실 수 있으리라. 그럼 이제 내가 완벽한 무지, 그리고 그야말로 완벽한 행복에서 벗어난 1913년 8월 4일 얘기를 해보자. 그 소녀의 등장은 이 모든 일을 더 심화시켰다.

그 8월 4일, 나는 너무 늦게 도착해 저녁 시간을 놓친 백쇼라는 멋없는 영국인과 라운지에 앉아 있었다. 레오노라는 방금 자리 올라갔고, 나는 카지노에서 열린 음악회에 간 플로렌스와 에드워드와 그 소녀를 기다리고 있었다. 세 사람이 같이 음악회에 갔던 것이다. 플로렌스가 처음에는 우리와 있겠다고 해서 에드워드와 소녀 둘만 갔는데, 레오노라가 아주 차분하게 이렇게 말했다.

"그대도 같이 가주면 좋겠는데. 저 애가 에드워드와 그런 데 갈 때는 보호자가 따라가야 할 나이가 됐거든." 그러자 플로렌스는 가벼운 발걸음으로 두 사람을 따라갔다. 그녀는 얼마 전에 세상을 떠난 사촌 때문에 검은 옷을 입고 있었다. 미국인들은 그런 것은 잘 지키기 때문이다.

레오노라는 10시까지 나와 함께 라운지에 앉아 있다가 자러 올라갔다. 아주 더운 날이었지만 거기는 시원했다. 백쇼는 방 저쪽에서 신문을 읽고 있다가 내게 다가와 시시한 질문을 던지며 말을 걸었다. 온천 관광객도 인두세를 내야 되느냐는 질문이었는데, 백쇼는 그런 유의 인간이었다.

정말 군인 같은 체격에 상대방의 시선을 피하는 튀어나온 눈, 숨어서 나쁜 짓을 하는 사람이라는 인상을 주는 창백한 안색, 어떤 대가를 치르고라도 처음 보는 사람과 안면을 트려고 하는 수상쩍은 욕망 등 그야말로 잊기 어려운 인간이었다. 더러운 두꺼비 녀석 같으니……

백쇼는 자기가 레드베리 근처에 있는 러들로루 영지 출신이라고 했다. 어디서 들어본 이름인데 정확히 기억나지는 않았다. 그는 보리(hop), 캘리포니아 보리, 전에 가본 로스앤젤레스에 대해 얘기하면서 내 호감을 사려고 애쓰고 있었다.

그런데 어느 순간 플로렌스가 훤한 가로등 불빛 속을 뛰어오는 모습이 보였다. 백지장처럼 하얗게 질린 얼굴에 손으로 검은 옷 입은 가슴을 누르며 뛰어오는 그녀를 보는 순간, 심장이 멎는 느낌이었다. 나는 꼼짝도 할 수 없었다. 이윽고 그녀가 회전문을 밀치고 들어오더니 왕골 의자, 대나무 탁자, 신문 등이 널려 있는 라운지 안을 둘러보았다. 내가 눈에 띄자 입을 열다가, 백쇼를 보더니 자기 눈을 빼버리고 싶다는 듯 두 손으로 얼굴을 덮었다. 그러더니 다음 순간 사라졌다.

　나는 일어서기는커녕 손가락 하나 까딱할 수 없었다. 이윽고 백쇼가 말했다.

　"세상에! 플로리 헐버드잖아." 그는 느끼하고 불안정한 어조로 농담을 늘어놓을 참이었다. 나와 정말 친해지고 싶은 모양이었다.

　"저게 누군지 아세요? 전에 봤을 때는 새벽 5시에 지미라는 청년의 침실에서 나오고 있었는데. 레드베리의 우리 집에서 말이죠. 아까 저를 알아본 것 눈치채셨죠." 백쇼는 자리에서 일어나 나를 내려다보고 있었다. 내가 어떤 얼굴이었을지 상상이 안 간다. 어쨌든 그는 끌끌거리더니 더듬거리는 말투로 이렇게 말했다.

　"아, 정말……." 내가 들은 백쇼의 말은 그것이 마지막이었다. 한참 뒤에 나는 정신을 차리고 라운지에서 나와 플로렌스의 방으로 올라갔다. 우리가 결혼한 이후 처음으로 그녀의 방문이 안 잠겨 있었다. 메이단 부인과 달리 플로렌스는 침대에 아주 반듯이 누워 있었고, 오른손에는 아질산아밀[18]이 들어 있어야 할 작은 병을 쥐고 있었다. 1913년 8월 4일에 일어난 일이었다.

---

18 아질산아밀(nitrate of amyl) : 협심증에 쓰이는 강한 냄새를 가진 노란 액체. 혈관 확장과 심장 운동을 돕기 때문에 미약(媚藥)으로 쓰이기도 함.

3부

1장

이상한 일은 그날 저녁을 생각하면 레오노라가 한 말이 꼭 기억난다는 것이다.

"물론 당신과 결혼할 수 있지요." 그래서 누구를 얘기하냐고 묻자 그녀가 대답했다.

"그 애요."

내게는 정말 놀라운 얘기였고, 인간의 감정에 대해 아주 많은 것을 보여주는 말이었다. 왜냐하면 내가 그 소녀와 결혼한다는 것은 상상해본 적도 없었기 때문이다. 그녀를 좋아한다는 생각도 해본 적 없었다. 마취에서 깨어나는 사람들이 그렇듯이 내가 이상한 말을 했었나 보다. 내 안에 서로에 대해 전혀 모르는 두 사람이 있었는지도 모르지. 나는 아무 생각도 없었다. 그러면서도 정말 놀라운 말을 했다.

이 이야기에서 내 심리를 분석하는 것은 중요하지 않으리라. 내 생각에는 중요하지도 않거니와, 설사 그렇다 해도 이미 충분히 보여준 것 같다. 하지만 그때 내가 한 그 놀라운 말이 나중에 일어날 일에 큰 영향을 준 것은 사실이다. 다시 말해 플로렌스가 죽은 지 두 시간 뒤에 내가 그 말을 안 했으면 레오노라는 아마 에드워드 와 플로렌스의 관계에 대해 나한테 아무 말 안 했을 것이다.

"이제 그 애와 결혼할 수 있소."

그 말을 들은 레오노라는 자신이 겪어온 일들을 나도 고스란히 겪어왔거나, 아니면 적어도 자신이 참아온 일들을 나도 용인해왔 다고 생각했던 것이다. 그래서 가엾은 에드워드의 장례식 일주일 쯤 후, 그러니까 지금으로부터 한 달 전, 내가 브램쇼에 너무 오래 있었다고 하자 특유의 맑고 침착한 어조로 아주 자연스럽게 이렇 게 말했다.

"아, 그래도 된다면 여기 영원히 계세요." 그러더니 이렇게 덧붙 였다. "이 세상에 당신 같은 오빠나 조언자, 조력자는 없을 거예요. 제게는 이 세상에서 당신이 유일한 위안이에요. 그런데 당신 부인 이 내 남편의 정부가 아니었으면 당신이 여기 올 일이 없었다는 거, 생각하면 이상하지 않아요?"

내가 둘의 관계를 알게 된 것은 바로 그 말 때문이었다. 그렇게 단도직입적으로 말이다. 나는 아무 말 하지 않았다. 사람들 대부분 이 마음속에 갖고 있는 그 신비로운 두 번째 자아의 작용 말고는, 당시 아무런 느낌도 없었다. 내가 의식을 잃거나 몽유병에 걸려 헤 매게 되면 가엾은 에드워드의 무덤에 침을 뱉을 수도 있겠지. 내가 그럴 일은 절대 없겠지만, 어쩌면 그럴 수도 있다.

그랬다. 그 순간에는 어떤 여자가 아무개의 연인이라는 말을 들 었을 때처럼 그냥 명확한 인식 말고는 아무런 느낌도 없었다. 궁금 했던 문제에 대해 갑자기 분명한 답을 얻은 느낌이랄까. 나중에 생각해보니, 바람 부는 11월 저녁의 그 순간, 그동안 묘하게 느껴졌던 이런저런 사건들이 딱 아귀가 맞아 떨어진다는 생각을 했던 것 같다. 하지만 그때는 생각을 할 여유가 없었다. 그 점은 명확히 기억난다. 나는 그냥 경직된 자세로 푹신한 안락의자에 기대 앉아 있었다. 그것이 기억난다. 밖에는 해가 기울고 있었다.

브램쇼 저택은 작은 분지에 자리 잡고 있었는데, 앞에는 잔디가 깔리고 소나무 숲이 전체를 둘러쌌다. 밖에는 숲 저편에서 불어오는 엄청난 바람이 요란하게 휘몰아쳤지만, 안에서 내다보면 어둑한 가운데 극히 평화로운 광경이 펼쳐져 있었다. 사방이 적막한 가운데 숲가에서 토끼 두어 마리가 깡충대고 있었다. 우리는 그때 레오노라의 작은 서재에서 하녀가 차를 내오길 기다리고 있었다. 앞에서 말했듯이 나는 안락의자에 앉아 있고, 레오노라는 창가에 서서 블라인드 끈에 달린 작은 도토리 모양 장식을 빙빙 돌리고 있었다. 내 기억에는 그녀가 잔디밭 너머를 바라보며 이렇게 말했던 것 같다.

"에드워드가 죽은 지 열흘밖에 안 됐는데 벌써 잔디밭에 토끼가 들어오네요."

영국 잔디는 짧기 때문에 토끼가 드나들면 쉽게 피해를 입는다. 레오노라는 이쪽으로 돌아서더니 꾸밈없이 이렇게 말했다. 그녀의 말이 똑똑히 기억난다.

"플로렌스가 자살한 건 정말 바보 같은 짓이었어요."

그 순간 우리 두 사람은 정말 여유로운 느낌에 젖어 있었다. 기차를 기다리는 것도 아니고, 식사를 기다리는 것도 아니었다. 우리에게는 기다릴 게 아무것도 없었다. 정말 아무것도.

어쩌다 들려오는 먼 바람 소리 때문에 방 안이 더 고요하게 느껴졌다. 세상에 그 작은 갈색 방만 존재하는 것 같았다.

그 순간 나는 레오노라가 모든 것을 털어놓으리라는 생각이 들었다. 레오노라는 영국인 특유의 조신함 때문에 에드워드를 묻고 꼬박 일주일을 기다린 후에 입을 열기로 결정했던 것이다. 나는 뭐든 개의치 말고 얘기하라는 뜻으로 천천히 이렇게 말했다. 내가 한 말이 정확히 기억난다.

"플로렌스가 자살했나요? 난 몰랐는데."

나는 그저 레오노라에게, 어차피 할 말이라면 그녀가 필요하다고 생각한 것 이상으로 광범위하게 얘기해달라고 말하고 싶었다.

플로렌스가 자살했다는 것이 내가 알게 된 첫 번째 사실이었다. 나로서는 생각지도 못한 일이었다. 그렇게 말하면 내가 정말 순진하거나 천치 같은 인간으로 느껴지시겠지. 하지만 내 입장을 생각해보라.

많은 사람이 한꺼번에 떠들어대는 그토록 충격적이고 어수선하고 요란한 상황에서, 원래 입이 무거운 호텔 종업원들이나 원래 전통적으로 말수가 적은 애쉬버넘 같은 '점잖은' 사람들 사이에서, 그런 상황에서 우리의 눈길을 사로잡고 상상력에 호소하는 것은 작은 물건들이다. 플로렌스가 자살했다고 의심할 어떤 실마리도 보지 못한 나로서는 그녀가 쥐고 있는 약병을 보는 순간 심장마비로 죽었다는 생각을 할 수밖에 없었다. 여러분도 아시겠지만 아질산아밀은 협심증 환자들이 먹는 약이기 때문이다.

플로렌스가 하얗게 질린 얼굴로 한 손을 가슴에 대고 뛰어가는 모습을 보았는데, 그 직후에 작은 병을 쥔 채 침대에 누워 있는 것을 보았으니 그렇게 생각할 수밖에 없었다. 나는 그녀가 평소에도 가끔 그랬듯이 약 없이 나갔다가 정원을 거니는 동안 증상이 도져서 가급적 빨리 약을 먹으러 들어온 줄 알았다. 그리고 그렇게 급히 달리는 바람에 심장에 무리가 와서 죽었다고 생각할 수밖에 없었다. 나로서는 우리가 결혼한 뒤로 줄곧 그녀가 그 작은 갈색병에 아질산아밀이 아니라 청산가리를 넣어 갖고 다녔다는 것은 상상할 수도 없는 일이었다.

심지어 나보다 그녀와 훨씬 가까웠던 애쉬버넘도 그 사실을 모르고 있었다. 그는 플로렌스가 심장마비로 사망한 줄 알았다. 그녀가 자살했다는 것을 아는 사람은 레오노라, 대공, 경찰서장, 호텔 주인뿐이었다. 내가 이들 세 사람을 언급하는 이유는 그날 밤 내가 기억하는 것이라곤 호텔 라운지의 연분홍 불빛뿐이기 때문이다. 그리고 그 불빛 속에서 이들 세 사람의 얼굴이 공처럼 떠다니는 것 같았다. 어떤 순간에는 수염이 긴 당당하고 상냥한 대공의 얼굴이 나타나고, 어떤 순간에는 이목구비가 날카롭고 피부색이 어두우며 기병대원 같은 수염을 기른 경찰서장의 얼굴이 보이고, 또 다른 순간에는 둥근 얼굴에 옷깃을 높이 세우고 세련된 표정을 한 호텔 주인 슌츠 씨의 얼빠진 얼굴이 나타나곤 했다. 어떤 때는 이들 셋 중 한 사람의 얼굴이 떠오르고, 어떤 때는 경찰서장의 뾰족한 헬멧이 대공의 건강한 대머리 얼굴 옆에 나타나기도 했다. 때로는 슌츠 씨의 기름 바른 머리카락이 둘 사이에 끼어들기도 하고, 대공의 부드럽고 기가 막히게 단련된 목소리가 "맞아, 맞아, 맞아!" 하는 소리가 들리기도 했는데, 그럴 때는 한마니 한마디가 매끈한 소기름 덩어리처럼 뚝뚝 떨어지는 느낌이었다. 그 뒤에는 경찰서장의 낮고 신경질적인 목소리가 총성 다섯 방처럼 "맞습니다, 전하!" 하기도 하고, 숀츠 씨가 기차의 침대칸 한쪽 구석에서 기도책을 읽는 추잡한 신부 같은 목소리로 끝없이 뭔가를 속삭이기도 했다. 그날 밤은 내 마음속에 그런 식으로 남아 있다.

내가 거기 있다는 것을 아는 사람도 없었고, 무슨 말을 해주는 사람도 없었다. 하지만 대공이나 경찰서장, 호텔 주인이 나타나거나 셋이 같이 있으면, 내가 그 시신의 명목상 소유주로서 자기들의 논의에 동참할 권리가 있다는 듯 꼭 나를 가운데 놓고 얘기를 했다. 그러고 나서는 갑자기 어딘가로 몰려가고, 나는 오랫동안 혼자 앉아 있곤 했다.

그날 나는 아무 생각도 없었다. 그저 머릿속이 텅 빈 채 기진맥진한 느낌이었다. 슬프지도 않고, 뭘 하고 싶지도 않고, 침실로 올라가 플로렌스의 시신 위에 쓰러지고 싶은 생각도 없었다. 그래서 그냥 라운지에 앉아 연분홍 불빛, 대나무 탁자, 야자수, 공 모양의 성냥통, 가장자리가 톱니 모양인 재떨이 등을 바라보고 있었다. 그러다가 어느 순간 레오노라가 나타났는데, 그때 내가 그 이상한 말을 했던 것이다.

"이제 그 애와 결혼할 수 있소."

그날 저녁, 그리고 그 후 사나흘 동안에 대한 나의 기억은 그것이 전부다. 며칠 동안 나는 일종의 혼수상태에 빠져 있었다. 나는 종업원들이 침대에 누이면 가만히 누워 있고, 옷을 갖다 주면 입고, 플로렌스의 장례식에 데려가면 묘 옆에 서 있었다. 누가 나를 강가에 데려가거나 철도에 쓰러뜨렸어도 아무 생각 없이 그냥 익사하거나 기차에 치였을 것이다. 그야말로 산송장이나 다름없었다.

내가 갖고 있는 느낌이 그랬다.

그런데 나중에 이것저것 돌이켜보니 실은 그게 아니었다. 앞에서 그날 밤 소녀와 에드워드 애쉬버넘이 카지노에서 열리는 음악회에 가고, 바로 뒤에 레오노라가 플로렌스에게 둘을 따라가서 보호자 역할을 해달라고 부탁했다는 얘기를 했었다. 여러분도 기억하시겠지만, 그 얼마 전 진 헐버드라는 사촌이 세상을 떠났기 때문에 플로렌스는 그날 검은 옷을 입고 있었다. 그런데 소녀는 아주 더운 날이라서 하얀 모슬린 옷을 입고, 그래서 어두운 공원의 키큰 나무 아래 서 있으면 찬장에 든 인광성 물고기처럼 빛났을 것이다. 마치 불 밝힌 등대처럼 눈에 띄는 옷차림이었다.

그날 에드워드 애쉬버넘은 소녀를 데리고 카지노로 가는 산책로가 아니라 공원의 어두운 가로수 길로 걸어갔다. 그는 이 모든 얘기를 마지막 날 내게 해주었다. 그날 그는 묻지도 않은 얘기를 정말 많이 털어놓았다. 나로서는 물어볼 이유도 없었다. 그때는 그와 내 아내가 어떤 사이였는지 전혀 모르고 있었기 때문이다. 그런데 그날 에드워드는 삼류 소설가처럼 쉴 새 없이 떠들어댔다. 아니, 사물을 명확히 보게 해주는 것이 소설가의 일이라면 그날 그는 일류 소설가 같았다. 그리고 지금 나는 마음속에 생생히 남아 있는 꿈처럼 모든 것을 명확히 보고 있다. 음악회장에 거의 다 이르렀을 무렵 두 사람은 어두운 공원의 벤치에 앉았다. 나중에 에드워드는 나무들 사이로 카지노의 불빛이 비쳐서 사랑스러운 그녀의 높은 이마, 특이한 입매, 고뇌에 찬 눈썹, 솔직한 눈이 또렷이 보였다고 말했다. 그 벤치 뒤로 몰래 다가간 플로렌스는 두 사람의 옆모습을 보고 있었으리라. 그녀는 짧은 잔디밭을 살금살금 걸어서 벤치 바로 뒤에 있는 나무에 몸을 숨겼겠지. 질투에 사로잡힌 여자에게 그 정도는 식은 죽 먹기였으리라. 나중에 에드워드가 얘기하기로는 그때 카지노 악단이 라코치 행진곡[1]을 연주하고 있었는데, 거리가 있어서 에드워드의 말소리가 안 들릴 정도로 크지는 않았지만 공원의 다른 소리들과 어우러져 플로렌스의 가벼운 발자국 소리를 감추기에는 충분했다. 그 불쌍한 여자는 그날 된통 한 방 먹은 셈이었다. 생각해보면 끔찍한 일이지만, 플로렌스는 그렇게 당해도 싼 여자였다.

머릿속에 그 장면을 그려보라. 주로 느릅나무인 거목들이 어두운 밤안개 속에서 가볍게 물결치고 있고, 벤치에 앉은 두 사람의 옆모습이 보이고, 카지노에서 불빛이 비쳐드는 가운데 검은 옷을 입은 여자가 겁에 질린 채 나무 뒤에서 둘의 대화를 엿듣고 있다. 그야말로 멜로드라마지만, 사실이 그랬으니 나도 어쩔 수 없다.

그런데 어느 순간 에드워드에게 어떤 일이 일어났다. 나중에 본인이 직접 해준 얘기고, 나로서는 그의 말을 의심할 이유가 전혀 없는데, 그때까지 에드워드는 소녀를 좋아한다는 생각을 해본 적이 없었다. 그냥 친딸과 똑같이 생각했었다. 물론 그녀를 사랑했지만, 아주 깊고 부드럽고 차분한 사랑이었다. 소녀가 수녀원 학교에 가 있으면 보고 싶었고, 집에 오면 기뻤다. 하지만 그뿐, 다른 것은 전혀 생각지 못했다. 에드워드는 만약 다른 감정이 있음을 알았다면 목숨 걸고 도망쳤을 것이라고 말했다. 레오노라에게 너무 잔인

---

1   라코치 행진곡(Rákóczi March) : 트란실바니아의 왕이었던 조르지 라코치 2세를 기념한 곡으로 헝가리 작곡가 야노스 비하리(János Bihari, 1764~1827)의 작품.

한 짓이었기 때문이다. 문제는 에드워드가 자신의 감정에 대해 전혀 모르고 있었다는 사실이다. 그가 소녀를 데리고 어두운 공원에 간 것은 육체적 욕망이나 단둘이 있고 싶다는 생각 때문이 아니었다. 폴로용 말, 테니스 라켓, 그녀가 졸업한 수녀원 학교 원장 선생님의 성격, 집에 돌아갔을 때 열릴 파티에서 입을 드레스를 흰색으로 할지 푸른색으로 할지, 그런 문제들을 얘기하러 갔을 뿐이다. 평소에 늘 하던 얘기가 아닌, 뭔가 다른 얘기를 할 생각은 추호도 없었다. 그녀를 여자로 보면 안 된다는 생각조차 머릿속에 없었다. 그런데 어느 순간 갑자기……

그는 육체적 욕망 때문에 그날 그런 얘기를 한 것이 결코 아니라고 내게 누차 강조했다. 주변이 어둡고 그녀 옆에 가까이 앉아 있어서 그렇게 된 것도 아니었다. 단지 그녀가 그의 정신에 미치는 영향 때문이었다. 에드워드는 그때 그녀를 껴안거나 그녀의 손을 잡고 싶은 생각은 전혀 없었고, 실제로도 그러지 않았다고 했다. 그의 말로는 두 사람이 벤치 양쪽 끝에 앉아 있었는데, 자기는 소녀 쪽으로 약간 몸을 기울이고 소녀는 반듯이 앉아서 카지노의 불빛을 바라보고 있었다. 불빛이 그녀의 얼굴을 훤히 비추고 있었는데, 그녀는 에드워드의 표현으로는 '묘하다'고 할 수밖에 없는 표정이었다.

그런데 어느 날인가는 그날 그녀가 기쁜 표정이었다고 말하기도 했다. 무슨 일이 일어나고 있는지 전혀 몰랐으니 당연히 즐거웠겠지. 솔직히 소녀는 에드워드 애쉬버넘을 숭배했다. 그 당시 소녀가 한 말을 생각해보면, 그녀에게 그는 완벽한 인간, 영웅, 운동선수, 나라의 아버지, 입법자였다. 그런 에드워드가 갑자기 아주 친밀하고 압도적인 어조로 자기를 칭찬해주었으니, 그녀로서는 좀 벅차긴 해도 아주 기쁜 일이었으리라. 신이 그녀의 작품을 칭찬하거나, 왕이 그녀의 충정을 치하해주는 것 같았겠지. 소녀는 가만히 앉아 웃음 띤 얼굴로 그의 말에 귀를 기울였다.

그녀는 어린 시절의 쓰라린 기억, 난폭한 아버지에 대한 두려움, 엄마의 독설과 탄식이 일순간에 모두 해소되는 것 같았다. 드디어 전부 보상받은 느낌이었던 것이다. 왜냐하면 목사나 아버지 같이 생각해온 사람이 느닷없이 사랑을 호소할 때 여자는 그가 지금 자기의 행동을 칭찬하고 있다고 느낄 것이기 때문이다. 그가 자기를 차지하려고 그런다는 생각은 꿈에도 못할 것이다. 소녀는 적어도 그가 레오노라에게 아주 충실한 남편이라고 생각했고, 다른 여자들과 바람을 피웠다는 것은 꿈에도 몰랐다. 소녀와 얘기할 때 에드워드는 늘 아내를 존경하고 사랑한다는 인상을 주었고, 완벽히 훌륭하고 만족스러운 배필로 여기고 있다는 느낌을 주었기 때문이다. 소녀는 둘의 결혼이 교회에서 늘 얘기하고 귀하게 여기는 축복받은 관계라고 생각해왔다.

그래서 소녀는 에드워드가 자신을 세상에서 가장 사랑하는 사람이라고 말하자 자연히 레오노라를 빼고 그렇다는 얘기라고 생각했기 때문에 그저 기쁘기만 했다. 결혼 적령기에 이른 처녀가 아버지에게서 칭찬을 받는 그런 느낌이었던 것이다. 한편 자기가 방금 무슨 짓을 저질렀는지 깨달은 에드워드는 얼른 입을 다물었다. 아무것도 눈치채지 못한 소녀는 그저 행복했고 줄곧 그 느낌에 빠져 있었다.

내 생각에 그 일은 에드워드 애쉬버넘이 저지른 생애 최악의 만행이었다. 하지만 나는 이들과 너무 가깝기 때문에 그중 누구도 악하다는 생각이 안 든다. 내게 에드워드는 그저 솔직하고, 올곧고, 훌륭한 사람일 뿐이다. 그렇게 많은 일이 일어났는데도 에드워드는 내게 늘 그런 사람으로 느껴지기 때문이다. 육중한 시계추를 밀어내듯 그런 느낌과 상반되는 이런저런 일들을 떠올려보지만, 그가 행한 그 많은 선행들, 능률적인 일 처리, 상냥한 말들이 되살아날 뿐이다. 그는 정말 멋진 사람이었다.

그래서 나는 에드워드가 저지른 다른 많은 일처럼 그날 밤의 일 역시 이런저런 이유를 들어 합리화하곤 한다. 막 수녀원 학교를 졸업한 아가씨를 유혹하는 것은 물론 아주 사악한 짓이다. 하지만 에드워드는 그녀를 유혹할 생각이 전혀 없었다. 그저 그녀를 사랑했을 뿐이다. 그는 그렇게 말했고, 최소한 나는 낸시야말로 에드워드가 진정으로 사랑한 유일한 여자였다고 생각한다. 에드워드 자신이 그렇게 말했고, 그의 행동을 보면 그 말이 사실임을 알 수 있다. 레오노라 역시 그렇게 말했는데, 그녀야말로 에드워드를 속속들이 알고 있었다.

이 문제에 대해 나는 아주 회의적인 시각을 갖게 되었다. 말하자면 나는 사람이 누군가를 영원히 사랑한다는 것은 있을 수 없는 일이라고 생각한다. 아니면 적어도 젊었을 때 느낀 어떤 열정이 영원히 지속될 수는 없다고 본다. 내 생각에 적어도 남자의 경우 연애, 곧 어떤 특정한 여자에 대한 사랑은 경험의 지평을 넓히는 사건에 지나지 않는다. 그래서 새로운 여자를 만날 때마다 시야가 넓어지고 새로운 영토를 획득하는 셈이다. 눈썹을 치뜨는 방식, 어떤 어조, 특이한 몸짓, 사랑의 감정을 일으키는 이런 것들이 남자에게는 말하자면 지평선을 넘어 새로운 땅을 탐색하고 싶은 욕망을 일으키는 대상들이다. 그럴 때 남자는 그처럼 특이하게 치뜬 눈썹 뒤로 돌아가 그 아래 있는 눈으로 세상을 보고 싶어진다. 그는 그런 어조를 가진 여인이 이 세상 모든 문제, 모든 주제에 대해 바로 그 목소리로 하는 말을 듣고 싶어진다. 그는 또한 그처럼 특이한 몸짓을 한 여인을 온갖 풍경 속에서 관찰하고 싶은 것이다. 성적 본능에 대해 나는 별로 아는 것이 없지만, 정말 열정적인 사랑에서 성은 별로 중요하지 않다는 느낌이 든다. 성적 충동은 풀어진 신발끈이라든지 스쳐 지나간 눈길같이 아주 사소한 것들로 일어나기 때문에 사랑에 대해 얘기할 때 굳이 고려할 필요는 없다고 본다. 물론 누군가를 열렬히 사랑하면 같이 자고 싶겠지만, 그것은 너무 당연한 일이니까 굳이 얘기할 것도 없으리라. 너무 상식적인 일이기 때문에 소설이나 전기에 나오는 인물이 규칙적으로 식사한다고 가정하는 것만큼이나 당연해서 그 구체적 양상이 아무리 다양하게 나타나더라도 굳이 언급할 필요가 없을 것이다. 하지만 정말 열렬한 욕망, 오랫동안 지속되어 남자의 영혼을 불사르는 진정한 사랑은 그 여인과 동일한 존재가 되고 싶은 갈망을 불러일으킬 것이다. 그는 그녀와 같은 눈으로 보고, 같은 손으로 느끼고, 같은 귀로 듣고, 자신의 자아를 버리고 그녀의 품에 안겨 의지하고 싶어할 것이다. 남녀 관계에 대해 어떤 말들을 하든, 사랑에 빠진 남자라면 누구나 연인에게서 새로이 용기를 얻고 난국을 돌파할 힘을 얻고 싶어 할 것이다. 그것이 바로 상대에 대한 욕망의 주된 원천이리라. 우리는 모두 너무 두렵고 외롭기 때문에 누군가 다른 사람에게서 우리가 정말 존재할 가치가 있다는 확신을 얻고 싶어 한다.

그렇기 때문에 사랑이 이루어지면 남자는 적어도 어느 기간 동안 자신이 원하는 것을 얻을 수 있다. 그는 연인에게서 용기와 힘을 얻고, 고독에서 해방되며, 자신이 괜찮은 사람이라는 확신을 얻게 된다. 하지만 시간이 흐르면서 마치 태양이 해시계를 지나가듯이 이런 것들은 서서히 사라진다. 슬프지만 그것이 현실이다. 책 속의 페이지가 신선함을 잃고, 아름다운 모퉁이가 너무 많이 돌아서 그 매력을 잃는 것이다. 이 이야기는 정말 슬픈 내용이다.

하지만 남자에게는 드디어 어떤 여자가, 아니 이런 식으로 말하면 안 되지. 어떤 남자든 살다 보면 그의 상상력에 봉인을 찍는 여자가 나타나 최후의 봉인을 찍는 순간이 온다. 그 사람은 더는 여행을 떠나거나 배낭을 메지 않을 테고, 그런 장소나 생활에서 영원히 은퇴할 것이다.

어쨌든 에드워드와 소녀에게는 그때 그런 일이 일어났다. 문자 그대로 그런 일이 일어난 것이다. 그야말로 문자 그대로 에드워드에게는 이 죽음과의 마지막 경주에 비하면 대공의 정부, 베절 부인, 메이단 부인, 플로렌스, 아니 그 어떤 여자와의 연애도 모두 일종의 전초전에 불과했다. 나는 다른 미국인들처럼 진정한 사랑은 모두 어떤 희생을 요구한다고 말하고 싶지 않다. 절대 그렇지 않다. 하지만 뭔가를 희생하고 얻은 사랑은 더 진실하고 영원할 것 같다. 다른 여자들의 경우 에드워드는 전에 르뢰펠 백작의 눈앞에서 폴로 공을 가로챈 것처럼 그냥 그들의 삶에 끼어들어 단번에 정복하곤 했다. 물론 아무런 고생 없이 그들을 차지했다는 말은 아니다. 하지만 낸시의 경우 그는 그녀를 건드리지 않기 위해 자신이 그야말로 누더기가 될 때까지 애를 썼고, 결국 죽음에 이르렀던 것이다.

내 생각에 에드워드가 그날 소녀와 대화한 것은 결코 저열한 행동이 아니었다. 그녀에 대한 애정을 의식하지 못하고 있다가 이야기를 나누는 과정에서 자기도 모르게 사랑이 생겨났으리라. 그전에는 아무것도 없었는데, 그 후에는 소녀에 대한 사랑이 삶의 일부가 된 것이다. 어쨌든 아까 하던 이야기를 계속해보자.

아까 나는 플로렌스가 나무 뒤에 숨어 둘의 이야기를 엿듣고 있었다고 했다. 그것은 어디까지나 내 추측에 불과하지만, 그렇게 생각할 근거가 충분히 있다. 두 사람이 나간 직후에 플로렌스가 어둠 속에서 그들을 따라갔다가 얼마 후 하얗게 질린 채 손으로 가슴을 누르며 호텔로 돌아오지 않았던가. 백쇼 때문만은 아니었을 것이다. 나나 내 옆에 있는 백쇼를 보기 전에도 그녀의 얼굴은 고통으로 일그러져 있었다. 하지만 백쇼가 그녀의 자살에 결정적 원인이 되었을 것이다. 레오노라의 말에 따르면, 플로렌스는 아질산아밀이 아니라 실은 청산가리가 든 그 약병을 오랫동안 갖고 있었으며 내가 그 지미라는 자와의 관계를 알게 되면 그것으로 자살하겠다고 했었다는 것이다. 그녀는 허영심이 강한 여자였던 것 같다. 그렇게 보지 않을 이유가 없다. 내 생각에 세상 사람들이 착실하게 사는 것은 많은 부분 허영심 때문일 것이다.

단지 에드워드와 소녀의 관계 때문이었다면 플로렌스는 가만있지 않았을 것이다. 그것뿐이었으면 법석을 떨고, 에드워드에게 따지고, 그를 위협하고, 그의 유머 감각과 약속에 호소했겠지. 하지만 미신적인 그녀로서는 백쇼가 나타났다는 사실, 그리고 그날이 8월 4일이었다는 사실을 견디기 힘들었을 것이다. 플로렌스는 두 가지를 원했다. 그녀는 브램쇼 영지의 여주인이 되고 싶었고,

나의 신뢰를 받고 싶었다.

　나와 사는 동안은 나의 신뢰를 받고 싶었던 것이다. 에드워드 애쉬버넘이 그녀를 데리고 도망가주었다면 기꺼이 전부를 버렸겠지. 아니면 사랑을 위해 기꺼이 모든 것을 희생함으로써 자신의 열정을 과시하고 나에게 더 큰 존경을 받으려고 했겠지.

　결혼한 사람들은 누구나 같이 사는 배우자가 자신의 성격이나 과거와 관련해 어떤 약점을 알게 될까 봐 노심초사한다. 자신의 사소한 비열함을 잘 아는 사람과 계속 같이 사는 것은 견딜 수 없는 일이기 때문이다. 그것은 죽음 같은 일이고, 바로 그 때문에 그토록 많은 결혼이 불행하게 끝나는 것이다.

　예컨대 나는 식탐이 있어서 맛있는 요리를 좋아하고, 어떤 음식은 이름만 들어도 침이 돌 정도다. 그런데 만약 플로렌스가 이 비밀을 알았으면 너무 싫어서 그녀가 내게 강요한 다른 많은 희생들을 견뎌내지 못했을 것 같다. 그녀는 나의 이런 면을 전혀 몰랐을 것이다.

　적어도 그 얘기를 꺼낸 적은 한 번도 없었다. 그 사실을 알 만큼 내게 관심을 두지 않았던 것이겠지.

　플로렌스의 약점, 내게 절대 알리고 싶지 않은 약점은 바로 젊은 시절 그 지미라는 자와 놀아난 일이었다. 앞으로는 그녀의 이름을 거론할 일이 없을 테니 그녀의 마음속에서 어떤 변화가 일어났는지 좀 더 생각해보자. 그녀는 내게 애쉬버넘과의 관계를 들켜도 별로 개의치 않았을 것이다. 오히려 좋아했을 수도 있다. 사실 그 당시 레오노라가 직면한 가장 큰 문제는 플로렌스가 걸핏하면 내 앞에서 그 사실을 요란하게 폭로하는 것을 막는 일이었다. 그녀는 때로 내 앞에 달려와 무릎을 꿇고 아주 열정적이면서도 용의주도하게 계획된 방식으로 자신의 사랑을 털어놓고 싶어 했다. 자신이 역사 속의 유명한 요부들과 비슷하다는 것을 과시하고 싶었던 것이다. 하지만 때로는 나를 깔보는 표정으로 다가와, 나는 남자답지 못하기 때문에 에드워드 같은 진짜 사나이가 나타나면 이런 결과가 올 수밖에 없다는 것을 냉담하고 침착하며 신랄한 어조로 말해주고 싶어 했다. 이런 순간은 그녀가 프랑스 희극의 여주인공처럼 보이고 싶을 때였다. 그녀는 늘 연기를 하고 있었기 때문이다.

하지만 그녀는 내게 지미와의 관계를 숨기고 싶어 했다. 플로렌스는 그자가 그야말로 천박한 뒷골목 건달이라는 사실을 깨달았기 때문이다. 여러분은 나이 들어 젊은 시절의 작은 우행—대개는 사소하고 당시에는 정말 진심 어린 행동—때문에 몸서리치는 것이 어떤 심정인지 아는가? 그녀는 그렇게 천한 녀석에게 순결을 바쳤다는 사실을 생각하며 몸서리쳤던 것이다. 그렇게 몸서리칠 필요는 없었는데 말이다. 그것은 어리석은 헐버드 삼촌 때문에 일어난 일이었다. 두 사람을 데리고 세계 여행을 떠나놓고 자기는 툭하면 몇 시간씩 선실에 틀어박히는 바람에 일어난 일이기 때문이다. 어쨌든 나는 백쇼—그녀는 그 불쾌하고 두꺼비 같은 인간을 알고 있었다—의 등장과 그자가 나한테 1900년 8월 4일 새벽 5시에 지미 방에서 나오는 그녀를 봤다는 얘기를 하리라는 확신 때문에 그녀가 자살을 감행했다고 생각한다. 그리고 원래 미신적인 그녀의 성격에 그날이 8월 4일이었다는 사실 역시 견디기 힘들었을 것이다. 그녀는 8월 4일에 태어났고, 8월 4일에 그 건달의 애인이 되었으며, 같은 날 나와 결혼을 했고, 그날 에드워드의 사랑을 잃고 불길한 조짐이나 운명의 여신의 냉소처럼 백쇼가 나타났던 것이다. 그녀는 자기 방으로 올라가 침대에 예쁘게 누운 다음—그녀는 부드러운 분홍빛이 도는 하얀 뺨, 긴 머리, 작은 커튼처럼 볼을 덮는 속눈썹을 지닌 미인이었다—작은 병에 든 청산가리를 마셨다. 아, 정말 단정하고 사랑스러운 모습이었다. 그녀는 약간 당황한 표정으로 천장에 매달린 전구 또는 저 위 하늘에 있는 별들을 보고 있었다. 그것은 아무도 모를 일이다. 어쨌든 플로렌스의 최후는 그러했다.

여러분은 내 마음속에서 플로렌스가 얼마나 철저히 사라졌는지 모를 것이다. 그때부터 지금까지 나는 그녀를 생각해본 적이 없다. 그녀 때문에 한숨지은 일도 없다. 물론 레오노라와 얘기하다가 그녀를 거론하거나 이 글을 쓰면서 그녀가 어떤 사람인지 생각해보기는 했지만, 보통 때 그녀는 내게 수학 문제 같은 존재였다. 기억이 아니라 연구 대상이었다고 할까. 그녀는 하루 지난 신문처럼 내 삶에서 깨끗이 사라졌다.

나는 완전히 지친 상태였다. 일주일에서 열흘 정도 계속된 신경쇠약 상태는 사실 내가 12년 동안 억누르고 살아온 인간으로서의 본능이 필요로 하는 휴식이었던 셈이다. 12년 동안 나는 훈련된 푸들처럼 살아왔던 것이다. 어떤 충격, 아니 여러 가지 충격이 나를 그런 상태에 빠지게 했을 것이다. 하지만 그 당시 내가 충격 같은 구체적인 이유 때문에 그런 감정을 느꼈다고 생각하고 싶지는 않다. 그러기에는 너무도 평화로운 느낌이었기 때문이다. 아주 무거운 것, 감당할 수 없을 만큼 무거운 나머지 내 어깨에 파고들면서 감각을 마비시켰던 배낭이 떨어져 나간 느낌이랄까. 분명히 말하지만 그때 나는 아무런 아쉬움도 없었다. 아쉬워할 게 뭐 있겠는가?

나의 내면에 있는 영혼, 나의 두 번째 자아는 이미 오래전 플로렌스가 종이 인형 같은 존재임을 알고 있었을 것이다. 화폐가 일정량의 금을 나타내는 그런 방식으로 그녀는 사람의 감정, 느낌, 공감, 감각을 지닌 인간처럼 보였을 뿐이다. 플로렌스가 지미의 침실에서 나오는 것을 보았다는 백쇼의 말을 듣는 순간 내 마음속에서 그런 느낌이 구체화되었다. 그 순간 갑자기 나는 그녀가 진짜 사람이 아니라, 여행 안내서에 나와 있는 말을 읊어대거나 여성복 광고에 나오는 옷을 걸친 인형 같다는 느낌이 들었다. 마음속에 그런 생각이 없었다면 좀 더 일찍 그녀의 방에 올라가 청산가리를 못 마시게 막았겠지. 하지만 나는 그럴 수 없었다. 그것은 마치 종이 조각을 잡으러 뛰어다니는 것과 같아서 어른이 할 짓이 아니었기 때문이다.

그리고 그 생각은 지금도 변함없다. 그녀가 그 방에서 나왔든 안 나왔든 상관없다. 이제 전혀 관심 없다. 플로렌스 자체도 마찬가지다.

그러면 여러분은 내가 낸시 러포드에 대한 사랑 때문에 플로렌스에게 무관심해진 것이 아닌지 의심할 수도 있다. 그런 비난을 피할 생각은 없다. 전에 낸시 러포드를 사랑했듯이 지금 나는 미국인답게 조용하고 부드러운 방식으로 그 가엾은 소녀에 대한 기억을 사랑하고 있기 때문이다. 레오노라가 이제 그녀와 결혼할 수 있다고 말한 순간까지 나는 그 문제에 대해 생각해본 적이 없었다. 하지만 그 말을 들은 순간부터 그녀가 죽음보다 못한 상태에 빠진 날까지 나는 오직 그 문제에 대해서만 생각했다. 그녀 때문에 한숨짓거나 신음했다는 것이 아니라, 어떤 이들이 카르카손에 가는 그런 기분으로 나는 그녀와 결혼하고 싶었다는 말이다.

그런 느낌을 이해할 수 있는가? 평생 하나의 환상이었던 도시에 가기 전에 이런저런 일들을 마무리하고 사소한 문제들을 해결하고 싶다는 그런 느낌? 내가 낸시보다 훨씬 연상이라는 점은 별로 중요하지 않았다. 당시 나는 마흔다섯이고 그녀는 막 스물두 살이 되었지만, 낸시는 나이보다 성숙하고 차분한 아가씨였다. 그녀는 하얀 두건을 쓰고 수녀원에 들어갈 것처럼 묘하게 성인(聖人) 같은 느낌을 주었다. 하지만 그녀는 수녀가 되겠다는 소명 의식은 전혀 없다고 말하곤 했다. 생각해보면 내가 일종의 수녀원이 되고, 그녀가 내게 서원을 하는 것도 괜찮을 것 같았다.

그렇다, 나이는 전혀 문제 되지 않았다. 남자라면 누구나 그렇게 생각할 것이다. 그리고 나는 약간의 준비만 갖추면 젊은 아가씨를 행복하게 해줄 자신이 있었다. 나는 낸시에게 극소수의 여성만이 누리는 호사를 누리게 해줄 수 있고, 나 자신 또한 그런대로 매력 있는 남자라고 생각했다. 남자라면 누구나 그렇게 생각할 테고, 그럴 수 없는 상황이 온다면 그것이 그에게는 인생의 종말일 것이다. 어쨌든 그 혼수상태에서 벗어나자마자 나는 그녀와 연락하기 전에 우선 삶과의 연관을 회복해야 한다는 점을 깨달았다. 12년 동안이나 현실과 유리된 채 살아왔기 때문이다. 현실 속의 삶과 싸워도 보고, 사업하는 사람들과도 부딪쳐보고, 큰 도시도 돌아다녀보고, 뭔가 거칠고 남성적인 것과 부대껴볼 필요도 있었다. 노처녀 같은 모습으로 낸시 앞에 나타날 수는 없었기 때문이다. 플로렌스가 자살한 지 딱 두 주일 만에 내가 미국으로 떠난 것은 바로 그 때문이었다.

2장

　플로렌스가 죽자마자 레오노라는 낸시 러포드와 에드워드를 단속하기 시작했다. 그녀는 카지노 근처 나무 아래서 어떤 일이 벌어졌는지 대충 짐작하고 있었다. 그들은 내가 떠난 뒤 몇 주일 더 나우하임에 머물렀는데, 레오노라는 그때가 자기 삶에서 가장 힘든 시간이었다고 했다. 보이지 않는 무기들과 길고 소리 없는 결투를 벌이는 느낌이었다는 것이다. 소녀가 아무것도 모르고 있다는 사실이 상황을 더 힘들게 했다. 낸시는 어릴 때부터 방학에 집에 오면 늘 그랬듯이 걸핏하면 에드워드와 단둘이 돌아다니려고 했다. 그에게서 기분 좋은 말을 더 듣고 싶었던 것이다.

　여러분도 알다시피, 정말 복잡한 상황이었다. 아주 미묘한 부분에서 말할 수 없이 복잡하게 얽힌 상황이었다. 애쉬버넘 부부가 남들 앞에서는 정말 완벽하게 처신했지만 둘이만 있을 때는 서로 말한마디 안 하는 사이라는 것이 일을 더 어렵게 만들었다. 낸시가 이 상황을 전혀 의식하지 못하고 있다는 것도 그랬지만, 레오노라와 에드워드가 그녀를 정말 친딸처럼 생각한다는 점도 문제였다.

더 정확히 말해 두 사람은 그녀를 레오노라의 딸로 생각하고 있었다. 그리고 낸시는 아주 특이한 소녀였다. 그녀가 어떤 사람인지 설명하기란 정말 어려운 일이다.

그녀는 키가 크고 아주 마른 체형에, 입과 눈에 고뇌가 어려 있고 특이한 유머 감각을 갖고 있었다. 어떤 때는 아주 괴이하고 어떤 때는 놀랍도록 아름다운 소녀였으며, 검은 머리칼에 머리가 아주 무거웠다. 그렇게 머리가 무거워서 어떻게 돌아다니는지 궁금할 정도였다. 당시 막 스물두 살이 되었는데, 때로는 산들보다 늙어 보이고 때로는 열여섯 살 같았다. 어느 순간 성인들의 생애에 대해 얘기하다가, 바로 다음 순간 세인트버나드 강아지를 껴안고 잔디밭을 마구 굴렀다. 사냥개를 따라 몇 시간씩 달리기도 했지만, 레오노라가 두통에 시달리면 몇 시간이고 가만히 앉아 식초 적신 손수건으로 이마를 식혀주기도 했다. 간단히 말해 낸시는 특출하게 차분하면서도 기가 막히게 급한 성격이었다. 이런 성격은 물론 수녀원 교육의 결과일 것이다. 그녀가 열여섯 살쯤 됐을 때 나한테 보낸 편지에 이런 얘기가 있었다.

'성체축일에'—아니면 다른 축일이었을 수도 있다. 나는 그런 것을 잘 모른다—'우리 팀이 하키에서 로햄턴[2]과 시합을 했어요. 전반전이 끝났을 때 우리 팀은 3 대 1로 지고 있었죠. 그래서 예배당에 가서 이기게 해달라고 기도를 했는데, 결국 5 대 3으로 이겼어요.' 그다음에는 경기가 끝난 후 아주 난리법석을 떤 얘기가 이

---

2 로햄턴(Roehampton): 런던 남서쪽 로햄턴에 위치한 성심수녀원(Convent of the Sacred Heart)은 유럽 여러 나라의 명문가 소녀들이 다니던 기숙학교.

어졌던 것 같다. 선수 열둘인지 열다섯 명이 저녁을 먹으러 학교 식당에 들어왔을 때는 전교생이 식탁에 올라가 쿵쿵 뛰며 만세를 부르고, 의자로 바닥을 내리쳐서 여러 개 부수고, 그릇들을 깼다. 그러나 수녀원장이 핸드벨을 친 순간 소동이 끝났다. 그것이 바로 구교의 전통이다. 마치 채찍으로 내려친 듯, 야단법석이 한순간에 끝나버린다. 나는 물론 그 전통이 맘에 안 들지만, 낸시는 그 영향으로 보기 드물게 반듯한 성격을 갖게 되었다. 그래서 가끔 칼날 같은 시선으로 상대를 보고 칼날 같은 목소리로 이야기하곤 했다. 정말 무서운 일이었다. 그렇게 드높은 기준이 존재하는 세상에 산다는 것이 겁날 지경이었다.

낸시가 열대여섯 살 되었을 때, 방학이 끝나 수녀원으로 돌아가는 날 영국 금화를 두 개 준 적이 있다. 그러자 유난히 감동받은 어조로 고맙다고 하면서 아주 잘 쓰겠다고 했다. 그래서 그 이유를 물었더니, 이런 이야기를 했다. 그 학교에는 예배당에서 정원을 거쳐 식당으로 가는 동안 침묵을 지키라는 규율이 있었는데, 낸시는 그 규율이 너무 바보스럽고 자의적으로 느껴져서 매일 일부러 어졌다고 한다. 매일 저녁 선생님들이 아이들에게 그날 어떤 잘못을 저질렀는지 묻는 시간이 오면 낸시는 저녁마다 그 규율을 어겼다고 대답했고, 그에 따른 벌금 6펜스를 냈던 것이다. 왜 매번 죄를 고백했느냐고 묻자 낸시는 이렇게 대답했다.

"아, 그건, 성자(聖子) 수녀원 학생들은 언제나 정직한 걸로 유명하거든요. 정말 귀찮지만, 그래도 그렇게 해야 돼요."

수녀원에서 그와 같은 자유와 훈육을 체험하기 이전에 겪은 불우한 어린 시절도 그녀의 특이함에 일조를 했으리라. 그녀의 아버지는 하일랜드 연대인지 하는 부대의 대위였는데, 난폭하기 이를 데 없는 광인이었다. 술은 마시지 않았지만 성질이 불같아서, 낸시의 첫 번째 기억은 바로 아버지가 주먹으로 너무 세게 갈기는 바람에 아침 먹던 엄마가 옆으로 쓰러져 죽은 듯 누워 있는 장면이었다. 낸시의 엄마도, 그 남편의 부하들도 모두 짜증나는 인간들이었던 것 같다. 그래서 낸시의 집은 고함 소리와 소동이 끊이지 않았다. 레오노라는 러포드 부인의 가장 가까운 친구였고, 그녀 역시 남의 신경을 긁는 소리를 가끔 했지만 러포드 부인에 비하면 아무것도 아니었다. 러포드가 한여름 땡볕 아래 억센 부하들을 간신히 훈련시키고 욕지거리를 내뱉으며 점심을 먹으러 오면, 그의 부인은 뭔가 짜증나는 말로 대꾸하고, 그러면 곧 난리가 나곤 했던 것이다. 열두 살 무렵 낸시는 두 사람을 말리다가 아버지한테 이마를 너무 세게 맞아 사흘 동안 의식을 잃은 채 누워 있은 적도 있었다. 그런데도 낸시는 엄마보다 아버지를 더 좋아하는 것 같았다. 거칠지만 따뜻한 면이 있었기 때문이다. 그녀는 아주 어릴 때 한두 번 아버지가 급하고 서툴지만 아주 다정하게 옷 입혀준 일을 기억했다. 하인을 두어도 금방 나가버렸고, 러포드 부인은 며칠씩 못 움직일 때가 많았다. 술 때문이었던 것 같다. 어쨌든 그녀는 고약한 말을 잘했기 때문에 낸시조차 엄마를 무서워했고, 다정하거나 감성적인 말과 행동은 늘 조롱의 대상이 되었다. 낸시는 아주 감정적인 아이였을 텐데 말이다.

그러던 어느 날, 아주 갑자기, 포트윌리엄[3]에서 돌아오자마자

---

3 포트윌리엄(Fort William) : 스코틀랜드 하일랜드에 있는 유명한 관광 도시. 스코틀랜드 서부의 다른 도시에 비해 구교가 성한 곳.

낸시는 얼굴이 하얀 가정교사와 함께 남부에 있는 수녀원 학교에 보내졌다. 예정보다 두 달 빨리 가게 된 것이었다. 러포드 부인은 그때 딸의 인생에서 사라졌다. 두 주일 후, 레오노라가 수녀원에 찾아와 엄마가 세상을 떠났다고 말해주었다. 그랬을 수도 있지. 어쨌든 나는 레오노라의 이야기가 거의 끝날 때쯤에야 그녀가 어떻게 되었는지 알게 되었다. 레오노라는 한 번도 그녀에 대해 얘기한 적이 없었다.

러포드 대위는 그때 인도로 건너갔고, 어쩌다 한 번 겨우 며칠씩 돌아오곤 했다. 그리고 낸시는 차츰 애쉬버넘 가족의 일부가 되었다. 그때부터 마지막까지 소녀는 아주 행복했던 것 같다. 브램쇼에는 개와 말, 나이 든 하인들, 그리고 숲이 있었으며 에드워드와 레오노라는 그녀를 사랑했다.

애쉬버넘 부부가 나우하임에 올 때마다 낸시는 마지막 두 주일 정도를 거기 와서 같이 머물렀기 때문에 나는 그녀를 늘 알고 지냈고 성장하는 모습을 지켜보았다. 그녀는 나와 있을 때 아주 명랑했고, 열여덟 살이 되기 전까지는 아침저녁으로 볼에 키스도 해주었다. 내 옆을 뛰어다니며 뭘 갖다 주기도 하고, 내가 필라델피아에 살던 때 얘기를 해주면 웃기도 하고 그랬다. 하지만 그녀의 명랑함 뒤에는 두려움이 엿보이기도 했다. 낸시가 열여덟 살쯤 되었을 때 러포드 대위가 오랜만에 유럽에 왔는데, 레오노라는 머리가 아프다고 했고 우리는 정원의 녹슨 분수 옆에 앉아 에드워드와 플로렌스가 온천탕에서 돌아오기를 기다리고 있었다. 그날 아침 낸시가 얼마나 예뻤는지 그대는 상상도 못할 것이다.

우리는 그때 복권을 사는 것이 도덕적인지 얘기하고 있었다. 흰

옷을 입은 낸시는 늘씬하고 섬약해 보였으며, 머리를 올린 지 얼마 안 돼 목 부분이 처녀답게 아름답고 낯설어 보였다. 그 전날 몰아친 폭풍우 때문에 고인 물에 반사된 빛이 그녀의 목에 어리고, 흰 양산을 쓰고 있어서 얼굴 전체가 은은한 빛으로 물들어 있었다. 챙 넓은 흰 밀짚모자 밑으로 갈색 머리카락이 조금 나와 있고, 긴 목은 약간 앞으로 기울어져 있었으며, 내가 해묵은 표현을 쓰자 깔깔웃느라 평소 반듯하던 눈썹이 둥글게 올라갔다. 뺨에는 연한 홍조가 어리고, 짙푸른 눈은 밝게 빛나고 있었다. 그렇게 생생히 살아 있던 존재, 그렇게 아름답고 백조 같은 존재, 그렇게……. 그녀는 정말 배의 돛처럼 하얗고 동작 하나하나의 윤곽이 뚜렷했다. 그런 소녀가 앞으로 다시는……. 그렇다, 그녀는 이제 아무것도 하지 않을 것이다. 믿을 수 없는 일이다.

어쨌든 그때 우리는 복권을 사는 것이 옳은지 어떤지 즐겁게 떠들고 있었다. 그런데 갑자기 우리 뒤에 있는 회랑에서 러포드 대위의 독특한 목소리가 들렸다. 안에 리드를 붙인 무적(霧笛) 소리 같다고 할까. 큰 키에 피부색이 밝고, 자세가 곧고 바른 50대의 그는 벨기에령 콩고[4]와 연관이 많은 어떤 이탈리아 남작과 이쪽으로 걸어오고 있었다. 두 사람은 원주민들을 다루는 방법에 대해 얘기하고 있었던 것 같은데, 왜냐하면 이렇게 말했기 때문이다.

"아, 오라질 인간들 같으니!"

4　벨기에령 콩고(Belgian Congo) : 1880년대 벨기에의 레오폴드 2세를 중심으로 유럽의 투자자들이 세운 나라로, 1908년 벨기에에 통합될 때까지 원주민에 대한 극심한 착취와 폭력이 난무하여 애초 2, 3천만 명에 달하던 인구가 8백만 명으로 감소했다고 함.

낸시를 보니 자기가 입은 옷보다 더 하얗게 질린 채 눈을 감고 있었다. 옷에는 최소한 자갈밭에서 반사된 연분홍빛이 어려 있었기 때문이다. 그녀가 그렇게 눈을 감고 있는 모습을 보니 가슴이 덜컥했다.

"아!" 낸시가 이렇게 소리치며 떨리는 손을 내 팔에 잠깐 얹었다. "절대 말하지 마세요. 아빠한테 절대 말하지 않는다고 약속해 주세요. 끔찍한 꿈들이 기억나거든요." 그러고는 눈을 떠 내 눈을 정면으로 마주 보았다. "축복받은 성인들께서 그런 걸 겪지 않게 해주실 것 같은데. 아무리 죄를 많이 지은 사람도 그렇게 끔찍한 꿈을 꾸면 안 되는데."

가엾은 소녀는 밤에도 침실에 불을 켜두고 잔다고 들었다……. 하지만 어떤 소녀도 낸시만큼 깜찍하고 다정하게 아버지와 놀지 못할 것이다. 그녀는 늘 두 손으로 아버지의 옷깃을 잡고, 그날 어떻게 지냈는지 묻고 머리에 입을 맞추었다. 그렇게 예의 바른 아이는 드물 것이다.

그 가엾고 비참한 인간은 딸 앞에서 위축되곤 했지만, 그녀는 아버지를 편하게 해주려고 무진 애를 썼다. 수녀원에서 그런 수업을 받았을지도 모른다. 하지만 낸시는 그가 오만하거나 고압적으로 굴 때 나오는 그 특이한 목소리가 들리면 기가 죽었고, 갑자기 들리면 그런 변화가 겉으로 드러나기도 했다. 그녀가 지은 죄 때문에 축복받은 성인들이 꾸게 놔두는 그 무서운 악몽들은 언제나 러포드 대위의 그 요란한 목소리와 함께 시작되었기 때문이다. 어린 시절 그 끔찍한 점심 시간들은 그 목소리와 함께 시작되곤 했다.

이 장 앞부분에서, 내가 떠난 후 나우하임에 남은 레오노라가 마치 소리 없는 적이 휘두르는 보이지 않는 무기들과 계속 결투하는 느낌이 들었다고 했던 말을 기억하시리라. 그리고 낸시가 에드워드와 단둘이만 돌아다니려고 했다는 것도 얘기했었다. 그것은 몇 년 동안 이어진 그녀의 습관이었는데, 레오노라는 그 습관을 없애는 것이 자신의 의무라고 생각했다. 쉬운 일이 아니었다. 낸시는 뭐든 하고 싶은 대로 하면서 자랐고, 에드워드와 다니며 쥐나 토끼도 잡고 포딩브리지에서 연어도 잡았으며, 에드워드가 좋아하는 자선 방문을 하거나 임차인들을 찾아가기도 했다. 나우하임에서도 두 사람은 플로렌스가 같이 안 가는 날이면 저녁에 단둘이 카지노에 놀러 갔다. 그러고 보면 두 사람은 플로렌스도 질투하지 않을 만큼 순수한 마음이었던 것이다. 그리고 레오노라는 평소 밤 10시면 자리에 들었다.

어떻게 그럴 수 있었는지 모르지만, 그해 나우하임에 머무는 동안 레오노라는 대낮에 사람이 아주 많은 곳 아니면 단 한 번도 남편이 낸시와 단둘이 있지 못하게 했다. 신교도가 그랬으면 낸시도 뭔가 눈치챘을 것이다. 하지만 늘 뭔가 삼가고 뭔가를 감추는 묘한 버릇이 있는 구교도는 이런 일에 더 능하다. 플로렌스의 죽음과 에드워드의 건강 문제도 도움이 되었다. 그는 정말 많이 아파 보였다. 어깨가 굽고, 눈 밑이 처지고, 누가 무슨 말을 해도 멍하고 있을 때가 많았다.

레오노라는 자신이 그때 길에서 아무것도 모르는 비둘기를 지켜보는 사나운 고양이가 된 느낌이었다고 말했다. 그 은밀한 감시 역시 우리가 전혀 모르는 생각들을 하면서 혼자서만 간직하는 구교도들이나 할 수 있는 행동이었다. 당시 레오노라는 그런 생각을 했고, 겉으로는 아무 말 안 했지만 에드워드도 어느 정도 느끼고 있었다. 처음에 그녀는 에드워드가 죽은 플로렌스 때문에 그토록 고통받고 있다고 생각했다. 그런데 그를 계속 지켜보면서 일부러 아무렇지도 않게 낸시 앞에서 플로렌스 얘기를 꺼내도 그는 아무런 아쉬움도, 슬픔도 느끼지 않는 눈치였다. 그녀가 자살을 했다면 최소한 자기한테 긴 편지 정도는 남기고 갔으리라고 생각했기 때문이다. 그런 편지가 없으니 심장병으로 죽은 것이 분명하다고 생각했다. 플로렌스는 그렇게 죽는 것이 더 낭만적이라고 생각했기 때문에 에드워드에게 사실을 알리지 않고 떠났다.

에드워드는 정말 아무런 회한도 없었다. 그는 플로렌스가 죽기 두 시간 전까지도 그녀가 원하는 방식으로 늘 정중하고 사려 깊게 대해주었기 때문이다. 레오노라는 그의 눈빛, 관 속에 누운 플로렌스를 보며 그가 어깨를 펴는 모습, 그 밖의 온갖 사소한 일들을 보면서 그 사실을 알 수 있었다. 낸시에게 갑자기 플로렌스 얘기를 해봐도 에드워드는 전혀 놀라지 않았고, 때로는 듣지도 않고 충혈된 눈으로 식탁보만 내려다보고 있었다. 그 당시 에드워드는 술을 엄청 마셨고, 간혹 레오노라와 소녀가 자러 간 뒤에 만취하도록 마셔대곤 했다.

낸시는 말도 안 된다고 생각했지만 레오노라는 소녀를 10시에 자러 가게 했다. 낸시는 셋이 플로렌스의 죽음을 애도하는 중이니 에드워드와 함께 카지노 같은 공공장소에 나타나면 안 되겠지만, 저녁때 공원에 산책 가는 정도는 괜찮다고 생각했다. 레오노라가 어떤 핑계를 댔는지 모르지만, 아마 플로렌스의 영혼을 위해 저녁마다 기도를 올리자는 둥 그런 종류 아니었나 싶다. 그러다가 두 주일쯤 지나 기도에도 싫증이 난 낸시가 다시 한 번 에드워드와 산책 가게 해달라고 떼를 쓰는 통에 레오노라가 궁지에 몰리자, 에드워드가 백기를 들었다. 방금 저녁 식사를 마친 그는 고개를 돌리고 일어섰다.

하지만 그는 무거운 머리를 돌리고 충혈된 눈으로 레오노라를 정면으로 마주 보았다.

"하우프트만 박사가 저녁 먹자마자 자리에 들라고 하더군. 심장이 많이 나빠졌대."

그는 경멸에 찬 눈빛으로 레오노라를 째려보았다. 그녀는 에드워드의 말을 듣고 그를 소녀에게서 떼어놓을 빌미를 주었으며, 그의 눈빛에서 그가 낸시를 타락시키려 한다는 그녀의 생각에 분개하고 있음을 알아차렸다.

그는 말없이 자기 방으로 올라가, 낸시가 자리에 든 다음에도 오랫동안 영국 국교회의 기도책을 읽었다. 그러다가 10시 반쯤 레오노라는 그가 자기 방 앞을 지나 밖으로 나가는 소리를 들었다. 그리고 두 시간 반 뒤에 비틀거리며 돌아오는 에드워드의 무거운 발소리를 들었다.

그들이 나우하임을 떠나는 날까지 레오노라는 이 상황에 대해 생각했다. 그러다가 갑자기 행동을 개시했다. 에드워드가 그랬듯이 레오노라도 저녁 식사를 마친 후 갑자기 그를 보며 이렇게 말했다.

"테디, 하루만 박사님 말씀 무시하고 낸시랑 카지노에 다녀오면 어때요? 나우하임에 와서 제대로 놀지도 못했잖아요."

에드워드는 머리를 굴리며 오랫동안 그녀를 바라보았다.

"그러지 뭐." 마침내 그가 대답했다.

레오노라는 이 두 마디를 듣는 순간 평생 가장 큰 안도감을 느꼈다고 했다. 왜냐하면 남편은 소녀를 갖고 싶다는 욕망이 아니라 그녀를 건드리고 싶지 않다는 끈질긴 결심 때문에 고통받고 있음을 알 수 있었기 때문이다. 그렇다면 감시의 끈을 약간 늦추어도 괜찮을 것 같았다.

그런데 아주 늦은 밤 그녀가 불을 끈 채 반쯤 닫힌 블라인드 뒤에 앉아 어두운 밤거리와 가로수를 내다보고 있는 참인데, 낸시의 맑은 목소리가 들려왔다.

"그 가짜 코 붙이니까 정말 할아버지 같았어요."

온천장에서 무슨 축제가 열린 모양이었다. 에드워드가 약간 토라졌지만 상냥한 어조로 대답하는 소리가 들렸다.

"너는 늙은 거지 할멈 같던데 뭘."

가스등 아래 춤추듯 활보하는 소녀와 그 옆에서 구부정하게 걸어오는 에드워드의 윤곽이 보였다. 둘은 낸시가 열일곱 살 때부터 그랬듯 똑같은 어조와 말투로 대화를 나눴고, 브램쇼에서 늘 그들을 웃게 만든 늙은 거지 할멈에 대해 같은 농담을 주고받고 있었다. 그리고 얼마 후, 낸시가 매일 밤 그랬듯이 에드워드의 이마에 입을 맞추며 레오노라의 방문을 열었다.

"정말 재미있었어요. 심장이 훨씬 좋아지신 것 같아요. 돌아오는 길에 나 잡아봐라 하면서 20미터나 뛰셨다니까요. 근데 왜 불을 끄고 계세요?"

레오노라는 에드워드가 자기 방에서 움직이는 소리를 들었지만, 낸시의 수다 때문에 그가 다시 나갔는지 어떤지 알 수가 없었다. 그리고 한참이 지난 뒤에 에드워드가 또 나갔는지 보고 혹시 또 술을 마시고 있으면 말리려고 평소에 한 번도 연 적 없는 두 방 사이의 문을 살짝 열어보니, 남편은 침대보에 얼굴을 묻고 두 팔을 쭉 뻗은 채 낸시가 수녀원 학교에서 처음 돌아왔을 때 선물한 붉은색과 푸른색의 작은 싸구려 성모상을 잡고 있었다. 에드워드가 어깨를 세 번 실룩이며 흐느끼는 소리를 듣고 레오노라는 문을 닫았다. 그는 구교도가 아니었지만 이 사태에 그런 식으로 반응하고 있었다.

그날 레오노라는 처음으로 한 번도 깨지 않고 밤새 푹 잤다.

3장

하지만 브램쇼 저택으로 돌아온 날, 레오노라는 완전히 무너졌다. 온갖 슬픔이 한꺼번에 몰려오는 것은 인간의 치졸함 때문이거나, 잔인하지만 공정한 정의의 회초리 때문이리라. 큰 슬픔은 그 자체가 지나간 후에도 온갖 공포와 비참함, 그리고 절망을 그 자리에 남긴다. 레오노라는 마음이 놓였다. 에드워드가 소녀를 건드리지 않을 것이며, 소녀 역시 완전히 믿을 만한 아이라는 것을 알았기 때문이다. 그런데 두 사람에 대한 감시의 끈을 풀자 레오노라의 정신 전체가 무너져버렸다. 이 이야기에서 가장 비극적인 것이 바로 그 부분일 것이다. 정연한 지성이 교란되는 것은 비극적인 일인데, 레오노라는 흔들렸기 때문이다.

앞에서 말했듯이 그녀는 에드워드에 대해 증오만큼이나 격렬한 사랑을 느꼈다. 그리고 다정한 말 한마디 없이 아주 오랫동안 그와 부부로 살아왔다. 어떻게 그럴 수 있었을까. 처음에는 그냥 정략결혼으로 맺어진 남편이었다. 그녀는 아일랜드의 휑뎅그렁하고 누추한 저택에서 자란 일곱 자매 중 하나였고, 앞에서도 여러 번 말했듯이 1년 전에 수녀원 학교에서 돌아온 열아홉 살 처녀였다. 당시 그녀는 세상 물정을 전혀 몰랐고, 신부 말고는 남자와 얘기해본 적도 없을 정도였다. 수녀원 학교에서 돌아오자마자 수녀원보다 더 폐쇄적인 저택의 높은 담 안에 갇혀버렸기 때문이다. 일곱 딸에, 스트레스를 받은 엄마, 그해에만 세 번씩이나 생울타리 뒤에 숨은 소작인들에게 총격을 받은 근심에 찬 아버지가 한집에 살고 있었다. 주민들은 그 집 여자들은 좋아했다. 일곱 딸들은 각각 한 주에 한 번 엄마를 따라 뚱뚱하고 묵직한 말이 끄는 마차를 타고 외출을 하거나 남의 집을 방문하곤 했는데, 그런 일은 아주 드물어서 수녀원에서 돌아온 뒤로 1년 동안 레오노라는 딱 세 번 다른 집에 들어가보았다고 했다. 일곱 딸들은 평소 방치된 정원에서 가지치기 안 한 과일 받침대 사이를 뛰어다니거나, 잔디밭에서 테니스를 치거나, 오래전에 과일나무가 말라죽은 거대한 정원 담 모서리에서 공을 튀기며 놀았다. 자매들은 수채화도 그리고 수를 놓거나 앨범에 시를 베껴 쓰기도 하고, 한 주에 한 번 미사에 참석하고 늙은 유모를 따라 고해성사를 하러 가기도 했는데, 다른 식의 생활은 체험해본 적이 없기에 그렇게 사는 것이 행복하다고 느꼈다.

그래서 어느 날 군 소재지에서 온 사진사가 비비 꼬인 줄기에 잿빛 이끼가 낀 늙은 사과나무 아래 그들을 죽 세워놓고 사진을 찍어주자 정말 대단한 호사라고 생각했다.

하지만 호사가 아니었다.

그로부터 3주일 전 포위스 대령이 애쉬버넘 내령에게 이런 편지를 썼었기 때문이다.

"해리, 에드워드가 우리 딸들 가운데 하나와 결혼하면 안 되겠나? 그렇게 되면 나로서는 정말 다행이겠네. 도저히 더 버틸 수 없는 상황이거든. 한 애가 시집가면 나머지 애들도 곧 가게 되겠지."

 포위스 대령은 자기 딸들은 모두 키가 크고 늘씬한 데다 팔다리가 매끈하고, 완전히 순결하다고 덧붙였다. 그는 애쉬버넘 대령에게, 한쪽은 구교도이고 다른 쪽은 국교도라 교회는 달랐지만 자기들 둘이 같은 날 결혼했고, 그 전날 때가 되면 한 집의 아들을 다른 집 딸과 결혼시키기로 약속한 것을 기억하느냐고 물었다. 애쉬버넘 부인은 포위스 가문 출신이었고, 포위스 부인의 절친한 친구였다. 포위스 대령과 애쉬버넘 대령은 영국 군인들이 그렇듯 여기저기 옮겨 다니느라 별로 만나지 못했지만, 부인들은 늘 편지를 주고받았다. 두 부인은 에드워드나 포위스 대령네 딸들이 젖니가 났다는 둥 스타킹에 줄 간 것은 이렇게 해결하라는 둥 온갖 자잘한 일에 대해 편지를 썼고, 자주는 아니지만 그래도 서로의 사람됨을 명확히 기억할 정도는 만나고 살았다. 때문에 나이는 들었어도 할 얘기도 많고 돌아볼 추억거리도 풍부했다. 그러다가 수녀원 학교에 다니던 딸들이 성년이 되고 집으로 돌아올 시기가 되자 포위스 대령은 제대하고 고향으로 돌아왔다. 그런데 애쉬버넘 대령은 포위스 집안의 딸들을 한 번도 본 적이 없었다. 부모들이 런던에서 만나도 에드워드 애쉬버넘만 따라갔기 때문이다. 당시 에드워드는 스물두 살이었고, 레오노라만큼이나 순수한 청년이었다. 이 세상에서 소년이 그처럼 순결한 정신을 지킬 수 있다는 것이 놀랍지 않은가.

 그것은 어느 정도 모친의 세심한 양육 덕분이었지만, 에드워드가 윈체스터[5]에 다니면서 머문 집이 유난히 순수한 분위기인 데다 그 자신이 거친 말투나 천한 이야기를 아주 싫어했기 때문이기도 했다. 샌드허스트[6]에서도 그는 그런 일들을 피하고 군인으로서의 생활, 수학 공부, 실지 답사, 정치, 그리고 특이한 일이지만 문학 공부를 하는 데 많은 시간을 보냈다. 스물두 살 때도 에드워드는 몇 시간씩 월터 스콧[7]의 소설이나 프루아사르의 《연대기》[8]를 읽곤 했다.

애쉬버넘 부인은 그런 아들을 둔 것이 기뻐서 포위스 부인에게 거의 매주 자신의 흡족한 심경을 드러내는 편지를 보냈다.

그러던 어느 날, 아들과 크리켓 경기를 구경하고 본드 가[9]를 걷던 애쉬버넘 부인은 그가 고개를 휙 돌리더니 멋지게 차려입은 아가씨를 다시 한 번 쳐다보는 것을 눈치챘다. 부인은 포위스 부인에게 그 얘기도 써 보내며 걱정된다는 말을 덧붙였다. 에드워드로서는 단순한 반사작용이었다. 당시 그는 교관이 내준 숙제 때문에 머리가 너무 아파서 자기가 무슨 짓을 했는지도 모를 지경이었다.

포위스 대령이 애쉬버넘 대령에게 농담이 섞였지만 간절한 소망이 담긴 편지를 보낸 것은 애쉬버넘 부인이 포위스 부인에게 보

---

5 윈체스터(Winchester College) : 1382년에 설립된 영국 최고(最古)의 사립학교로, 햄프셔에 있음.

6 샌드허스트(Sandhurst) : 영국 왕립군사학교가 있는 버크셔의 작은 도시.

7 월터 스콧(Walter Scott, 1771~1832) : 영국의 시인이자 소설가.

8 프루아사르의 《연대기》: 프랑스 작가 장 프루아사르(Jean Froissart, 1337~1400)의 작품. 14세기 영국과 프랑스의 기사들을 다루고 있으며, 1523~1525년 영어로 번역되었음.

9 본드 가(Bond Street) : 옥스퍼드 가에서 시작해 부유한 메이페어(Mayfair) 구역을 거쳐 피커딜리 가에 이르는 런던의 고급 상업 지역.

낸 그 편지 때문이었다. 애쉬버넘 부인은 남편에게 좀 더 즐거운 어조로 딸들에 대해 얘기해주도록 부탁해보라고 했다. 포위스 자매들이 사진을 찍은 것은 바로 그 편지 때문이었다. 나도 그 사진을 보았는데, 일곱 자매는 모두 흰옷을 입었으며 이목구비가 비슷했는데, 레오노라만 턱이 두텁고 눈이 약간 둔해 보였다. 별로 안좋은 사진이라 레오노라는 무겁고 둔해 보였다. 하지만 사과나무 가지의 그림자가 레오노라의 얼굴을 거의 가리고 있었다.

포위스 부부는 심각한 고민에 빠졌다. 애쉬버넘 부인이 편지에 쓰기를, 에드워드가 포위스 대령의 딸들 중 하나를 맘에 들어 해둘이 결혼하게 되면 엄마로서 정말 안심이겠지만 에드워드는 여자가 정말 맘에 들어야 결혼할 것이라고 했기 때문이다. 하지만 포위스 부부는 형편이 복잡해서 에드워드와 딸들을 만나게 해주는 것도 보통 일이 아니었다.

딸들 중 하나를 아일랜드에서 브램쇼로 보내는 비용도 엄청난데, 그 딸이 에드워드의 맘에 안 들 수도 있었다. 애쉬버넘 가족을 아일랜드로 초대할 수 있지만, 그들을 대접할 음식이나 침구를 구입하는 비용 역시 엄청날 터였다. 그 돈을 계산해보면 그 뒤로 아주 오랫동안 최소한의 비용으로 먹고살 수밖에 없었다. 하지만 부부는 모험을 감행했고, 결국 애쉬버넘 가족이 쓸쓸한 포위스 저택을 방문하게 되었다. 에드워드는 그곳에서 힘든 사냥과 낚시를 체험하고 수많은 아가씨들에 둘러싸여 지냈지만, 포위스 집안의 딸들은 에드워드보다는 그의 어머니에게 더 좋은 인상을 남겼다. 에쉬버넘 부인이 보기에 아가씨들은 정말 훤칠하고 정숙해 보였다. 얼마나 훤칠한지 에드워드 눈에는 그들이 어딘지 모르게 아가씨라기보다 소년들처럼 보였다.

그러던 어느 날 저녁, 애쉬버넘 부인은 아들을 불러 영국 엄마들이 영국 아들들과 나누는 그런 이야기를 했다. 정확히 어떤 얘기가 오갔는지 모르지만 어쨌든 둘은 특이한 대화를 나누었고, 그 결과 다음 날 아침 애쉬버넘 대령은 친구에게 레오노라를 달라고 얘기했다. 포위스 부부는 깜짝 놀랐다. 레오노라는 셋째 딸인데, 원래 부부는 큰딸을 시집보낼 요량이었기 때문이다. 이럴 수는 없다고 생각한 포위스 부인은 거의 혼담을 깨고 싶을 지경이었다. 하지만 남편은 임시 하녀 월급에 마차 대여비, 침대와 이불, 식탁보를 사느라 60파운드나 들었다는 사실을 지적하며 그냥 받아들이는 수밖에 없다고 했다. 그렇게 해서 에드워드와 레오노라는 부부가 되었다.

두 사람이 완전히 남남이 되기까지의 과정을 자세히 들여다볼 필요는 없다. 아니, 그래야 할지도 모르지만, 레오노라에게 물어보기도 그렇고 에드워드에게 들은 바도 없으니 내가 원해도 알 수 없는 부분들이 너무 많다. 에드워드가 레오노라에게 사랑을 느꼈던 것 같지는 않다. 물론 일곱 딸들 가운데 가장 나아 보인 것은 사실이다. 에드워드는 레오노라 아니면 절대 그 집안 아가씨와 결혼하지 않겠다고 했다. 그리고 결혼 전에는 이런저런 책에서 읽은 듣기 좋은 말들을 그녀에게 들려주기도 했다. 그런데 나중에 그가 한 얘기를 들어보면, 그는 별 감정 없이 아주 차분하게 그녀와 결혼했고, 주변에 반대하는 사람도 없었던 것 같다. 하지만 서글픈 삶의 끝자락에서 그때를 돌아보니, 너무 오래된 일이라 그저 희미한 기억일 뿐이라고 했다. 레오노라는 그에게 늘 경탄의 대상이었다.

레오노라는 정말 엄청난 경탄의 대상이었다. 에드워드는 그녀의 진솔함이며 올곧은 마음가짐, 훤칠한 팔다리, 탁월한 능력, 맑은 피부와 빛나는 금발, 신앙심이나 의무감에 늘 감탄했고, 같이 다닐 때면 자랑스러운 기분이었다.

그렇지만 그는 레오노라에게서 아무런 매력도 느끼지 못했다. 내가 볼 때 에드워드는 어딘지 모르게 어둡고 구슬픈 사람을 위로할 때 가장 큰 즐거움을 느끼는데, 레오노라는 그런 면이 전혀 없었다. 그녀를 위로할 기회는 한 번도 없었던 것이다. 그리고 처음에 그녀가 너무 고분고분했던 것도 문제였으리라. 그녀가 유순하기만 했던 것은 아니다. 모든 것을 그의 뜻에 맡기지는 않았다. 하지만 그녀는 얌전한 중세 처녀처럼 그에게 넘겨졌다. 평생 여자의 가장 큰 미덕은 복종이라고 배워왔기 때문이다.

적어도 레오노라는 남편의 인품을 보면서 그를 깊이 사랑하게 되었다. 에드워드는 그녀에게서 아무런 매력도 느끼지 못했지만, 레오노라는 무도회에서 자기에게 다가오는 그를 본 순간 전혀 딴 사람이 되었다고 말했다. 그녀는 믿음과 경탄, 감사와 사랑이 가득한 눈으로 그를 지켜보았다. 레오노라에게 그는 목사이자 지도자였고, 막 수녀원 학교를 졸업한 소녀를 거의 천국으로 이끌어준 사람이었다. 난 영국군 장교 부인들이 어떻게 사는지 전혀 모르지만, 레오노라는 에드워드 덕분에 이런저런 연회에 초대받으며 다양한 사람들과 얘기를 나누었다. 그녀는 친절한 남자들에게서 공주 대접을 받았고, 상냥한 부인들은 그녀를 아기처럼 아껴주었다. 고해성사 신부는 그녀의 삶을 칭찬해주고, 에드워드는 수녀원 학교 후배들에게 나눠줄 선물을 사주며, 수녀원장은 시집 잘 갔다고 말해주었으니, 처음 5~6년 동안 레오노라는 더할 나위 없이 행복했다.

그리고 그 무렵 그녀의 삶에 구름이 끼기 시작했다. 당시 그녀는 스물세 살이었는데, 워낙 규모 있는 사람이다 보니 자기가 주도권을 잡고 싶다고 생각했을 수도 있다. 어쨌든 그녀는 남편이 자선에 아주 많은 돈을 쓴다는 것을 눈치챘다. 그는 계속 군대에 있으라는 부모님의 유언을 무시하고 집사를 통해 브램쇼 영지 관리에 너무 많은 시간을 소모했고, 휴가 때는 그리 멀지 않은 앨더샷[10]에서 모든 시간을 보냈다.

그러던 어느 날 레오노라는 남편이 엄청나게 많은 돈을 자선에 쓴다는 것을 발견했다. 군대 회식에 너무 많은 돈을 기부하고, 나이에 상관없이 일을 그만두는 부친의 하인들에게 엄청난 연금을 지급하고 있었던 것이다. 들어오는 돈은 많았지만, 가끔 모자랄 때도 있었다. 실제로 그런 적은 없지만 에드워드는 농장을 한두 개 잡히고 대출을 받으면 어떻겠느냐는 얘기까지 꺼냈다.

레오노라는 남편에게 그런 얘기를 꺼내봤다. 가끔 친정아버지를 만나면 에드워드가 소작인들에게 지나치게 후하다는 얘기를 했고, 다른 장교 부인들이 그가 회식에 너무 많은 돈을 내서 자기 남편들이 따라가기 힘들다는 불평도 했기 때문이다. 역설적인 일이지만, 둘 사이를 틀어지게 만든 첫 번째 사건은 바로 에드워드가 브램쇼에 구교 예배당을 짓겠다고 나선 것이었다. 그는 레오노라를 위해 거금을 들여 예배당을 지으려고 했다. 하지만 그녀는 언제든 가까운 구교 성당에 갈 수 있었기 때문에 그 계획에 반대했다.

---

10 올더샷(Aldershot) : 햄프셔에 있는 주요 요새 도시로 군사훈련소가 있음.

게다가 그녀의 늙은 유모 말고는 소작인이나 하인들 가운데 구교도가 한 명도 없었다. 유모는 그녀와 같이 성당에 갈 수 있고, 레오노라가 원하면 언제든 성직자를 초대할 수도 있었다. 심지어 신부들조차 예배당 건립에 반대했다. 그렇게 화려한 예배당을 짓는 것은 지나친 허식이고, 자기들은 브램쇼에 있는 동안 새로 단장한 별채에서 레오노라와 유모를 위해 예배하는 것으로 충분하다는 얘기였다. 그런데도 에드워드는 고집을 꺾지 않았다.

그는 자신의 충정을 몰라주는 레오노라의 무심함과 무정함에 상처를 입었다. 아내가 상상력도 없고 냉정한 데다 모진 여자라는 느낌이 들었다. 비극으로 끝난 이 일에서 그녀의 신부들이 어떤 역할을 했는지 잘 모르겠는데, 아마 양심적으로 행동하기는 했지만 뭔가 잘 모르고 있었을 것이다. 하지만 에드워드를 정확히 아는 사람이 몇이나 될까? 그는 레오노라의 고해신부가 자기를 구교도로 개종시키려고 애쓰지 않았다는 사실 때문에 토라지기도 했다. 그리고 가끔 열성적인 구교도가 되고 싶다는 생각에 빠지기도 했다.

신부들이 왜 안 그랬는지 모르지만, 구교도들은 그들 나름의 지혜와 감각을 갖고 있다. 에드워드가 결혼 직후에 곧바로 개종하면 신교도들이 구교 소녀들과 결혼하지 않을까 봐 걱정됐던 것일까? 아니면 그들이 에드워드 자신보다 그를 더 잘 알아서 개종시키더라도 별로 좋은 구교도는 될 수 없다는 사실을 알았던 것일까? 어쨌든 신부들과 레오노라는 그를 개종시키려고 애쓰지 않았고, 에드워드는 그 점이 정말 속상했다. 그는 레오노라가 개종하고 싶다는 자신의 열망을 진지하게 받아들였으면 모든 것이 달라질 수도 있었다고 말했지만, 내 생각에는 말도 안 되는 얘기다.

어쨌든 두 사람이 처음으로 심하게 싸운 것은 바로 그 예배당 때문이었다. 당시 에드워드는 연대 회식을 관리하느라 과로한 탓인지 몸이 좋지 않았고, 레오노라는 불임일지도 모른다는 생각에 울적한 상태였다. 그러던 어느 날 포위스 대령이 글라스모일[11]에서 그들을 보러 왔다.

당시 아일랜드는 어려운 상황이었고, 포위스 대령은 소작인들 때문에 골머리를 앓고 있었다. 그의 땅을 빌려 농사짓는 소작인들이 숨어서 소총을 쏠 정도였다. 그런데 에드워드의 마름과 얘기하는 과정에서 대령은 사위가 소작인들에게 지나치게 관대하다는 사실을 알게 됐다. 당시, 그러니까 1890년대 영국은 극심한 흉년이 이어져서 농사를 지어도 소출이 형편없었다. 고기 값 역시 바닥이어서 가축을 길러도 별 소득이 없었고, 전국의 농촌이 고사 직전이었다. 그런데 에드워드는 소작료를 엄청 깎아주고 있었다.

양쪽 입장을 다 고려해보면, 레오노라는 나중에 그때 자기가 실수한 것 같다고 털어놓았다. 에드워드는 긴 안목을 가지고 당시 흉년으로 고생하고 있는 우수한 소작인들이 어려운 시기를 잘 넘기게끔 도왔던 것이다. 게다가 부부의 수입이 농장에서만 나오는 것도 아니었다. 수입의 상당 부분은 철도에서 나왔기 때문이다. 그런데 에드워드의 소작인 관리 방식을 어떻게든 고쳐놓기로 작정한 포위스 대령은 사위에게 직접 그 문제를 거론하지도 않으면서 기회 있을 때마다 레오노라에게 끝없는 잔소리를 늘어놓았다. 그는

---

11 글라스모일: 실제로는 존재하지 않는 가상의 도시. 작품에서는 아일랜드에 있는 것으로 그려져 있음.

에섹스 지주들처럼 기존의 농민들을 싹 몰아내고 스코틀랜드에서 새 소작인들을 들여와야 한다고 주장했다. 대령은 에드워드가 금방 망할 거라고 생각했다.

레오노라는 너무 걱정스러워 밤에 잠을 이루지 못했고, 입가에 주름이 생겼다. 에드워드는 그런 레오노라가 걱정이었다. 아내가 직접 소작인 얘기를 꺼낸 적은 없지만, 누군가, 예컨대 장인이 그녀에게 그 문제를 얘기했다는 것은 알고 있었다. 아침마다 이런저런 일을 보고하러 오는 집사에게서 들은 얘기였다. 그러던 어느 날지난 3년 동안 소작료를 절반씩만 낸 멈포드 얘기가 나왔다. 그날아침 집사가 그 사람이 올해는 그나마 소작료를 한 푼도 못 내겠다고 하더라는 말을 전하자, 에드워드는 잠깐 생각하더니 이렇게 말했다.

"에이, 그 사람은 나이도 많고 지난 2백 년 동안 대대로 우리 농장에서 일해온 집안이니까 그냥 전액 면제해주게."

그러자 당시 아주 초조하고 우울한 상태였던 레오노라가 신음하는 듯한 소리를 냈다. 그녀의 생각을 익히 알고 있는 에드워드는 그 소리에 깜짝 놀라며 화가 나서 이렇게 내뱉었다.

"당신이 뭐라고 하든 나는 몇백 년 동안 우리 가문에 돈을 벌어준 사람들, 우리가 책임져야 하는 사람들을 내쫓고 스코틀랜드인들을 들일 생각은 없어."

레오노라 말로는, 그때 에드워드는 증오 어린 눈으로 그녀를 바라보더니 휙 일어나서 나가버렸다. 그녀는 그때 자기가 다른 사람앞에서 그렇게 화를 내게 만들어서 일이 더 꼬인 것 같다고 했다. 에드워드가 남 앞에서 그녀에게 화를 낸 것은 그날이 처음이자 마지막이었다. 백 년 넘게 애쉬버넘 가문의 농사를 지어온 집안 출신인 온건하고 차분한 성격의 마름은 에드워드가 잘하고 있다고 설명했다. 소작인들에 대한 배려가 지나칠 때도 있지만, 이렇게 어려운 때는 소작인뿐 아니라 지주들도 어느 정도 희생을 감수할 수밖에 없다는 것이다. 땅이 황폐해지지 않도록 관리하는 것이 중요한데, 스코틀랜드 농부들은 단물만 빨아먹고 농토를 못 쓰게 만들어버린다는 것이다. 반면에 에드워드의 소작인들은 지주와 자신들을 위해 최선을 다하는 사람들이었다. 레오노라는 마름의 말을 전혀 믿지 않았지만, 에드워드를 화나게 한 일은 정말 꺼림칙했다.

사실 레오노라는 생활비를 줄이려고 나름 애쓰고 있었다. 보조 하녀 두 명이 그만두었는데도 후임을 뽑지 않았으며, 그전보다 옷도 훨씬 덜 해 입고 손님 접대를 할 때도 전보다 더 간단하고 소박한 요리를 내놓았다. 에드워드는 아내가 강하고 단호한 사람으로 변해가는 모습을 보면서, 자기들도 동네의 가난한 농민들처럼 살게 될 것 같은 압박감을 느꼈다. 같이 사는 부부들은 별말 없이도 서로의 생각을 알게 되는데, 에드워드는 이전에도 레오노라가 자신의 영지 관리 때문에 걱정하는 것을 알고 있었다. 그것은 견디기 힘든 일이었다. 마름 앞에서 레오노라에게 역정을 낸 것은 정말 부끄러운 일이었다. 레오노라는 남편이 스트레스 때문에 신경과민이 됐다고 생각했고, 에드워드는 그야말로 참담한 심정이었다.

아시다시피 그는 아주 단순한 사람이었다. 그는 같이 사는 여자가 온 마음을 다해 내조해주지 않으면 어떤 남자도 큰일을 이룰 수 없다고 생각했다. 그런데 당시 그는 사기 집안이 완전히 집단적인 사고방식을 갖고 있는 반면, 레오노라는 철저한 개인주의자라는 느낌이 들기 시작했다. 그는 영주가 소작인들을 위해 최선을 다하고 소작인들이 그를 위해 최선을 다해야 한다는 봉건적 사고방식을 갖고 있었는데, 레오노라는 그런 생각이 전혀 없었다. 그녀는 식민 치하에서 버텨온 아일랜드의 소규모 자영농 집안 출신이었다. 그녀는 또 아이를 갖고 싶다는 열망에 빠져 있었다.

애쉬버넘 부부가 아이를 갖지 않은 이유는 나도 모른다. 둘이 너무 다른 성격이기 때문에 아이가 있다고 해서 크게 달라졌을 것 같지도 않다. 결혼 당시, 그리고 그로부터 1~2년 후까지도 아이가 어떻게 태어나는지 거의 몰랐다는 사실을 보면 에드워드가 얼마나 순진했는지 짐작이 갈 것이다. 레오노라 역시 마찬가지였다. 끝까지 그렇지는 않았지만 아무튼 처음에는 그랬고, 그 점이 둘의 마음가짐에 영향을 주었을 것이다. 어쨌든 두 사람에게는 아이가 없었고, 그것은 신의 뜻이었다.

적어도 레오노라는 그들 부부에게 아이가 없는 것이 신의 뜻이고, 두 사람에게 내린 불가해하고 끔찍한 신의 징벌이라고 생각했다. 그 얼마 전 그녀는 친정 부모가 에드워드의 가족에게서 그녀가 낳을 아이들은 모두 구교도로 양육하겠다는 약속을 받아내지 않았음을 알게 되었다. 레오노라 자신도 친정 부모나 남편에게 이 문제를 얘기해본 적이 없었다. 그러다가 드디어 친정아버지가 무심코 흘린 말을 듣고 사실을 알게 된 그녀는 에드워드에게서 이 약속을 받아내려고 무진 애를 썼지만, 남편은 뜻밖에도 완강히 거부했다. 딸들은 얼마든지 구교도로 기를 수 있지만 아들들은 반드시 국교도로 길러야 한다는 것이었다.

이 문제가 영국 사회에서 어떤 의미를 갖는지 나는 잘 모르지만, 정치나 종교 문제가 나오면 영국인들은 완전히 이성을 잃는 것 같다. 에드워드의 경우는 특히 이상했다. 본인은 언제든 구교도가 될 수 있다고 했기 때문이다. 자기는 구교도가 될 수 있지만 아들들은 꼭 조상의 종교를 따라야 한다고 우겼던 것이다. 얼핏 보면 비논리적이지만 실은 그렇지도 않다. 에드워드는 가문의 전통에 충실한 사람이었기 때문에 본인의 몸과 마음은 자기 뜻대로 할 수 있지만, 자기 이름이나 재산을 물려받는 후손들을 구교도로 만들 수는 없다고 생각했다. 딸들은 크게 문제 될 것 없었는데, 그들은 다른 집안이나 계층을 접하게 될 터였다. 게다가 그것은 드문 일도 아니었다. 하지만 아들들의 경우는 선택의 기회를 주어야 했다. 그리고 어릴 때는 국교도로 자라는 편이 좋을 것 같았다. 이 점에서 에드워드는 확고한 신념을 갖고 있었다.

레오노라는 엄청난 고뇌에 휩싸였다. 그녀는 자기 아이들이 완전한 저주 또는 적어도 잘못된 교리를 배울 위험에 처하게 되리라고 굳게 믿었고, 그 생각을 하면 견딜 수 없이 괴로웠다. 그녀는 당시의 심경을 설명하지 않았지만, 그 일을 얘기하는 목소리만 들어도 그 고통을 짐작할 수 있었다. "그때 저는 뜬눈으로 밤을 지새우곤 했어요." 그녀 주변의 성직자들은 이 문제를 좀 더 차분하게 받아들였고, 이 일로 죄책감 느낄 필요 없다며 그녀를 안심시켰다. 그녀의 울적함을 풀어주기 위해 그러지 말라고 달래기도 하고, 심지어는 위협까지 했다. 아이들이 태어나면 교리가 아니라 스스로 모범을 보임으로써 주어진 상황에서 최선을 다해 양육하라고 하면서, 계속 그렇게 죄책감에 빠져 있으면 그 자체가 죄악이라고 말했다. 그런데도 그녀는 줄곧 자기가 죄를 지었다고 생각했다.

레오노라는 자기가 열렬히 사랑하면서도 맘대로 주무르고 싶은 남편의 마음이 점점 멀어지고 있음을 깨닫지 못했다. 그는 아내가 몸과 마음 모두 차가울 뿐 아니라, 실은 아주 사악하고 치사한 사람이라고 생각했던 것 같다. 그녀가 말을 걸면 거의 몸서리를 칠 때도 있었다. 그런데 그녀는 남편이 왜 자기를 사악하고 치사하다고 생각하는지 이해할 수 없었다. 에드워드가 자기 부대, 연대, 영지, 나라의 절반을 책임지려 하는 것은 그야말로 미친 짓이라는 생각이 들었고, 그런 과대망상적인 행동을 말리는 것이 왜 사악한지 알 수 없었다. 그녀는 아직 태어나지 않은 자녀들의 재산을 지키려고 애쓰고 있었다. 그래서 둘은 차츰 에드워드가 왜 이런저런 단체에 기부금을 내야 하는지, 이런저런 주정뱅이를 구해주어야 하는지 격론을 벌이는 때 말고는 아무런 대화도 나누지 않게 되었다. 그녀는 왜 남편이 그런 일을 해야 하는지 이해가 안 갔다.

해결의 기미가 전무한 가운데 그렇게 심한 긴장이 이어지던 터라, 킬사이트 사건이 나자 부부는 오히려 안도했다. 정말 아이로니컬한 것은, 에드워드가 그 유모에게 입 맞추게 된 것은 레오노라 때문이었다는 사실이다. 유모들은 특실을 타고 다니지 않는다. 그날 에드워드는 아내에게 자기도 검소하게 살 수 있다는 걸 보여주려고 3등칸에 탔던 것이다. 그 사건은 둘 사이의 긴장을 어느 정도 풀어주었다. 레오노라에게 남편을 전폭적으로 지지하고 그가 생각하는 방식으로 내조할 기회를 제공했던 것이다.

앞에서 말했듯이 그날 에드워드는 열차에서 아주 예쁜 열아홉 살의 처녀를 만났다. 갈색 머리칼에 발그레한 볼과 푸른 눈의 아주 예쁜 열아홉 살 아가씨는 소리 없이 울고 있었다. 에드워드는 아무 생각 없이 자기 자리에 앉아 있다가 우연히 이 유모 아가씨를 보게 되었고, 그 크고 예쁜 눈에서 크고 예쁜 눈물이 나와 무릎에 떨어지는 것을 보자 어떻게든 그녀를 위로해야 한다는 생각에 사로잡혔다. 그것이 그가 이 삶에서 해야 할 일이었다. 에드워드 자신도 한없이 불행했기에, 그녀와 슬픔을 나눈다는 것이 극히 자연스럽게 느껴졌다. 그는 아주 민주적인 사람이었고, 그녀가 다른 계층의 사람이라는 생각은 전혀 하지 않았다. 아가씨의 사연을 들어보니, 애인이 54호에 사는 애니를 만나고 다닌다고 했다. 그는 헛소문일 수 있고, 설사 그 사람이 54호의 애니와 산책을 나갈 수도 있지만 별 뜻 없이 그랬을지도 모른다고 했다. 나중에 에드워드가 얘기한 바로는, 자기는 거의 아버지 같은 마음으로 그녀의 허리를 껴안고 입을 맞추었다고 했다. 그런데 그 아가씨는 에드워드가 다른 계층 사람이라는 사실을 잊지 않았다.

평소에 엄마, 친구, 학교 선생님들에게서 상류층 남자들을 조심하라는 얘기를 귀에 못이 박히게 들어왔는데, 지금 그런 남자가 자기에게 입을 맞추고 있었다. 그녀는 비명을 지르며 몸을 빼고 벌떡 일어나 호출용 줄을 당겼다.

에드워드는 겉으로 보기에는 별 탈 없이 이 사건에서 빠져나왔지만, 정신적으로 큰 피해를 입었다.

4장

어떤 사람에 대한 전반적인 인상을 그리기란 참으로 어려운 일이다. 지금까지 내가 에드워드 애쉬버넘을 얼마나 정확히 그려냈는지 모르겠지만, 별로 잘한 것 같지 않다. 사람을 묘사할 때 무엇이 중요한지 알기도 힘들다. 가엾은 에드워드가 좋은 체격에 동작이 절도 있고, 과식하지 않으며, 규칙적인 생활 습관을 유지했다는 사실, 그가 실은 영국인들의 장점을 두루 갖추고 있었다는 사실이 중요할까? 그가 그런 사람이고, 그런 미덕들을 다 갖췄다는 사실을 내가 정확히 전달해왔을까? 그는 정말 그런 사람이었고, 마지막까지 그런 미덕들을 지니고 있었다. 그의 인품과 미덕들은 마땅히 그의 묘비에 새겨져야 하고, 레오노라는 정말 그렇게 할 것이다.

그가 살면서 어떤 일들을 하고 하루를 어떻게 보냈는지 설명한 적 있는가? 왜냐하면 죽기 직전까지 그가 연애 행각에 바친 시간은 별로 많지 않았기 때문이다. 지금까지 그의 여성 편력에 대해 많은 얘기를 했지만, 독자 여러분이 꼭 기억해주었으면 하는 것이 있다. 에드워드는 매일 아침 7시에 일어나 냉수욕을 하고, 8시에 아침을 먹고, 9시부터 1시까지 연대 일을 하고, 크리켓 시즌에는 티타임까지 부하들과 폴로나 크리켓 경기를 했다. 그러고 나서 저녁까지 마름이 보낸 편지를 읽거나 군대 회식 문제를 처리하고, 식사 후에는 카드를 하거나 레오노라와 당구를 치거나 이런저런 모임에 참석했다. 그리고 그런 모임에 많은 시간, 가장 많은 시간을 바쳤다. 죽기 직전까지도 그는 자투리 시간, 예컨대 그런 모임이나 무도회, 저녁 회식을 이용해 여자들을 만났는데, 지금까지 얘기한 부분을 읽으며 여러분이 그런 사실을 정확히 이해하기는 어려웠을 것 같다. 어쨌든 나는 여러분이 에드워드 애쉬버넘이 병적인 바람둥이라는 인상을 받지 않았기를 바란다. 그는 바람둥이가 아니라 그저 평범한 사람이었고, 지독한 감상주의자였다. 그의 소년기, 모친의 간섭, 자신의 무지함, 군대 사범들의 맹훈련 등은 사춘기의 에드워드에게 아주 나쁜 영향을 끼쳤다. 우리는 그런 것을 견뎌야만 하고, 아마 그런 것들로부터 아주 나쁜 영향을 받았을 것이다. 그렇지만 에드워드는 근면하고 감상적이며 능률적인 전문가의 완전히 정상적인 삶을 살았다.

나는 첫인상을 별로 신뢰하지 않는다. 지적으로 그렇다는 얘기다. 사람을 대할 때 첫인상을 얼마나 믿어야 할지 판단하기 어렵다. 하지만 나는 웨이터나 하녀, 애쉬버넘 부부 말고는 사람들을 대할 일이 별로 없었다. 그런데 내가 그 부부와 관계가 있다는 것도 잘 모르고 있었다. 그리고 웨이터나 하녀들의 경우는 첫인상이 대개 정확했다. 처음에 정중하고 친절하고 세심한 사람은 나중에도 오랫동안 그랬던 것 같다. 하지만 전에 우리가 파리에서 고용했던 하녀는 처음에는 매력적이고 아주 정직해 보였는데, 나중에 보니 플로렌스의 다이아몬드 반지를 훔쳐갔다. 그런데 그것은 애인이 감옥 가는 것을 막아주기 위해서였다. 그러니 누군가 어디서 말했듯 특별한 경우도 있는 법이다.

그리고 8월 하순과 9월을 미국에서 보내며 사업가들을 만나 보니, 역시 첫인상이 제일 정확하다는 생각이 들었다. 이목구비나 맨 처음 하는 말로 나도 모르게 상대방을 파악하고 분류하고 있었던 것이다. 하지만 정확히 말해 미국에 있는 동안 내가 사업을 한 것은 아니고, 말하자면 준비를 했다. 낸시와 결혼할 생각이 없었으면 아마 미국에 돌아가 뭔가를 시작했을 것이다. 미국에서의 삶에 대한 즐거운 기억이 생생히 남아 있었기 때문이다. 오랜만에 미국으로 돌아가자 박물관에서 나와 신나는 가장무도회에 참석한 느낌이었다. 플로렌스와 사는 동안 나는 유행이나 직업, 이윤을 추구할 욕망 같은 것들을 거의 잊고 있었던 것 같다. 세상에 돈이라는 것이 있고, 가난한 사람에게는 그 돈이 아주 매력적일 수 있다는 사실도 잊고 있었다. 그리고 가십처럼 중요한 것이 있다는 점도 잊고 있었다. 그 점에서 필라델피아는 정말 놀라운 곳이었다. 내가 거기 도착한 지 일주일 내지 열흘밖에 안 되었을 무렵 사실 별 사업을 하고 있는 것도 아니었는데, 만나는 사람마다 누구를 조심하라는 말을 해줘서 정말 놀랐다. 호텔 라운지에 앉아 있으면 모르는 사람이 뒤에서 다가와 바 옆에 서 있는 전혀 모르는 사람을 가리키며 조심하라고 속삭여주었다. 그들은 내가 거기 온 이유를 뭐라고 생각했을까? 시(市) 채권을 매점하거나 철도의 주요 주주가 되려 한다고 생각했을까? 그런 말을 해준 사람들이 대개 기자나 정치가인 점을 보면—물론 대부분 그게 그거지만—내가 신문사를 사려고 한다고 생각했을까? 사실 필라델피아의 내 재산은 주로 구(舊) 시가의 부동산이었고, 거기 간 이유도 그 집들의 상태가 괜찮은지, 문 페인트는 벗겨지지 않았는지 살펴보고, 친척들도 만나고 싶었기 때문이다. 친척들은 주로 전문직에 몸담았고, 1907년엔가 있던 은행 도산 때문에 경제적으로 어려운 상태였다. 그래도 내게 아주 잘해주었는데, 누군가 자기들을 괴롭히고 있다는 망상에 사로잡혀 있지 않았으면 그보다 더 잘해주었을 것이다. 어쨌든 필라델피아는 미국보다는 옛 영국식으로 꾸며진 방에서 잘생겼지만 근심에 찌든 내 사촌들이 주로 자기들을 괴롭히고 있는 미지의 운동에 대해 얘기하는 곳이라는 느낌을 주었다. 그것이 무슨 운동인지는 아직도 모르겠다. 그들은 내가 알고 있다고 생각했을지도 모른다. 그런 운동이 아예 없었을 수도 있다. 어쨌든 그곳에서는 모든 것이 비밀스럽고, 미묘하고, 은밀했다.

거기 카터라는 육촌 조카가 있었는데, 그는 잘생기고 피부색이 어둡고 싹싹하고 늘씬하고 겸손한 데다 크리켓도 잘했다. 그는 내 월세를 걷는 부동산업체에서 일했기 때문에 내 소유의 집들을 여러 채 보여주었다. 그래서 나는 그를 자주 만났고, 메리라는 착한 아가씨도 소개받았다. 그때 나는 지금 같으면 절대 안 할 짓을 했는데, 그의 뒷조사를 해본 것이다. 그래서 그 업체 상급자들의 얘기를 들어보니, 카터는 정말 겉으로 보는 것과 똑같이 정직하고 근면하고 진취적이고 친절하고 사람들에게 잘해주는 청년이었다. 그런데 그의 친척들, 즉 내 친척들은 그에 대해 뭔가 수상쩍다는 느낌을 갖고 있었다. 그래서 카터가 사기를 치거나 순진한 아가씨들을 최소한 몇 명쯤 유혹한 줄 알고 잘 조사해보았더니, 그가 민주당원이라는 사실이 문제였다. 우리 친척들은 거의 공화당원이었던 것이다. 그들은 젊은 카터가 민주당원, 그중에서도 가장 철저한 버몬트 민주당원[12]이라는 사실 때문에 더 수상하다고 느꼈다. 하지만 나는 무슨 뜻인지 잘 모르겠다. 어쨌든 내가 죽으면 내 재산은 카터에게 갈 것이다. 친절한 그의 모습, 그 약혼녀의 착한 얼굴을 생각하면 마음이 흐뭇하다. 그들이 행복하기를 바란다.

이 바로 앞에서 나는 지금 같으면 첫인상이 좋은 사람에 대해 절대 뒷조사를 시키지 않았을 것이라고 말했다. (필라델피아에서 내가 겪은 일들에 대해 말을 꺼낸 이유는 이 이야기를 하기 위해서였다.) 왜냐하면 이 세상 그 누가 다른 사람에 대해 정확한 평가를 할 수 있겠는가? 이 세상 그 누가 다른 사람의 마음 또는 자기 자신의 마음을 정확히 알 수 있겠는가? 어떤 사람이 대강 어떻게 행동할지 전혀 알 수 없다는 얘기는 아니다. 하지만 그 사람이 모든 경우에 어떻게 행동할지는 예측할 수 없다. 그리고 그럴 수 없다면 '성격'이라는 말은 아무에게도 소용이 없다. 플로렌스가 파리에서 고용했던 하녀가 그런 경우다. 우리는 상인들에게 지불할 돈을 그녀에게 백지수표로 맡기곤 했다. 그런데 어느 날 갑자기 그녀가 반지를 훔쳤던 것이다. 우리는 그녀가 그런 사람이라고는 생각도 못했었고, 그녀 자신도 자신이 그런 짓을 할 수 있다고 생각지 않았을 것이다. 그녀는 그런 사람이 아니었다. 에드워드 애쉬버넘도 그런 경우이리라.

물론 그렇지 않을 수도 있다. 맞다, 그렇지 않을 것이다. 하지만

---

12 버몬트 민주당원: 당시 버몬트 주민은 대부분 공화당원이었기 때문에 민주당원은 극소수였음.

진실은 누구도 알 수 없다. 앞에서 킬사이트 사건이 에드워드와 레오노라 사이의 긴장을 어느 정도 풀어주었다고 얘기했다. 이 사건을 통해 에드워드는 그녀가 좋은 아내가 될 수 있음을 알게 됐고, 레오노라는 남편에 대한 자신의 믿음을 보여줄 수 있었다. 그녀는 울고 있는 아이를 아버지처럼 위로해주고 싶어서 입을 맞췄을 뿐이라는 그의 말을 의심 없이 받아들였다. 그리고 판사들을 비롯한 그의 계층 사람들도 이 사건을 그렇게 보았다. 사람들이 뭐라고 하든 세상은 그 말을 그대로 믿어주는 경우도 있다. 하지만 내가 말했듯 그 사건이 에드워드에게는 큰 해를 끼쳤다.

최소한 에드워드는 그렇게 생각했다. 그 일이 터지고 이런저런 사람들이 추잡한 해석을 가하기 전까지는 자기가 레오노라를 배신할 수 있다는 생각을 전혀 못했다고 했다. 하지만 그 소동이 한창 진행 중이던 어느 날, 엄숙한 재판이 진행되는 동안 증인석에 앉아 있는데 갑자기 그 유모 아가씨를 안았을 때의 부드러운 감촉이 떠올랐고, 그 순간부터 그녀가 사랑스럽게 느껴지면서 레오노라가 완전히 매력 없게 보이기 시작했다.

그는 유모 아가씨에게 더 신중히 접근해 더 가까운 사이가 되는 백일몽을 꾸기 시작했고, 가끔은 다른 여성들과 조심스럽게 연애하는 상상을 하기도 했다. 아니, 어쩌면 그녀들을 더 조심스럽게 위로하는 상상을 하다가 거기 푹 빠져버렸다고 할까. 에드워드는 그 사건을 그렇게 보았고, 자신이 법의 희생자라고 생각했다. 자신을 드레퓌스[13] 같은 존재로 본 것은 아니었다. 그에게는 법이 큰 관

---

13 알프레드 드레퓌스(Alfred Dreyfus, 1859~1935) : 유대계 프랑스인 장교로, 1894년 독

용을 베풀어주었기 때문이다. 판사는 그가 여성을 위로하려다가 오해를 받았다면서 신중하지 못한 죄, 세상 물정을 모른 죄에 대해 5실링의 벌금을 물렸다. 그런데 그 사건을 계기로 에드워드는 안 좋은 생각들을 하기 시작했다.

그는 분명 그렇게 생각했지만, 나는 아니라고 본다. 당시 그는 스물일곱 살이었고, 부인은 등을 돌렸으니 어떤 식으로든 문제가 생길 수밖에 없었다. 두 사람은 그 사건 당시에 잠시 화해했지만, 그 상태가 지속될 수는 없었다. 어쩌면 레오노라가 이때 내조를 잘 해서 사태를 더 악화시켰을 수도 있다. 에드워드는 이 사건에 대처하는 레오노라를 보면서 고맙고 대단하다고 생각했지만, 자기가 맡은 이런저런 일들이나 가문의 전통 등 자신에게 더 중요한 다른 면에서 그녀가 더욱더 냉정하게 느껴졌던 것이다. 이 일을 계기로 에드워드는 레오노라에 대한 기대를 완전히 접고, 자신이 필요로 하는 정신적 위안을 줄 다른 여성을 찾을 수도 있다는 생각을 했다. 그를 로엔그린 같은 존재로 봐줄 여자가 필요했던 것이다.

에드워드의 말에 따르면, 당시 그는 자기를 도와줄 여자를 물색해 여러 명을 만났다. 멋지고 잘생긴 그의 주변에는 지주는 소작인들에게 지주답게 처신할 필요가 있다는 생각에 동의하는 여자들이 꽤 많았기 때문이다. 그런 여성들과 가깝게 지낼 수 있으면 좋을 것 같았다. 하지만 늘 뭔가 장애가 있었다. 상대가 유부녀인 경우 더 많은 시간과 관심을 쏟아야 하는 남편이 있었고, 결혼 안 한

일군에 기밀을 누설했다는 혐의를 받고 군사재판에 회부되어 카리브 해의 한 섬으로 유배됨. 1899년 재판이 재개되어 무죄 방면되었음.

처녀의 경우는 혼삿길이 막힐까 봐 자주 보기 힘들었다. 여러분도 알겠지만 당시 에드워드는 이런 여성들을 유혹할 생각은 추호도 없었다. 남자들과 어떤 이상(理想)에 대해 얘기하기는 어려웠기 때문에 그저 여성들에게서 정신적 위안을 얻고 싶을 뿐이었다. 내 생각에 그때 에드워드는 그 여성들 가운데 하나를 자신의 정부로 삼고 싶다는 생각은 전혀 없었을 것이다. 믿기 힘든 얘기지만, 에드워드는 정말 그런 사람이었다.

레오노라에게 남편을 몬테카를로[14]에 데리고 가라고 충고한 사람은 세상사에 밝은 그녀의 신부 중 한 명이었다. 그는 에드워드가 레오노라와의 결혼 생활에 적응하려면 약간 무책임해질 필요가 있다고 생각했던 것이다. 당시 에드워드는 정말 깐깐한 청년이었다. 폴로를 잘한 것은 사실이지만 어디까지나 건강을 위해서였고, 춤을 잘 춘 것은 무도회 참석이 사회적 의무이고 일단 참석하면 춤을 잘 추어야 한다고 생각했기 때문이다. 그는 자신이 선택한 필생의 일 말고는 그 무엇도 재미로 하지 않았다. 신부는 에드워드의 그런 성격 때문에 부부 사이가 나빠진다고 생각했다. 레오노라가 삶의 즐거움을 중시해서가 아니라 에드워드가 필생의 일이라 생각한 것을 인정하지 않았기 때문이다. 레오노라는 가끔 나가서 즐거운 시간을 보냈고, 신부 생각에 에드워드도 그럴 수 있다면 둘 사이의 공감이 더 커질 것 같았다. 좋은 생각이었지만, 결과는 좋지 않았다.

---

14 몬테카를로(Monte Carlo) : 리비에라에 있는 모나코 왕국의 고급 휴양지. 도박장으로 유명함.

대공의 정부 사건이 바로 그 결과였기 때문이다. 에드워드만큼 감상적이지 않은 남자였으면 별문제 없었을 것이다. 그런데 에드워드의 경우는 치명적인 결과를 초래했다. 그는 너무도 올곧은 사람이었기 때문에 여성과 관계를 맺었으면 평생 책임져야 한다고 생각했다. 그리고 실제로 그런 일이 벌어졌다. 심리적 차원에서 보면, 에드워드는 상대 여성과 열렬히 사랑에 빠져야만 정부로 삼을 수 있었다. 그는 진지한 사람이었고, 이 사건의 경우 그 진지함 때문에 아주 많은 돈이 들었다. 대공의 정부는 정열적인 외모의 스페인 아가씨였는데, 호텔 무도회에서 일부러 에드워드에게 끊임없이 눈길을 주었다. 에드워드는 키가 크고 금발 머리에 잘생긴 데다, 그녀가 보기에 아주 부유해 보였다. 무도회를 별로 좋아하지 않는 레오노라는 그날 일찍 자러 올라갔지만, 남편이 멋진 아가씨들과 즐거운 시간을 보내는 것 같아서 다행이라고 생각했다. 에드워드에게는 치명적인 일이었다. 정열적인 외모의 스페인 무희가 그의 아름다운 눈에 반했다며 하룻밤을 같이 보내자고 했기 때문이다. 에드워드는 그녀를 어두운 정원으로 데리고 갔는데, 갑자기 킬사이트 사건의 아가씨가 생각나 그녀에게 입을 맞추었다. 평생 억눌렀던 열정이 폭발하면서 그는 스페인 아가씨에게 아주 뜨겁게 키스했다. 레오노라는 차갑고, 적어도 조신한 여자였기 때문이다. 아가씨는 이 반전을 즐거워했고, 에드워드는 그날 밤을 그녀의 품에서 보냈다.

정열적인 그녀가 잠든 뒤 에드워드는 자신이 미친 듯이, 열정적으로, 못 말리게 사랑에 빠졌음을 알게 되었다. 바짝 마른 짚뭇에 불이 붙은 형국이어서 에드워드는 오직 그녀 생각밖에 없었고, 그녀만을 위해 살고 싶었다. 하지만 스페인 아가씨는 열정이라고는 전혀 없는, 극히 이성적인 사람이었다. 그녀는 육체적 욕망을 채워줄 상대를 원했고, 그 전날 밤 에드워드가 그녀의 눈길을 끌었던 것이다. 일단 욕망이 충족되자 그녀는 차가운 어조로 또 만나고 싶으면 돈을 달라고 했다. 어디까지나 이성적인 거래였다. 그녀는 에드워드든 누구든 전혀 좋아하지 않았고, 그와 계속 만나다 보면 대공과의 수지맞는 관계를 망칠 수 있었다. 에드워드가 그런 사고에 대한 일종의 보험으로 충분한 돈을 내놓으면 그 액수에 해당하는 기간만큼 그를 만나주겠다는 얘기였다. 대공이 1년에 5만 달러씩 주고 있는데, 에드워드가 2년 치 요금을 내면 한 달간 만나준다는 것이었다. 대공에게 들킬 위험은 별로 없지만 들키면 집 열쇠를 빼앗길 것이라며, 자기 계산으로는 들킬 가능성이 20퍼센트 정도라고 했다. 그녀는 주택 매매를 주선하는 변호사처럼 아무런 동요 없이 아주 차분하고 냉정하게 얘기했다. 에드워드에게 매정하게 굴고 싶지 않았지만 다정하게 굴 이유도 없었기 때문이다. 그녀는 노모와 두 자매를 부양하는 착실한 사업가였고, 편안한 노후도 준비해야 하는데 앞으로 5년이면 더 활동할 수 없게 된다고 했다. 당시 스물네 살이던 그녀는 이렇게 말했다. "우리 스페인 여자들은 서른이면 완전 할망구예요." 에드워드는 그런 무서운 소리 말라며 자기한테 오면 평생 책임지겠다고 했다. 하지만 그녀는 경멸의 눈빛으로 한쪽 어깨를 천천히 실룩였다. 에드워드는 자신에게 정조를 바친 이 아가씨에게 평생 그녀를 책임지고 아끼며 사랑하는 것이 자신의 도리임을 누차 강조했다. 그녀의 희생에 보답하기 위해 그렇게 하겠다며, 그의 진솔한 사랑에 대한 대가로 평생 자신의 영지에 대한 얘기를 들어달라고 했다. 에드워드의 사고방식은 그러했다.

그녀는 같은 쪽 어깨를 조금 전과 똑같이 실룩이더니 팔꿈치를 옆구리에 붙인 채 왼손을 내밀었다.

"됐고, 이 손에 폴리 보석상에서 본 그 티아라 값이나 줘줘요. 안 그러면……." 그러고는 휙 돌아서서 가버렸다.

에드워드는 미칠 것 같았다. 그의 삶 전체가 뒤집어지고, 푸른 바다 앞의 야자수들이 기괴한 춤을 추고 있었다. 그는 여성이 진솔하고 부드러우며 정신적 위안을 줄 수 있는 존재라고 믿었기 때문이다. 그는 스페인 아가씨와 논쟁하고, 둘이 어떤 섬에 들어가서 그녀가 했던 말이 얼마나 이상한지 따져보고, 진실한 사랑과 봉건 제도만이 우리를 구원할 수 있음을 보여주고 싶다는 열망에 휩싸였다. 한번 애인이 되었으니 앞으로도 계속 그래주든지, 아니면 최소한 마음이 통하는 친구라도 되어주어야 한다는 것이 그의 생각이었다. 하지만 그녀는 에드워드를 만나주지 않았고, 호텔에도 나타나지 않았다. 그녀는 정말 감쪽같이 사라진 뒤 아무런 연락도 없었다. 그것을 깨려면 2만 파운드가 필요했다. 그 뒤의 일은 여러분도 알 것이다.

그는 일주일 내내 미친 사람처럼 끼니를 거르며 눈이 때꾼해지고, 레오노라가 손을 대면 부르르 떨었다. 내가 볼 때 에드워드가 스페인 아가씨에 대한 사랑이라고 생각한 것의 10분의 9는 실은 레오노라를 배신한 데 대한 자책감이었을 것이다. 그는 전에 없이 견디기 어려울 정도로 우울했고, 그것이 모두 사랑 때문이라고 생각했다. 가엾은 작자 같으니, 그는 기가 막히게 순진했다. 두 주일 동안 밤에 레오노라가 자러 가면 에드워드는 술을 들어부었고, 탁자 위에 뻗어버렸다. 정말 어떤 일이 벌어질지 알 수 없었다. 가진 돈을 모두 날려버릴 수도 있었다.

그가 4만 파운드를 잃고 호텔 사람들이 모두 그 일에 대해 수군거리던 날, 스페인 아가씨가 태연히 그의 침실로 걸어 들어왔다. 그가 만취해 누워 있는 동안 그녀는 안락의자에 앉아 가끔 암모니아수 냄새를 맡으며 뜨개질을 했다. 그는 술 때문에 완전히 인사불성이었다. 그가 어느 정도 정신을 차리자 아가씨가 말했다.

"이봐요, 달링, 다시는 도박하러 가지 마요. 푹 자고 이따가 보러 와요."

그날 에드워드는 점심때까지 잤고, 그때는 레오노라도 대공의 정부에 대해 알고 있었다. 웰런 대령이라는 사람의 부인이 얘기해 준 것이다. 애쉬버넘 부부가 아는 이들 가운데 조금이라도 분별 있는 사람은 그 여자뿐이었던 것 같다. 그녀는 레오노라에게 에드워드가 그처럼 특이한 행동과 태도를 보이는 것은 돈을 요구하는 요부 때문일 테고, 그녀가 떠난 줄 알면 에드워드가 정신을 차릴 수도 있으니 빨리 돌아가서 변호사와 신부를 만나라고 권했다. 그러면서 그런 상태의 남자와 논쟁해봤자 아무 소용 없으니 그날 아침 바로 떠나는 것이 좋겠다고 했다.

에드워드는 레오노라가 떠난 줄도 모르고, 일어나자마자 바로 대공의 정부 방에 찾아가서 점심을 얻어먹었다. 그는 아가씨의 목에 매달려 울었고, 그녀는 너그럽게도 잠시 참아주었다. 에드워드가 그녀가 내민 꽃차를 마시고 어느 정도 진정되자 그녀는 이렇게 물었다.

"이봐요, 친구, 돈이 얼마나 남았어요? 5천 달러? 만 달러?" 에드워드가 두 주일 동안 밤마다 엄청난 돈을 잃었다는 소문이 돌던 터라 그녀는 그가 거의 전 재산을 탕진한 줄 알았다.

꽃차 덕분인지 그는 잠시 이성을 되찾고 이렇게 물었다.

"그렇다면?"

"만 달러가 있으면 도박 대신 나한테 쓰라고요. 그 돈 주면 일주일 동안 앙티브에 같이 가줄 수 있어요."

"5천 달러만 받아." 그녀는 어떻게든 7천5백 달러를 받아내려 했지만, 에드워드는 5천 달러와 그곳에서의 호텔 숙박비만 쓰겠다고 했다. 꽃차의 효과는 거기까지였고, 그는 다시 잠들었다. 그는 3시에 앙티브로 출발해야 했고, 이 세상 그 무엇도 그를 막을 수 없었다. 에드워드는 레오노라에게 일주일 동안 클린턴 몰리 부부와 요트를 타고 오겠다는 메모를 남겼다.

앙티브에서 보낸 일주일은 별로 즐겁지 않았다. 아가씨는 돈 말고는 어떤 얘기에도 관심이 없었고, 눈만 뜨면 이런저런 비싼 선물을 사달라고 그를 들볶았다. 그리고 일주일이 지나자 조용히 그를 내보냈다. 에드워드는 사흘 더 앙티브에 남아 있었다. 그 아가씨를 봉건적으로든 뭐든 책임져야 한다는 생각은 없어졌지만, 워낙 감상적인 사람이라 가문 전체가 상이라도 당한 듯 바이런적인 우울함에 젖어 있어야만 했다. 그러다가 어느 순간 욕망이 되살아났고, 레오노라가 기억났다. 그런데 몬테카를로의 호텔로 돌아와 보니, 그녀가 런던에서 보낸 전보가 와 있었다. "가급적 빨리 돌아오세요." 에드워드는 자기가 클린턴 몰리 부부와 요트를 타러 간다고 알고 있는 아내가 왜 그렇게 급히 떠났는지 이해가 안 갔다. 그런데 호텔에 물어보니, 그녀는 그가 그 메모를 쓰기 전에 이미 떠났

다고 했다. 그는 완전히 겁에 질린 채 어렵게 런던으로 돌아왔고,
레오노라는 전혀 매력적인 존재로 느껴지지 않았다.

5장

    내가 이 이야기를 '애쉬버넘의 비극'이 아니라 가장 슬픈 이야기라고 부르는 것은, 그 내용이 슬프기도 하지만 모든 것을 불가피한 결말로 치닫게 하는 어떤 동력이 없기 때문이다. 비극적인 얘기를 들을 때 느껴지는 어떤 비장함도 없고, 인과응보나 숙명도 없다. 이 이야기에는 호수를 떠다니며 인간을 비참하고 불행하고 괴롭게 만들거나 죽음으로 이끄는 화공선(火攻船)처럼, 삶을 살아가는 두 고결한 인간이 있을 뿐이다. 나는 지금도 에드워드와 레오노라가 고귀한 천성을 지닌 사람들이라고 믿고 있지만, 그들은 계속 타락해갔다. 왜 그랬을까? 무엇을 보여주려고 그랬을까? 모든 것이 암흑일 뿐이다.

    이 이야기에는 악당도 없다. 대공의 정부 사건 이후 불운한 에드워드에게 정말 큰 위안을 준 여인의 남편인 베절 대위조차도 악당은 아니었다. 그는 게으르고 허술하고 무능했지만, 에드워드를 해치지는 않았다. 둘이 미얀마에서 같은 연대에 근무할 때 그자가 에드워드에게서 많은 돈을 빌린 것은 사실이지만, 특별히 나쁜 짓을 하는 것도 아니었으므로 그 돈을 어디에 썼는지 불분명했다. 베절이 고대로부터 현대까지 여러 시대에 제작된 말의 재갈을 수집하긴 했지만, 그조차도 열심히 한 것은 아니라 예컨대 칭기즈칸의 군마(軍馬)에 달렸던 재갈을 사는 데 거액을 투자하거나 그러지는 않았던 것 같다. 칭기즈칸이 군마를 갖고 있었는지는 나도 모르겠지만 말이다. 그리고 그가 에드워드한테 많은 돈을 빌렸다고 했지만, 둘이 알고 지낸 5년 동안 천 파운드 이상 빌린 것은 아니었다. 에드워드는 물론 수중에 그렇게 많은 돈이 없었다. 레오노라가 그러지 못하게 조치를 취했기 때문이다. 그래도 연대 회식, 부하들의 군복 등에 1년에 영국 돈으로 5백 파운드 정도의 용돈은 쓸 수 있었다. 레오노라는 정말 싫었다. 그 돈으로 자기 옷을 살 수도 있고, 대출금을 갚을 수도 있다고 생각했다. 그래도 1년에 3천 파운드의 세가 들어오고, 앞으로 5천 파운드가 들어오도록 자신이 관리하고 있는 농장이 법적으로는 아니지만 실제로 에드워드의 소유라는 사실을 알고 있기에 남편에게 그 정도 용돈은 주어야 한다고 생각했다. 에드워드가 자기 재산의 일부를 쓰는 것은 온당하고 정당한 일이었다. 하지만 레오노라가 그 재산을 관리하기란 결코 쉬운 일이 아니었다.

내가 돈 얘기를 정확히 하고 있는지 모르겠다. 원래 숫자에 강한 편이지만, 아직도 가끔 파운드와 달러가 혼동되어 숫자를 틀리게 말하곤 한다. 어쨌든 에드워드가 소유했던 당시 브램쇼는 제대로 경작하고, 소작료를 잘 받고, 학교 등 부속 시설을 잘 관리하면 1년에 5천 파운드가 들어오는 곳이었다. 당시 실제로 들어온 돈은 연간 4천 파운드였다(달러가 아니라 파운드로 말하는 것이다). 스페인 아가씨와의 사건 때문에 브램쇼의 가치가 제반 비용을 빼기 전 최대 수입으로 쳐도 3천 파운드로 떨어졌는데, 레오노라는 이 영지의 가치를 5천 파운드로 올려놓을 생각이었다.

당시 스물넷이라는 레오노라의 나이를 생각하면 쉬운 일이 아니었다. 그녀가 삶에 대해 좀 더 알았으면 약간 부드럽게 나갔겠지만, 당시 그녀는 젊음의 패기로 이 계획을 추진했다. 그녀는 에드워드를 불시에 덮쳤다. 에드워드가 몬테카를로에서 풀이 죽어 돌아왔을 때, 레오노라는 런던의 호텔로 그를 찾아가 이런저런 군소리나 아첨 따위는 그만두라며 이렇게 말했다.

"우리는 지금 파산 일보 직전이에요. 제가 이 일을 처리하게 맡겨주세요. 안 그러면 제 몫으로 되어 있는 재산을 갖고 헨든으로 들어갈 거예요."(헨든은 그녀가 가끔 피정하러 가던 수녀원이다.)

가엾은 에드워드는 아무것도, 정말 아무것도 몰랐다. 그는 자기 재산이 얼마인지, 도박판에서 얼마를 탕진했는지 전혀 모르고 있었다. 그냥 25만 파운드 정도 잃었다는 느낌이었다. 에드워드로서는 레오노라가 대공의 정부에 대해 알고 있는지, 자신이 요트 타러 갔다고 생각하는지, 몬테카를로에 간 일을 알고 있는지 도무지 알길이 없었다. 그저 멍한 상태로 말없이 쥐구멍에 들어가 숨고 싶을 뿐이었다. 레오노라는 아무것도 묻지 않고, 아무 말도 하지 않았다.

나는 영국의 사법제도에 대해 모르기 때문에 에드워드가 영지 관리를 넘겨준 과정은 잘 모른다. 하지만 이틀 뒤에 별다른 논의 없이 레오노라와 그녀의 변호사가 에드워드가 가진 전 재산의 관리자가 되었고, 좋은 지주이자 소작인들의 아버지로서의 에드워드는 더는 존재하지 않았다. 지주로서의 에드워드는 그것으로 끝이었다.

　레오노라는 1년에 3천 파운드를 관리해야 했다. 그녀는 에드워드를 미얀마에 주둔 중인 연대로 옮겨놓고, 에드워드의 마름을 불러 일주일 동안 농장에 대해 얘기했다. 그녀는 마름에게 소작료를 한 푼도 남김없이 걷어야 한다고 지시했다. 인도로 떠나기 전 레오노라는 브램쇼를 연간 천 파운드에 7년간 세주고, 반다이크[15]의 그림 두 점과 은제품들을 1만 1천 파운드에 팔고, 은행에 뭔가를 저당 잡히고 2만 9천 파운드를 빌렸다. 이 돈은 전부 몬테카를로의 사채업자들에게 송금되었다. 레오노라는 반다이크와 은제품들은 되찾을 만한 물건이 아니라고 생각했지만, 2만 9천 파운드는 구해야 했다. 그림이나 은제품은 에드워드의 허영심을 채워주는 장식품에 불과했다. 그러나 남편이 사라진 선조들의 초상화 때문에 이틀을 내리 울자 그 그림들을 판 일이 약간 후회스러웠다. 하지만 그녀는 이 일을 통해 아무것도 배우지 못했을뿐더러 남편을 더 무시하게 되었다. 그녀는 또 에드워드가 브램쇼를 세준 일에 대해 마치 자기 여자가 몸을 판 것처럼 뭔가가 더럽혀진 느낌을 갖고 있다는 것이 이해되지 않았다. 에드워드는 브램쇼에 대해 그렇게 느꼈지만, 레오노라는 스페인 아가씨 사건에 대해 그 못지않은 혐오감을 갖고 있었다.

　그 후 오랫동안 두 사람은 그렇게 살았다. 인도에 있는 8년 동안 레오노라는 남편의 월급과 해외 근무 수당만으로 살아야 한다

15　안토니 반다이크(Sir Anthony Van Dyck, 1599~1641): 벨기에 안트베르펜 출신의 초상화가로, 1632년부터 죽을 때까지 영국에서 활동함.

고 우겼다. 그녀는 마음속으로 애쉬버넘 장식 레이스 값이라고 이름 붙인 남편의 용돈으로 5백 파운드를 주었고, 그 정도면 아주 후하다고 생각했다.

사실 어떻게 보면 꽤 후한 액수였다. 하지만 에드워드는 그런 사람이 아니었다. 그녀는 자기가 쓸 돈을 아껴 남편에게 아주 비싼 물건을 사주곤 했다. 예컨대 앞에서 말한 가죽 상자의 경우를 보자. 그 상자들은 에드워드의 물건이 아니라 레오노라의 과시용 선물이었다. 그는 깨끗한 것을 좋아했지만 아주 검소한 성격이었다. 그런데 레오노라는 그런 에드워드를 전혀 이해하지 못한 채 투자로 1천1백 파운드를 벌게 해준 대가로 그 많은 가죽 상자들을 선물했던 것이다. 그녀야말로 검소하게 살았다. 부부가 건강 때문에 여름에 아주 시원하고 관광객도 많은 심라[16]에 갔을 때, 에드워드를 화려하게 차려 입히고 천 달러짜리 말을 타고 돌아다니게 한 것은 바로 레오노라였다. 그녀 자신은 '피정'을 갔는데, 건강에 좋고 돈도 거의 안 들었다.

심라는 특히 에드워드의 건강에 아주 좋았을 것이다. 왜냐하면 거기서 그는 주로 베절 부인과 돌아다녔기 때문이다. 부인은 상냥하고 그에게 아주 친절했다. 둘은 애인 사이였겠지만 에드워드 본인이 그런 얘기를 한 적은 물론 없다. 내가 볼 때 두 사람은 양쪽 모두, 특히 에드워드 자신이 좋아하는 아주 고상하고 낭만적인 방식으로 연애를 했던 것 같다. 베절 부인은 에드워드가 원하는 대로

---

16 심라(Simla): 인도 펀자브 주 델리에서 북쪽으로 320여 킬로미터 떨어져 있는 도시로 히말라야 기슭에 자리 잡고 있으며, 1865~1939년 영국령 인도제국의 여름 수도였음.

행동하는 부드럽고 상냥한 여성이었던 것 같다. 그녀가 개성 없는 여자였다는 말이 아니라, 에드워드가 원하는 대로 하는 것이 그녀의 일이었다는 뜻이다. 그래서 내가 볼 때 두 사람은 5년 동안 길고 긴 대화를 통해 깊고 깊은 애정을 나누었고, 가끔 '타락'했다. 그럼으로써 에드워드는 모든 것을 뉘우칠 기회를 얻고, 그녀의 남편에게 또다시 50파운드를 빌려줄 빌미를 찾았다. 내 생각에 베절 부인은 그것을 '타락'이라고 보았을 것 같지 않다. 그녀는 그저 에드워드에게 연민과 사랑을 느꼈을 것이다.

그 기간 동안 에드워드와 레오노라는 뭔가 화젯거리가 필요했다. 영국 북부나 메인 주에 사는 사람이 아니면 배우자와 한마디도 나누지 않고 살 수는 없기 때문이다. 그래서 레오노라는 남편과 회계 장부를 보면서 그에 대해 얘기한다는 즐거운 일과를 고안해냈다. 그는 장부에 대해 얘기하기보다는 그냥 애교 있게 처신했다. 하지만 에드워드를 베절 부인의 품 안으로 밀어 넣은 것은 소작료를 내지 않은 멈포드 노인이었다. 베절 부인은 어느 날 저녁 초목이 우거진 미얀마의 정원에서 단장(短杖)이 아니라 칼로 꽃을 후려치면서 심하게 욕을 퍼붓고 있는 에드워드를 보았다.

그녀는 멈포드라는 노인이 땅을 빼앗기고 집세 없이 작은 오두막을 얻어 살고 있으며, 매주 농민공제회가 주는 10실링과 애쉬버넘 가문이 주는 7실링으로 생계를 이어가고 있다는 얘기를 들었다. 에드워드는 방금 영지 장부에서 그 사실을 발견했던 것이다. 그는 행군 장구(裝具)를 벗으려다가 옷방 탁자 위에 갖다 둔 장부를 보고 읽기 시작했다. 그가 칼을 들고 있는 것은 그 때문이었다. 레오노라는 멈포드 노인에게 무료로 오두막을 빌려주고 매주 7실링씩 주는 것이 정말 관대한 조치라고 생각했다. 어쨌든 베절 부인은 그렇게 격분한 사람은 처음 보았다. 그녀는 오랫동안 그를 열렬히 사랑해왔고, 에드워드는 그만큼 간절하게 그녀의 공감과 존경을 갈망해왔다. 저무는 하늘 아래 어둡고 안개 자욱한 밤, 에드워드가 후려친 꽃들이 어둠 속에 향기를 내뿜는 미얀마의 정원에서 두 사람이 멈포드 노인에 대해 얘기하게 된 것은 그 때문이었다. 둘은 그 후로도 꽤 오랫동안 점잖게 행동했고, 베절 부인은 애쉬버넘 영지에 대해 너무도 많은 이야기를 들은 덕에 들판들의 이름을 다 꿰고 있었다. 에드워드는 마구실(馬具室)에 브램쇼 영지의 지도를 크게 확대해서 붙여놓았는데, 베절 부인은 별로 개의치 않았다. 외딴 주둔지에 사는 사람들은 상대방이 뭘 하든 크게 싫어하지 않는 법이다.

남아프리카 전쟁 직전에 실시된 부대 이동 중 에드워드가 갑자기 대령 대행으로 승진하지 않았으면 둘의 관계는 영원히 그런 식으로 이어졌을 것이다. 남편이 다른 곳으로 배치되었기 때문에 베절 부인은 에드워드와 헤어질 수밖에 없었다. 내 생각에 그때 에드워드가 트란스발에 갔으면 좋았을 것 같다. 그때 죽었으면 아주 좋았을 텐데. 하지만 레오노라는 군인들이 한 병에 5기니짜리 샴페인 상자를 풀밭에 던져놓는다는 둥, 전시 경기병 연대의 방탕한 생활에 대해 끔찍한 이야기를 많이 들었기 때문에 남편이 거기 가는 것을 절대 허락하지 않았다. 그녀는 또 남편이 1년 용돈 5백 파운드를 어떻게 쓰는지 감시해야 했다. 그렇다고 에드워드가 불평한 것도 아니었다. 그에게는 영웅 심리가 없었다. 북서부 전선의 산에서 저격을 당하든 개울가에서 실크해트를 쓴 노인에게 권총을 맞든 별 상관 없었다. 전부 에드워드가 직접 한 말이다. 그는 거기서 세운 공으로 무공훈장을 받았고, 대령 대행으로 승진했다.

그런데 레오노라는 남편의 군 생활을 전혀 좋아하지 않았고, 그의 영웅적인 행위들도 맘에 들지 않았다. 둘이 가장 심하게 싸운 것은 그가 사병을 구하기 위해 홍해에 두 번째로 뛰어든 때였다. 그런 일이 처음 일어났을 때 레오노라는 그냥 참고 칭찬까지 해주었다. 하지만 홍해도 그렇고, 그곳에서의 항해 역시 끔찍한 데다, 사병들은 자살 충동에 사로잡힌 것 같았다. 레오노라는 그것 때문에 신경이 곤두섰고, 에드워드가 바다에 뛰어드는 장면을 계속 상상했다. "사람이 빠졌다"라는 소리 자체가 듣기 싫고, 불안하고 무서웠다. 누가 그렇게 소리치면 일단 배가 멈추고, 사람들이 여기저기서 고함을 질렀다. 에드워드에게 앞으로 다시는 뛰어들지 않겠다는 약속을 해달라고 해도 그는 끝내 거부했다. 그런데 페르시아 만에 도착했을 때는 다행히 날씨가 추워졌다. 레오노라는 남편이 자살할 수도 있다고 생각했기 때문에 그 약속을 거부당하자 말할 수 없이 괴로웠다. 애초에 그 배에 안 탔으면 좋았을 텐데, 돈을 아끼느라 그랬던 것이다.

공갈꾼의 기민함인지 그냥 운명의 장난인지 모르겠지만, 베절 대위는 다른 곳으로 배치되기 직전에 부인과 에드워드의 관계를 알아차렸다. 이 일을 처음부터 알고 있었는지, 그때 알게 되었는지는 확실치 않다. 어쨌든 그는 그 무렵에 편지와 몇 가지 물건을 발견했고, 그 즉시 에드워드에게 3백 파운드를 뜯어냈다. 어떻게 해시 그 돈을 받아냈는지는 나도 모른다. 아무리 공갈꾼이라고 해도 어떻게 돈을 요구하는지 상상이 안 간다. 그런 상황에서도 체면을 유지하는 어떤 방법이 있는 것일까. 내 생각에 대위는 불같이 화를 내며 에드워드에게 그 편지들을 보여준 다음, 순수한 눈으로 보면 전혀 오해의 소지가 없는 내용이라는 그의 설명을 받아들였을 것 같다. 그러고는 이렇게 말했으리라. "좋아요, 그런데 요즘 형편이 너무 복잡하니 3백 파운드만 꿔줄 수 있습니까?" 대충 그런 식 아니었을까? 그러고는 해마다 형편이 복잡하니 3백 파운드만 빌려달라는 대위의 편지가 오곤 했겠지.

베절 부인이 떠나자 에드워드는 말할 수 없이 괴로웠다. 그는 그녀를 아주 좋아했고, 한동안 그녀 생각에 잠겨 지냈다. 베절 부인은 그를 정말 좋아했고, 다시 만나게 되기를 바라고 있었다. 사흘 전 에드워드의 죽음에 대해 이런저런 질문이 담긴 아주 정중하면서도 애절한 그녀의 편지가 레오노라에게 배달되었다. 인도의 어떤 신문에서 그의 부고를 읽고 쓴 편지였다. 정말 좋은 여자였던 것 같다.

그 후 애쉬버넘 부부는 치트랄이라는 곳 근처로 가게 되었다. 나는 인도제국의 지리에 대해 잘 모른다. 둘은 그 무렵에는 이미 모범적인 부부로 굳어졌지만, 단둘이 있을 때는 서로 한마디도 하지 않았다. 레오노라는 그에게 영지 장부를 보여주는 것조차 포기했다. 에드워드는 아내가 돈을 너무 많이 모았기 때문에 그 액수를 감추기 위해 그런다고 생각했다. 그런데 사실 레오노라는 5~6년 동안 장부를 보여준 뒤에야 남편이 관리에는 관여하지 못하면서 장부만 본다는 것이 괴로울 수도 있겠다는 생각이 들었다. 말하자면 그녀는 남편의 기분을 생각해서 그렇게 한 것이었다. 그리고 치트랄에서 작고 가여운 메이시 메이단이 나타났다.

에드워드에게는 여러 연애 사건 가운데서도 그녀와의 관계가 가장 심란하게 느껴졌다. 그 일 때문에 처음으로 자신이 바람둥이일 수도 있다는 생각이 들었기 때문이다. 스페인 아가씨와의 사건은 잠시 공수병 같은 광기에 사로잡혔던 것처럼 느껴졌다. 베절 부인과의 관계는 저질스러운 배덕 행위라고 생각되지 않았다. 남편이 묵인해주었고, 서로 진정 사랑했으며, 레오노라는 오랫동안 아내 역할도 하지 않았을뿐더러 그에게 아주 잔인하게 굴었기 때문이다. 감상적인 그는 베절 부인을 잔인한 운명이 갈라놓은 자신의 소울메이트라고 생각했다.

그런데 매주 베절 부인에게 긴 편지를 쓰면서도 메이시 메이단을 하루 종일 못 본 날은 애가 타 미칠 지경이었다. 자기도 모르는 새 초조한 마음으로 문 쪽을 바라보고, 그녀의 어린 남편을 몇 시간씩 미워하고, 늦은 오전에 메이시 메이단과 산책하러 갈 시간을 벌기 위해 꼭두새벽에 일어나 일을 하고, 그녀가 썼던 귀여운 구어를 사용하면서 그 단어에 감상적 의미를 부여하고 있었다. 그런데 자신이 그러고 있다는 것을 뒤늦게야 깨달았기 때문에 어쩔 도리가 없었다. 결국 에드워드는 살이 빠지고, 눈이 때꾼해지고, 가끔 고열에 시달리기도 했다. 본인 말마따나 제대로 걸려든 것이다.

그런데 아주 무더운 어느 날, 에드워드는 자기도 모르는 새 레오노라에게 이렇게 물었다.

"메이단 부인을 유럽에 데리고 가서 나우하임에 떨어뜨려주면 안 될까?"

레오노라에게 그렇게 말할 생각은 전혀 없었다. 저녁 식사를 기다리는 동안 별생각 없이 삽화가 든 신문을 읽던 참이었다. 저녁이

20분 늦어져서 그렇지, 안 그러면 이렇게 단둘이 있을 이유가 없었다. 정말이지 그런 말을 할 생각은 전혀 없었다. 그는 두려움과 그리움, 더위와 열에 들뜬 채 혼자서 고통받고 있었다. 둘이 한 달 후 브램쇼로 돌아가면 메이시 메이단은 여기 남아 죽을지도 모른다는 생각을 하고 있었다. 그러다가 갑자기 그 말이 나왔다.

어둑한 방 안에서 하인이 큰 부채를 부치고 있고, 지친 레오노라는 등의자에 가만히 기대 있었다. 둘은 전혀 움직이지 않았다. 이런저런 이유로 아주 아팠기 때문이다.

이윽고 레오노라가 입을 열었다.

"좋아요. 아까 찰리 메이단에게 그런다고 약속했어요. 비용은 내가 내겠다고 했고요."

에드워드는 하마터면 "세상에!"라고 할 뻔했다. 그는 레오노라가 메이시, 베절 부인, 심지어 그 스페인 아가씨에 대해 뭘 알고 있는지 전혀 몰랐다. 그로서는 정말 당혹스러운 상황이었다. 그런데 어느 순간 레오노라가 자기 재산뿐 아니라 여자 문제까지 직접 관리하려 한다는 생각이 들자 그녀가 더욱 밉살맞고, 그러면서도 존경스럽게 느껴졌다.

레오노라는 어떤 목적을 가지고 그의 재산을 관리하고 있었다. 그 바로 전주에 그녀는 몇 년 만에 처음으로 남편에게 돈 얘기를 꺼냈다. 그녀는 브램쇼 영지에서 2만 2천 파운드, 저택 임대료 7천 파운드를 벌었고, 그가 도와준 덕분에 투자를 통해 6천~7천 파운드 이상을 벌었다고 했다. 대출금도 다 갚았으니, 반다이크 작품들과 은제품을 잃은 것을 빼면 스페인 아가씨 사건 이전의 상태로 돌아간 셈이었다. 정말 대단한 일이었다. 레오노라가 이런 얘기를 하는 동안 에드워드는 줄곧 입을 다물고 있었다.

"그러니까 이제 전역하고 브램쇼로 돌아갑시다. 우리 둘 다 너무 아파서 여기 더 있으면 안 돼요."

에드워드는 아무 말 없었다.

그러자 레오노라가 열띤 어조로 말을 이었다. "오늘이 내 삶에서는 역사적인 날이에요."

이윽고 에드워드가 대답했다.

"놀라운 솜씨군. 당신은 정말 대단한 여자야."

그는 자기들이 브램쇼로 돌아가면 메이시 메이단 부인은 뒤에 남게 된다는 생각에만 빠져 있었다. 그들은 브램쇼로 돌아가야만 했다. 레오노라가 너무 아파서 여기 더 있을 수 없다고 하지 않는가. 그녀가 말을 이었다.

"이제 당신이 그 모든 수입을 관리해야 돼요. 1년에 5천 파운드씩 들어올 거예요."

그녀는 남편이 1년에 5천 파운드를 쓸 수 있게 되면 아주 좋아할 것이고, 그를 위해 그 많은 일을 한 자신을 좀 더 사랑해주리라고 생각했다. 하지만 에드워드는 메이시 메이단, 그리고 메이시가 자신에게서 몇천 킬로미터 떨어져 있게 된다는 생각에만 빠져 있었다. 둘 사이를 갈라놓을 푸른 산과 바다, 햇살 가득한 들판들이 머릿속에 가득했다.

"정말 고마운 일이군." 레오노라는 칭찬인지 비웃는 말인지 알 수 없었다. 그것이 일주일 전의 일이었다. 그리고 그 일주일 동안 에드워드는 자신을 메이시 메이단에게서 떨어뜨려놓을 푸른 산과 바다, 햇살 가득한 들판들을 생각하며 점점 더 괴로워졌다. 그 고통 때문에 에드워드는 무더운 밤에는 땀을 흘리고, 찌는 듯한 한낮에는 오한에 떨었다. 잠깐의 안식도 없이 뱃속이 뒤틀리고, 입이 마르고, 뜨거운 숨이 잇새로 새어 나왔다.

그는 레오노라에 대해 생각할 여유가 없었다. 에드워드는 전역을 신청했고, 한 달 후에 떠나라는 통보를 받았다. 그곳을 떠나고 레오노라를 돕는 것이 자신의 의무라고 생각했고, 전역을 함으로써 그 의무를 다했다고 생각했다.

당시 둘의 관계를 보면, 레오노라가 뭘 하든 에드워드는 그녀가 점점 더 싫어졌다. 그녀가 자신을 브램쇼의 지주, 기저귀를 찬 대리 영주로 만든 것은 메이시 메이단에게서 떼어놓기 위한 술수 같았다. 아내에 대한 증오심이 음울한 밤을 가득 채우고 방의 어둑한 구석에 몰려 있는 것 같았다. 그래서 레오노라가 메이단에게 메이시를 유럽으로 데리고 간다고 제안했다는 말을 듣자, 그 역시 아내가 한 짓이기 때문에, 자동적으로 그녀가 싫어졌다. 당시 에드워드의 생각에는 아내가 설사 우연히 친절한 행위를 해도 결국 잔인한 여자일 수밖에 없었다. 정말 끔찍한 상황이었다.

그런데 서늘한 바닷바람을 맞으니 그 증오심이 장막 걷히듯 사라지고, 아내에 대한 경탄과 존경의 마음이 되살아났다. 엄청난 돈이 수중에 있고, 그 돈 덕분에 메이시 메이단과 같이 있게 되었다는 사실을 생각하니 그동안 그렇게 짜게 군 아내가 옳았다고 느껴졌다. 그는 마음이 편안해졌고, 메이시에게 줄 고깃국물을 들고 갑판을 걸어갈 때는 말할 수 없이 행복했다. 어느 날 밤, 레오노라와 함께 뱃전에 기대 서 있던 에드워드는 갑자기 이렇게 말했다.

"정말 당신은 세상에서 제일 멋진 여자야. 우리가 좀 더 친해졌으면 좋겠어."

레오노라는 말없이 자기 선실로 돌아갔다. 그래도 이제 그녀는 훨씬 건강해졌다.

그렇다면 이제 레오노라 쪽의 얘기를 해보자.

그것은 쉬운 일이 아니다. 레오노라가 겉으로는 늘 한결같은 모습이었지만, 사건을 보는 시각은 자주 바뀌었기 때문이다. 구교의 전통과 자라온 환경 때문에 입이 무거운 것도 문제였다. 모두 다 밝히고 싶은 유혹에 빠질 때도 있지만 나중에 생각하면 몸서리가 쳐진다고 했다. 그녀는 무엇보다도 사회, 에드워드, 그리고 그가 사랑한 여자들 앞에서 침묵을 지키고 싶어 했고, 그러지 못할 경우 스스로 모멸감을 느꼈다.

남편이 스페인 무희와 바람을 피운 순간부터 레오노라는 아내로서의 역할을 포기했다. 영원히 그를 멀리할 생각은 아니었다. 아마 신부들이 그러지 말라고 했을 것이다. 하지만 그녀는 에드워드가 어떤 식으로, 어쩌면 상징적인 방식으로 자기에게 돌아와주기를 원했다. 그것이 무슨 뜻인지 명확히 설명하지는 않았다. 그녀 자신도 잘 몰랐을 수 있다. 하지만 안 그럴 수도 있다.

에드워드가 정말 돌아오는 것처럼 느껴질 때도 있었고, 레오노라 자신이 그에 대한 육체적 욕망에 굴복할 뻔한 순간도 있었다. 그런 식으로 어떤 때는 베절 대위에게 베절 부인을, 메이단에게 메이시의 정체를 폭로할 뻔한 순간도 있었다. 사람들 앞에서 그 여자들의 소행을 드러내 끔찍한 고통을 주고 싶었다. 저만치 앉아 있는 새를 감시하는 고양이보다 더 긴장되고 초조한 심정으로 에드워드를 지켜보며 레오노라는 그 여자들에 대한 남편의 열정이 점점 더 깊어지는 것을 간파했다. 자꾸만 문이나 문간을 쳐다보는 남편의 눈길, 그들을 만나고 온 뒤 나타나는 남편의 편안한 표정을 보며 모두 짐작할 수 있었던 것이다.

그러다 보니 어떤 때는 터무니없는 생각이 들기도 했다. 에드워드가 베절 부인이나 메이시가 아닌 여자를 두셋 동시에 사귄다는 의심도 들었다. 그렇게 지독한 바람둥이가 아내인 자기에 대해 나쁜 생각을 한다는 것은 말도 안 된다는 느낌도 있었다. 그녀는 남편에게 자유를 주고, 자신은 굶어가며 그의 재산을 모으고 있었다. 예쁜 옷이나 보석 같은 여성으로서의 행복을 다 포기했고, 심지어 돈을 아끼느라 친구들도 만나지 않았다.

하지만 레오노라는 베절 부인이나 메이시 메이단이 좋은 여자들이라는 사실을 무시할 수 없었다. 여자들이 다른 여자를 볼 때 으레 그러하듯 호기심과 비판적인 눈으로 봐도 베절 부인은 남편에게 정말 잘해주었고, 메이단 부인은 남편에게 좋은 영향을 끼치고 있었다. 그래도 두 사람은 레노오라에게는 끔찍하고 불가해한 운명의 작용이었다. 정말 이해할 수 없는 일이었다! 자기가 남편을 위해 해온 좋은 일들은 왜 그에게 아무런 인상도 주지 못하는지, 그녀는 몇 번이고 자문했다. 어떤 광기 때문에 에드워드는 그녀가 베절 부인처럼 잘해주는 것을 막을까? 베절 부인은 레오노라와 별로 다르지 않았다. 그 여자가 늘씬하고 피부색이 어두우며 부드럽고 구슬픈 목소리를 갖고 있고, 부채 부치는 하인부터 나무에 핀 꽃까지 그야말로 모든 존재에게 아주 친절하게 구는 것은 사실이지만, 적어도 독서에서는 레오노라만큼 세련되지 못했다. 레오노라는 소설을 혐오했다. 하지만 그런 차이에도 불구하고 베절 부인은 레오노라 자신과 많이 다르지 않았다. 그녀는 진솔하고 솔직하며 여러 면에서 그냥 여자였다. 게다가 레오노라는 남자에게는 어떤 여자든 세 주일만 가까이 지내면 다 똑같아진다는 생각을 갖고 있었다. 베절 부인의 친절함이나 부드럽고 구슬픈 목소리도 어느 정도 시간이 지나면 매력을 잃을 테고, 늘씬한 몸매와 어두운 피부도 에드워드에게 깊은 처녀림으로 들어간다는 느낌을 주지 못하리라고 생각했다. 그래서 남편이 왜 계속 베절 부인 때문에 정신 못 차리는지, 어째서 헤어진 뒤에도 긴 편지를 써 보내는지 이해하지 못한 채 정말 괴로운 시간을 보냈다.

당시 레오노라는 에드워드가 만나는 여자마다 눈독을 들이는 '악마적인' 남자라는 견해를 갖고 있었다. 그래서 자기가 없을 때 하녀를 유혹하거나 원주민이나 유라시아 여인들과 밀회를 즐길까 봐 그해에는 심라에 피정 가지 않았고, 무도회에서는 잠시도 눈을 떼지 않고 남편을 감시했다.

그녀는 이 모두가 자신이 추문을 두려워하기 때문이라고 생각했다. 에드워드가 묘령의 아가씨를 유혹해 그녀의 아버지와 싸우게 되거나 남의 부인을 만나 그녀의 남편에게서 창피를 당할까 걱정했던 것이다. 하지만 나중에 생각해보니, 베절 부인이 사라졌으니 이제 남편이 자신에게 돌아올 수 있다는 희망도 작용했음을 깨달았다. 그녀는 오랜 시간 에드워드가 정말 바람둥이가 될지도 모른다는 두려움과 질투로 고통받고 있었다.

묘한 얘기지만, 그래서 메이시 메이단이 같이 가서 다행이라는 생각이 들었다. 그러면서 전에 자기는 남편들이나 추문을 무서워한 것이 아님을 깨달았다. 왜냐하면 지금 그녀는 메이단이 아무것도 모르게 하려고 최선을 다하고 있기 때문이다. 그녀는 자기 남편을 정말 믿는 것처럼 행동해서 메이단이 아무것도 알아채지 못하게 하려고 했다. 정말 황당한 입장이었다. 하지만 에드워드가 너무 아프고, 그가 다시 웃는 모습을 보고 싶으니 어쩔 수 없었다. 그를 다시 웃게 해주면 그런 자신의 노력이 고맙기도 하고 사랑을 이룬 것이 흡족하기도 해서 남편이 자기에게 돌아올 수도 있다는 생각이 들었다. 당시 레오노라는 남편이 가볍고 일시적인 열정에 빠지곤 하는 사람이라고 생각했다. 그리고 그가 메이시를 사랑하는 것도 이해가 갔다. 그녀는 여자들도 좋아할 만한 사람이었기 때문이다.

메이시는 아주 예쁘고 젊은 데다 심장은 나쁘지만 아주 명랑하고 동작이 경쾌했다. 레오노라는 그런 메이시를 매우 좋아했고, 메이시 역시 그녀를 꽤 좋아했다. 레오노라는 둘의 연애를 잘 관리할 수 있을 것 같았다. 메이시가 남편과 정을 통할 것 같지는 않고, 둘을 나우하임에 데리고 가면 서로 충분히 만날 테고, 그러면 남편이 메이시의 귀여운 수다나 앙증맞은 손발의 움직임에 이내 싫증을 낼 것 같았다. 그녀는 남편을 믿었다. 에드워드에 대한 메이시의 열정은 의심할 여지가 없었기 때문이다. 그녀는 학교 미술 강사를 짝사랑하는 여학생들처럼 레오노라에게 에드워드에 대한 찬사를 늘어놓았다. 그러고는 어린 자기 남편에게 그도 대령님처럼 입고, 말 타고, 총 쏘고, 폴로 경기 하고, 감상적인 시를 낭송하면 좋겠다고 계속 종알거렸다. 젊은 메이단은 에드워드를 우러러보았으며, 자기 아내를 열렬히 사랑했고, 특이하다고 생각하면서도 완전히 신뢰했다. 그는 에드워드가 헌신적인 남편이라고 생각했다. 레오노라는 메이시의 심장병이 낫고 에드워드가 그녀에게 싫증을 느끼면 자기에게 돌아오리라고 생각했다. 그녀는 남편이 온갖 종류의 여자들을 만나고 나면 자기에게 돌아오리라는 어렴풋하지만 열정적인 믿음을 갖고 있었다. 살다 보면 자기 같은 종류의 여자를 좋아할 때도 있을 것 아닌가? 레오노라는 이제 자신이 남편의 성격이나 허영심을 더 잘 이해하게 됐고, 그를 더 행복하게 만들어주면 자신을 사랑해주리라고 생각했다.

그런데 플로렌스가 그 모든 것을 망쳐놓았다.

4부

1장

내가 이야기를 하도 두서없이 해서 이 미로 같은 내용을 이해하기가 쉽지 않을 것이다. 나도 어쩔 수 없다. 나는 어느 시골집에서 몰아치는 바람과 먼 파도 소리를 간간히 들으며, 말없이 귀 기울여주는 이에게 이 이야기를 들려주고 있다는 설정을 계속 유지해왔다. 연애담, 특히 길고 슬픈 연애담을 얘기할 때는 과거와 현재를 넘나드는 수밖에 없다. 잊고 있던 뭔가를 떠올리기도 하고, 어떤 일을 제때 얘기하지 못해 잘못된 인상을 심어줄까 봐 더 자세히 설명할 수도 있다. 나로서는 이 이야기가 실화이고, 실화는 이야기꾼처럼 얘기하는 것이 제일 좋다는 사실을 위안으로 삼고 있다. 그렇게 얘기할 때 가장 실화답게 보이기 때문이다.

어쨌든 나는 메이시 메이단이 죽은 날까지의 이야기를 마무리했다. 다시 말하면 그전에 일어난 일들을 레오노라, 에드워드, 그리고 어느 정도는 나 자신 등 꼭 필요한 여러 관점에서 충분히 설명했다는 것이다. 나는 여러분에게 다양한 사실과, 나 자신과 내가 알아낸 여러 사람의 관점들을 제시했다. 그럼 이제 메이시 메이단이 죽은 날, 또는 M-이라는 오래된 성곽 도시에서 플로렌스가 신교에 대해 설명한 순간으로 되돌아가보자. 먼저 플로렌스에 대한 레오노라의 관점을 보기로 하자. 당연한 일이지만 에드워드는 한 번도 내 아내와의 연애에 대해 얘기한 적이 없기 때문에 그의 관점은 알 수가 없다. (지금부터 내가 하는 얘기에서 플로렌스에 대한 부분이 너무 비판적으로 들릴 수도 있다. 하지만 나는 이 이야기를 6개월째 쓰고 있고, 이 연애 사건들에 대해 점점 더 오랜 시간 생각하고 있다는 점을 기억하기 바란다.)

이 사건들에 대해 생각할수록 플로렌스가 주변 사람들을 타락시키는 존재라는 생각이 든다. 그는 가엾은 에드워드를 낙담하게 만들고 타락시켰으며, 불쌍한 레오노라를 완전히 타락시켰다. 그녀가 레오노라의 정신을 타락시킨 것은 분명한 사실이다. 레오노라의 장점은 자존심이 강하고 입이 무겁다는 것이었는데, 플로렌스는 그날 〈항변〉이 전시된 그 어둑한 방과 강이 내려다보이는 테라스에서 그녀가 그렇게 소리 지르게 만듦으로써 그 두 가지 장점을 잃게 만들었다.

레오노라가 내게 플로렌스가 자기 남편에게 눈독을 들이고 있다는 사실을 알려준 것은 옳았다. 하지만 그 방식이 틀렸다. 그녀가 더 오래 생각하고, 꼭 말하고 싶었으면 더 오래 생각한 다음에 얘기했으면 좋았을 텐데. 아니면 말 대신 행동을 했으면 어땠을까. 예컨대 플로렌스가 자기 남편과 단둘이 얘기하지 못하도록 에드워드를 바짝 따라다녔으면 좋았을 텐데. 둘의 대화를 엿듣거나 침실 문밖에서 감시했으면 좋았을 텐데. 정말 역겨운 일이지만, 그런 때는 그 수밖에 없다. 메이시가 죽자마자 남편을 데리고 떠났으면 어땠을까. 어쨌든 레오노라는 제대로 처신하지 못했다.

그런데 가엾은 레오노라, 내가 그녀를 비난할 자격이 있을까? 지금 돌아보면 그것이 다 무슨 소용이 있었던가? 플로렌스가 없었으면 어떤 다른 여자가 나타났을 수도 있지. 그래도 내 아내보다 나은 사람이었으리라. 플로렌스는 천박하고 마지막까지 상대를 물고 늘어지는 저급한 바람둥이에다, 못 말리는 수다꾼이었기 때문이다. 누구도, 그 무엇도 그녀의 입을 막을 수 없었다. 에드워드와 레오노라는 최소한 자존심이 있고 점잖은 사람들이었다. 인생에는 자존심과 점잖음만 있는 것이 아니고, 그보다 더 좋은 것도 많다. 하지만 자존심과 점잖음이 그대의 장점이라면, 그것들을 버릴 경우 파멸할 수밖에 없다. 그리고 레오노라는 그 미덕들을 버렸다. 그녀는 가엾은 에드워드보다 먼저 그것들을 포기했다. 그녀가 루터와 〈항변〉에 대해 소리 지른 그날, 과연 어떤 입장이었을지 생각해보라. 그날 그녀가 느낀 고통을 생각해보라…….

레오노라로서는 에드워드를 되찾는 것이 삶의 목표였고, 그 순간까지는 한 번도 그 희망을 버리지 않았다. 저급한 목표일지 모르지만, 에드워드를 되찾는 것이 그녀에게는 단지 자신의 승리가 아니라 세상의 모든 아내와 가톨릭교회의 승리였다. 언뜻 이해하기 힘든 일이지만 그녀는 그렇게 생각했다. 그녀가 왜 에드워드를 되찾는 것을 세상의 모든 아내와 사회, 교회의 승리라고 생각했는지 나도 모른다. 어쩌면 약간 알 것 같기도 하지만.

그녀는 인생이라는 것이 아내를 배신하고 싶어 하는 남편들과, 결국 남편을 되찾고 싶어 하는 아내들의 끝없는 양성(兩性) 전쟁이라고 생각했다. 그녀는 결혼에 대해 그렇게 서글프고 소박한 생각을 갖고 있었고, 남자는 때때로 탈선하고 무리한 짓을 저지르며, 외박하고 발정기를 겪는 일종의 짐승이라고 생각했다. 그녀는 소설을 읽은 적이 별로 없기에 결혼 후 부부가 순수하고 변함없는 사랑 속에 살기란 있기 어려운 일처럼 느껴졌다. 그래서 충격과 두려움에 휩싸인 채 어린 시절 다니던 수녀원 학교 원장을 찾아가 스페인 아가씨와 에드워드의 관계를 털어놓았다. 그러자 한없이 지혜롭고 신비롭고 거룩해 보이는 원장은 서글픈 표정으로 고개를 저으며 이렇게 말했다.

"남자들은 원래 그래. 신의 축복으로 결국은 모든 일이 잘되길 빈다."

레오노라의 영적 지도자들이 제시한 처방은 그런 것이었다. 아니면 적어도 그녀는 그들의 말을 그런 식으로 이해했고, 내게도 자기는 그런 가르침을 받았다고 말했다. 그들이 그녀에게 정확히 뭘 가르쳤는지는 모르겠다. 여성은 하느님의 더 큰 영광을 위해 참고, 참고, 또 참는 것이 도리이고, 그러다 보면 언젠가 신께서 그에 대해 상을 내리시리라는 것이 그들의 주장이었다. 그러니 레오노라 자신도 언젠가는 에드워드를 되찾게 될 테고, 그때는 아내로서 남편에게 기대할 수 있는 범위에서 그를 지킨 셈이 될 것이다. 그들은 심지어 남자들이 애들처럼 무리한 짓을 저지르는 것은 자연스럽고 이해할 만한 일이라고 가르쳤다.

중요한 것은 여러 사람 앞에서 창피 떠는 일을 피하는 것이었다. 그래서 레오노라는 고통스러울 정도로 강하게 에드워드를 되찾겠다는 열망에 사로잡혀 있었다. 그녀는 눈앞에서 벌어지는 이런저런 일들을 애써 무시한 채 한 가지 생각에 매달렸다. 정말 에드워드를 되찾았을 때 그가 부유하고, 땅 덕분에 당당하고, 훌륭한 사람으로 보이게 해주고 싶다는 바람이었다. 사실 그녀는 불륜이 만연하는 세상에서 한 구교 여성이 남편의 사랑을 지켜냈음을 보여주고 싶었고, 이제 그 목표에 거의 도달했다고 생각했다.

　메이시 문제는 계획한 대로 풀리는 것 같았다. 그녀에 대한 에드워드의 열정은 약간 식은 것 같았고, 나우하임에 온 뒤로는 모든 시간을 그녀 옆에서 보내려고 노심초사하지도 않았다. 폴로 경기도 가고, 카드도 치고, 표정 또한 밝고 명랑해 보였다. 그래서 남편이 그 가엾은 아이를 유혹하려고 작심한 것이 아니라는 생각이 들었고, 어쩌면 처음부터 그럴 생각이 없었던 것 같기도 했다. 사실 그는 처음 메이시를 만났을 때의 상태, 즉 부하의 젊은 아내에게 신경 써주는 친절하고 사려 깊은 상관으로 돌아가는 것 같았다. 두 사람은 아침노을처럼 천진한 사랑을 이어가고 있었고, 에드워드가 우리와 같이 소풍을 가도 메이시는 짜증 내지 않았다. 매일 오후 몇 시간씩 누워서 쉬어야 했고, 그럴 때 에드워드가 옆에 있어주기를 갈망하는 것 같지 않았다.

　그리고 에드워드는 레오노라에게 조금씩 다가가고 있었다. 대개 사람들 앞에서 그랬는데, 한두 번은 둘이만 있을 때 "정말 멋진데!"라든지 "정말 예쁜 옷인데!"라고 칭찬해주기도 했다. 레오노라가 플로렌스를 따라 파리 못지않게 멋쟁이가 많은 프랑크푸르트에 갔을 때 사온 옷을 보고 한 말이었다. 그녀는 그럴 돈이 있었고, 플로렌스는 옷 고르는 데 뛰어난 안목이 있었던 것이다. 레오노라는 마침내 수수께끼의 답을 찾은 느낌이었다.

　그랬다. 그녀는 비로소 수수께끼의 답을 찾은 느낌이었다. 지금까지 자신이 어느 정도 오판했었다는 생각이 들었다. 에드워드에게 너무 짜게 굴지 말았어야 했다. 미덥지 않고 썩 내키지도 않았지만 그래도 남편에게 경제권을 돌려주길 잘했다는 생각도 들었다. 그는 한 걸음 더 다가와 그 긴 세월 동안 집안 재산을 잘 관리했다는 말까지 했다. 어느 날 갑자기 이렇게 말했던 것이다.

"당신 아주 잘했어. 난 얼마씩 날리는 걸 정말 좋아하는데, 당신 덕분에 이제 그럴 수 있게 됐잖아."

레오노라는 그때가 평생 가장 행복한 순간이었다고 했다. 에드워드도 그것을 느꼈는지 그녀의 어깨를 토닥여주었다. 옷핀 달라고 들어왔다가 그런 말을 했던 것이다.

그리고 나중에야 깨달았지만, 메이시의 뺨을 후려친 날 레오노라는 에드워드와 메이단 부인 사이에 아무 일도 없었다는 확신이 생겼다. 그때부터 그녀는 남편에게 돈을 넉넉히 대주고 예쁜 여자들과 만나게 해주면 결국 자기에게 돌아오리라는 생각이 들었다. 그래서 그달은 남편이 조심스럽게 다가와도 전처럼 거부하지 않았다. 그는 정말 조심스럽게 다가왔다. 어깨를 토닥이거나, 카지노에서 본 이상한 사람들에 대해 귓속말로 농담을 하거나 하는 정도였다. 그런데 농담은 별것 아니지만, 속삭임은 정말 친밀한 행동이었다.

그런데 이 모든 것이 한순간에 날아갔다. 덧문 틈으로 여기저기 햇살이 스며드는 높은 성에서 루터의 〈항변〉이 들어 있는 유리장을 짚은 에드워드의 손목에 플로렌스가 손을 얹은 순간, 이 모든 것이 박살났다. 아니, 플로렌스의 눈을 마주 보는 에드워드의 눈빛을 보는 순간 모든 것이 끝났다. 레오노라는 그 눈빛을 익히 알고 있었다.

레오노라는 그 둘이 처음 만난 순간부터, 즉 우리 넷이 한 탁자에 앉은 순간부터 플로렌스가 남편에게 추파를 던지는 것을 알고 있었다. 하지만 그전에도 기차, 호텔, 유람선, 길거리에서 남편에게 추파를 던지는 여인들을 수없이 보았고, 에드워드가 그런 여자들을 무시한다는 것을 알고 있었다. 당시 레오노라는 남편이 어떤 이유로 어떻게 연애하는지 꽤 정확히 알고 있었다. 그때까지 남편은 스페인 아가씨에게 잠깐 넘어갔고, 베절 부인을 꽤 많이 좋아했으며, 메이시 메이단과 예쁜 사랑을 나누었다. 그녀는 플로렌스를 완전 저질이라고 생각했기 때문에 남편이 그런 여자를 좋아할 리 없다고 생각했다. 게다가 자신과 메이시가 에드워드를 지키고 있지 않은가.

　뿐만 아니라 레오노라는 자기가 메이시의 뺨을 치는 장면을 목격한 플로렌스를 감시하고 싶었다. 그리고 자신과 에드워드의 결혼이 그야말로 완벽하다는 것을 보여주고 싶었다. 그런데 그 모든 것이 물거품이 되었다…….

　그를 바라보는 플로렌스의 푸른 눈을 마주 보는 에드워드를 보는 순간 레오노라는 모두 끝났다고 생각했다. 그것은 각자 좋아하고 싫어하는 것, 성격, 결혼관에 대해 둘이 아주 길고 친밀한 대화를 나눠왔음을 보여주는 눈빛이었다. 레오노라는 우리 넷이 산책할 때 자신과 내가 늘 플로렌스와 에드워드보다 10미터쯤 앞서 걸어가곤 한 것이 무엇을 뜻했는지 깨달았다. 둘이 각자 좋아하고 싫어하는 것, 성격, 결혼관에 대해 얘기하는 단계를 넘어선 것 같지는 않았지만, 그동안 보아온 남편의 성격상 그렇게 손을 잡고 그런 눈길을 주고받는다는 것은 그다음 단계로 넘어갈 수밖에 없다는 뜻이었다. 에드워드는 정말 진지한 사람이었다.

둘을 떼어놓으려 하면 에드워드의 열정에 불을 붙이게 될 것이었다. 앞에서도 말했지만, 에드워드는 여자를 유혹하면 평생 책임져야 한다고 생각하는 사람이었다. 그래서 그렇게 손을 잡힌다는 것, 그렇게 유혹당한다는 것은 그 여자를 계속 책임져야 한다는 뜻이었다. 그런데 레오노라는 플로렌스를 정말 경멸했기 때문에 남편이 차라리 하녀와 놀아나는 편이 낫다고 생각했다. 개중에는 아주 점잖은 하녀들도 있기 때문이다.

그리고 어느 순간 갑자기 메이시 메이단이야말로 에드워드를 정말 사랑한다는 확신이 들면서, 그래서 그녀가 불행해진다면 모두 자기 탓이라는 생각이 들었다. 그때 레오노라는 제정신이 아니었던 것 같다. 그녀는 내 손목을 붙잡고 계단을 내려가 높은 채색 기둥이 있고 바람 소리가 울리는 그 접견실로 끌고 갔다. 완전히 미쳤던 것은 아닌 듯하다.

레오노라는 그때 이렇게 말했어야 했다.

"당신 아내는 바람둥이고, 지금 내 남편을 유혹하고 있어요."

그랬으면 아무 일 없었을 수도 있다. 그런데 그녀는 그렇게 흥분한 상태에서도 거기까지는 가지 못했다. 그렇게 하면 에드워드와 플로렌스가 달아날 수 있고, 그러면 그를 영영 되찾지 못하리라고 생각했던 것이다. 그럼으로써 그녀는 내게 큰 잘못을 저질렀다.

그녀는 필라델피아 출신의 퀘이커교도보다 자신의 종교를 더 중시했던 것이다. 둘 중 구교가 더 중요할 테니 그래도 어쩔 수 없지만.

메이시 메이단이 죽은 지 일주일 후, 레오노라는 플로렌스가 남편의 정부가 되었음을 눈치챘다. 그래서 남편이 나올 때까지 그 방 앞에 서 있었다. 그녀는 아무 말 안 했고, 에드워드는 그냥 뭐라고 중얼거렸지만 정말 난처했을 것이다.

플로렌스는 그녀에게 정신적으로 아주 큰 해악을 끼쳤다. 그녀는 레오노라의 삶 전체를 무너뜨리고 모든 기회를 박탈했던 것이다. 레오노라는 그녀 때문에 모든 희망을 잃었다. 남편이 그토록 천한 여자와 그처럼 천하게 간통을 저지른 뒤에 자기에게 돌아올 수는 없을 것 같았다. 에드워드가 정말 바람을 피운 유일한 사건, 즉 베절 부인과의 관계는 간통이라기보다 연애였다. 나름 순수한 면이 있는 관계였던 것이다. 그런데 플로렌스와의 관계는 그야말로 추악한 바람이었고, 그렇게 천한 여자와 그랬기 때문에 더 천해 보였다. 그리고 그 끝없는 수다……

그랬다. 레오노라는 플로렌스 때문에 평소의 과묵함을 유지할 수가 없었다. 그 여자와, 그 여자가 초래한 이 사태 때문에 어쩔 수 없이 입을 열었다. 플로렌스는 나와 레오노라 가운데 누구에게 이 이야기를 할지 고민하는 것 같았다. 이야기를 안 할 수는 없었다. 그리고 결국 레오노라를 선택했다. 나한테 털어놓으면 그것 말고도 고백할 내용이 아주 많았기 때문이다. 굳이 말하지 않더라도 에드워드와의 관계를 털어놓으면 내가 그녀의 '심장병'이나 지미에 대해 아주 많은 부분을 의심하게 될 것이 뻔했다. 그래서 플로렌스는 어느 날 레오노라를 찾아가 에드워드와의 관계에 대해 이런저런 말을 늘어놓았고, 머리끝까지 화가 난 레오노라는 이렇게 대답했다.

"당신이 에드워드의 정부라는 말을 하고 싶은 거지. 그래도 돼.

어차피 나한테는 쓸모없는 사람이니까."

　레오노라로서는 정말 불행한 일이었다. 한번 입을 열면 얘기를 안 할 수가 없기 때문이다. 안 하려고 애써봤지만 소용없었다. 남편과는 얘기할 수 없으니 할 말이 있으면 플로렌스를 통해 전했다. 예컨대 그녀는 이 일이 내 귀에 들어가면 다시는 일어설 수 없게 그를 망쳐놓겠다고 했다. 그런데 당시 에드워드는 그녀를 약간 좋아하는 상태였기 때문에 이 말이 나오자 문제가 더 복잡해졌다. 그는 자기가 훌륭한 아내에게 큰 상처를 주었다고 생각했다. 그래서 그토록 상심한 아내를 어떻게든 위로하고 싶었고, 그렇게 나쁜 짓을 저질렀으니 어떻게든 보상하려고 했다. 플로렌스는 이 모든 내용을 레오노라에게 전달했다.

　나는 레오노라가 플로렌스를 거칠게 대한 것을 탓하고 싶은 마음이 전혀 없다. 플로렌스에게 큰 도움이 되었을 테니까. 하지만 레오노라가 그녀와 얘기를 주고받은 것은 실수였다. 레오노라는 그럼으로써 자신의 종교에서 멀어졌다. 신부들에게 사실을 털어놓으면 나를 속이고 있음을 탓할 게 뻔했기 때문에 고해성사를 할 수 없었던 것이다. 그녀는 나를 슬프게 하느니 차라리 지옥에 가겠다는 심산이었다. 결국 그래서 그랬는데, 지금 생각해보면 부질없는 짓이었다.

　하지만 신부들에게 고해성사를 못하니 누군가에게 자기 이야기를 해야만 했고, 플로렌스가 자꾸 말을 거니까 레오노라도 지옥에 갇힌 죄인처럼 거친 말로 대꾸했던 것이다. 정말 지옥에 갇힌 죄인처럼. 지상에서 한동안 지옥 같은 시간을 보낸 사람은 영원한 저주를 피할 수 있다는 법이 있다면—영원에는 천국과 지옥의 구분이 없다면—레오노라는 불지옥을 피할 수 있을 것이다.

레오노라가 플로렌스와 나눈 대화는 대개 이런 식이었다. 그녀가 그 아름다운 머리를 손질하고 있는데 플로렌스가 에드워드의 제안을 전해주러 온다. 플로렌스가 암시를 준 것이겠지만, 당시 에드워드는 두 여자를 다 데리고 살 수 있다고 생각했던 것 같다. 그들이 그렇게 이상한 생각을 한 것은 내 탓이 아니다. 어쨌든 당시 에드워드는 그 어느 때보다, 아니면 적어도 아주 오랜만에 레오노라를 좋아했던 것 같고, 만일 그녀가 게임을 할 줄 알고 이때 수치심 따위를 다 버리고 자기가 쥔 카드를 잘 이용하면서 남편을 플로렌스와 공유했더라면 결국 그 불쌍한 뻐꾸기를 내쫓을 수 있었을 것이다.

어쨌든 그때 플로렌스는 그녀를 찾아와 에드워드의 그런 제안을 전하곤 했다. 물론 그렇게 노골적으로 말하지는 않았겠지. 그녀는 레오노라가 어느 날 늦은 시간에 남편이 그녀 방에서 나오는 것을 봤다고 말하기 전까지 자기는 그의 정부가 아니라고 주장했다. 하지만 그 말을 듣고는 약간 놀라면서 자기 '심장' 문제를 들먹이며 에드워드를 달래고 있었다고 말했다. 플로렌스는 물론 끝까지 그 주장을 되풀이했다. 자기가 에드워드의 정부임을 인정한 상태에서는 그의 사랑을 받아주라고 말하기 곤란했기 때문이다. 아무리 플로렌스라 해도 그럴 수는 없었다. 하지만 그녀는 뭔가에 대해 떠들어대고 싶었고, 서로 멀어진 이 부부의 화해 말고는 할 얘기가 별로 없었기 때문에, 머리를 손질하고 있는 레오노라에게 계속 그런 말을 늘어놓았다. 그러면 레오노라는 갑자기 이런 식으로 대답했다.

"에드워드가 당신을 주무르던 손으로 나를 만지면 내가 더럽혀진 느낌이 들 것 같아."

그러면 플로렌스는 약간 기가 죽었지만, 일주일쯤 지나면 또 찾아와 비슷한 말을 하곤 했다.

레오노라는 다른 면에서도 나빠졌다. 그녀는 남편에게 경제권을 넘기기로 약속했었고, 정말 그럴 생각이었다. 몰래 남편의 계좌를 훔쳐보긴 했겠지만 (그녀가 괜히 구교도는 아니었으니까) 그래도 그렇게 했을 것이다. 그런데 에드워드가 죽은 메이시 메이단을 배신하는 것을 보고는 그에 대한 믿음이 모두 사라졌다.

그래서 브램쇼로 돌아간 지 채 한 달도 되기 전에 그가 쓰는 한 푼 한 푼을 따지기 시작했다. 그녀는 여자(들)에게 쓰라고 준 1년에 5백 파운드 정도의 돈을 빼고는 그가 발행한 수표들을 거의 모두 검토했다. 에드워드는 파리에 놀러도 가고, 플로렌스에게 매주 두 번 정도 암호로 된 전보도 보내야 했다. 그런데 레오노라는 와인, 과실수, 마구(馬具), 문, 심지어 그가 발명 중인 신형 박차에 쓰려고 대장간에 주문한 물품 값까지 모든 비용을 꼬치꼬치 따졌다. 그녀는 남편이 왜 굳이 신형 박차를 발명해야 하는지 이해가 안 갔고, 완성된 후 그 디자인과 특허권을 국가에 바친 사실을 알고는 그야말로 노발대발했다. 정말 탁월한 박차였다.

앞에서 에드워드가 2백 파운드의 돈과 많은 시간을 들여 자기 아기를 살해한 혐의로 구속된 정원사의 딸을 구해냈다는 얘기를 했던 것 같다. 그것이 그가 죽기 전 마지막으로 한 일이었다. 그 일이 벌어진 것은 낸시 러포드가 인도로 가고 있고, 온 집안이 암울한 분위기에 잠겨 있고, 에드워드는 고뇌에 휩싸인 채 최대한 점잖게 행동하려고 애쓰고 있는 기간이었다. 그런데 그때도 레오노라는 그깟 일에 그 많은 돈과 노력을 들였다는 이유로 한바탕 난리를 쳤다. 낸시 때문에 벌어진 일들을 보면서 에드워드가 경제에 대해 뭔가 배웠으리라고 짐작했는데, 그렇지 않았음을 깨달았던 것이다. 그녀는 경제권을 다시 빼앗겠다고 위협했고, 에드워드는 아마 그래서 자살했을 것이다. 상황이 달랐으면 계속 버틸 수도 있었겠지만, 낸시를 잃은 데다 사회봉사도 할 수 없는 지루하기 짝이 없는 세월이 끝없이 이어지리라는 생각에 더 살 수가 없었던 것이다…….

　레오노라가 베이햄이라는 이와 연애를 시작한 것도 이때쯤이었는데, 그런대로 괜찮은 사람이었다. 아니, 아주 좋은 사람이었다. 하지만 연애는 지지부진했고, 그 내용은 앞에서 얘기했었다.

2장

    이것으로 내가 워터베리에서 에드워드에게서 브램쇼에 와달라는 짤막한 전보를 받은 날까지의 이야기를 마친 셈이다. 당시 나는 꽤 바빴기 때문에 두 주 후에 떠나겠다고 답할 참이었다. 그런데 그때 헐버드 씨의 변호사들과 장시간 면담을 하고 있었고, 곧이어 두 헐버드 양과 오랫동안 얘기를 나누는 바람에 답장을 보내지 못했다.

    나는 플로렌스의 이모들이 아주 늙었을 줄 알았다. 둘 다 아흔 살쯤 됐으리라고 생각했던 것이다. 시간이 너무 느리게 가서 미국을 떠난 지 30년 정도 된 줄 알았는데, 실은 고작 12년이 지났다. 어쨌든 당시 헐버드 양은 겨우 예순하나, 플로렌스 헐버드 양은 쉰아홉이고, 둘 다 정신적으로나 육체적으로 아주 건강한 상태였다. 나는 가급적 빨리 미국을 떠나고 싶었는데, 두 분이 너무도 건강하고 총기도 좋아서 그럴 수가 없었다. 헐버드 가는 한 가지만 빼고 모든 면에서 정말 똘똘 뭉친 집안이었다. 그것은 바로 세 분이 각자 신뢰하는 의사와 변호사가 따로 있고, 서로의 의사와 변호사를 믿지 않는다는 점이었다. 그것 때문에 내가 얼마나 고생했는지 독자 여러분은 상상하기 힘들 것이다. 나도 물론 필라델피아에 사는 젊은 조카 카터가 소개해준 변호사가 있었다.

그렇다고 우리가 돈 때문에 서로 얼굴을 붉혔던 것은 아니다. 그것과는 전혀 다른 문제가 있었다. 바로 윤리적 딜레마였다. 늙은 헐버드 씨는 세상을 떠나면서 플로렌스에게 전 재산을 남겼는데, 거기에는 일리노이 주 워터베리에 심장병 환자들을 위한 시설을 지어달라는 단서가 붙어 있었다. 그런데 플로렌스가 죽으면서 그 재산이 모두 내 것이 되고, 그러면서 그 단서도 따라왔다. 헐버드 씨가 죽고 불과 닷새 후에 플로렌스가 자살했던 것이다.

나는 심장병 환자 시설에 1백만 달러 정도 기증할 생각이었다. 헐버드 씨가 약 150만 달러를 남기고 플로렌스의 재산은 80만 달러 정도였으며, 나 역시 1백만 달러가량의 돈이 있었다. 어쨌든 돈은 아주 많았다. 하지만 나로서는 자연히 다른 가족들의 의향을 들어보고 싶었고, 그래서 문제가 아주 복잡해졌다. 앞서 보았듯이 헐버드 씨의 심장은 극히 정상이었는데, 허파에 약간 문제가 있어서 기관지염으로 죽었다고 했다.

그래서 플로렌스 헐버드 이모는 오빠가 심장이 아니라 허파 때문에 죽었으니까 기관지 환자들을 위한 시설을 짓는 것이 좋겠고, 자기 생각에는 오빠도 그랬을 것 같다고 했다. 그런데 헐버드 이모는 왜 그런지 모르지만 내가 전액을 다 갖기를 바랐다. 헐버드 가의 이름이 붙은 시설을 짓고 싶지 않다고 했다.

당시 나는 그 이유가 죽음과 관련된 것을 싫어하는 뉴잉글랜드인의 기질 때문이라고 생각했다. 그런데 당시 그녀가 에드워드 애쉬버넘에 대해 계속 꼬치꼬치 물은 것을 보면 다른 이유가 있었던 것 같기도 하다. 레오노라가 얘기한 바로는, 플로렌스의 시신 옆에 있는 탁자에 헐버드 양 앞으로 된 편지가 있어서 나한테 말하지 않고 바로 부쳤다고 했다. 플로렌스가 그 와중에 이모한테 편지 쓸 시간이 있었다는 것이 놀랍지만, 아무 말 없이 이 세상을 하직할 사람이 아니었으니 헐버드 양에게 에드워드 애쉬버넘에 대해 이런저런 말을 늘어놓았을 수도 있다. 이모가 헐버드라는 이름이 남는 것을 원치 않은 것은 그 때문일 수 있다. 아니면 내가 헐버드 가의 돈을 가질 자격이 있다고 생각했던 것일까.

그래서 결국 끝없는 토론이 이어졌다. 의사들은 토론이 노인들의 건강에 해롭다는 등, 이모들을 조심하라는 등, 헐버드 씨의 의사가 심장병으로 죽은 그를 기관지염으로 죽었다고 오판했을 수있다는 등 온갖 이야기를 늘어놓았고, 변호사들은 이 돈을 어디에 투자하고, 누구에게 맡기고, 어떻게 지킬지 갖가지 제안을 들고 나왔다.

나는 이 돈을 투자해 그 이자로 심장병 환자들을 돕고 싶었다. 헐버드 씨가 심장병으로 죽지는 않았지만 자기 심장(heart)이 안좋다고 생각했고, 플로렌스는 내가 볼 때 마음(heart)의 문제로 죽었으니까 그렇게 하는 것이 좋을 듯했다. 그런데 플로렌스 헐버드 양이 계속 기관지 환자들 얘기를 했기 때문에, 나는 두 기관을 다세워도 좋겠다는 생각이 들었다. 총 150만 달러를 기증할 계획이었으니 한 기관에 75만 달러씩 주면 될 것 같았다. 난 돈 쓸 일이별로 없으니 낸시 러포드를 즐겁게 해줄 돈만 있으면 충분했다. 그녀가 살고 싶어 하는 영국에서 생활비가 얼마나 드는지 잘 모르고, 나중에 더 많은 것을 원할 수도 있지만 그때 그녀에게 필요한 것은 좋은 초콜릿, 좋은 말 한두 마리, 단순하고 예쁜 옷 몇 벌 정도 였다. 그러니 두 기관에 150만 달러를 기증해도 1년에 20만 달러 가량 수입이 있으니까 그 정도면 그때든 나중이든 낸시를 즐겁게 하기에 충분했다.

어쨌든 우리는 동네를 굽어보는 고지대에 자리한 헐버드 저택 에서 연일 치열한 토론을 이어갔다. 그대가 유럽인이면 이런 소동 이 우습게 보일 수도 있겠지만, 우리 미국에서 그런 윤리적 문제나 어떤 기관에 1백만 달러를 기증하는 것은 보통 심각한 일이 아니 다. 이런 일이 바로 부자들이 늘 고민하는 문제들이다. 미국에는 귀족제도나 계급 상승의 문제가 없고, 점잖은 사람들은 정치에 무 관심하고, 나이 든 이들은 운동에 관심이 없기 때문에, 두 헐버드 양은 내가 그 도시를 떠나오기 전 꽤 많은 눈물을 흘렸다.

나는 그야말로 갑자기 워터베리를 떠났다. 에드워드의 전보를 받은 지 네 시간 만에 레오노라의 전보가 도착했다. "제발 와주세 요. 와주시면 큰 도움이 될 거예요."

나는 변호사에게 150만 달러를 주면서, 알아서 투자하되 이자 는 헐버드 자매가 정하는 곳에 기부하라고 했다. 안 그래도 온갖 토 론에 녹초가 된 상태였다. 그리고 그쪽에서 여태 아무 소리 없는 점 으로 보아, 헐버드 양이 뭔가를 털어놓았거나 설득을 통해 플로렌 스 양으로 하여금 코네티컷 주 워터베리에 자기 집안 이름이 들어 간 시설을 세우지 못하게 막은 것 같다. 내가 애쉬버넘 부부 집에 간다고 하자 헐버드 양은 목 놓아 울었지만 아무 말 하지 않았다. 당시 나는 플로렌스가 나와 결혼하기 전 지미라는 자와 연애했던 사실을 알고 있었지만, 헐버드 양 앞에서는 그녀가 늘 모범적인 아내였던 것처럼 얘기했다. 그때까지 나는 플로렌스가 결혼 후에는 완전히 정숙하게 처신했다고 믿었기 때문이다. 내 집에서 그 작자와 계속 관계를 맺을 정도로 천하게 군다는 생각은 전혀 못했으니, 정말 천치였다. 하지만 그때 나는 플로렌스에 대해 생각할 겨를이 없었다. 브램쇼에서 어떤 일이 벌어지고 있는지 궁금할 뿐이었다.

그런데 왠지 두 전보가 다 낸시와 관계있다는 생각이 들었다. 낸시가 엉뚱한 자와 사랑에 빠진 것 같으니 얼른 와서 그녀와 결혼해야 한다는 내용 아닌가, 그런 생각이 강하게 들었다. 그리고 아름답고 유서 깊은 브램쇼 저택에 도착해서도 한 열흘은 그 생각이 머릿속에 맴돌았다. 에드워드와 레오노라는 둘 다 날씨나 작황 말고 다른 얘기는 일절 하지 않았다. 그런데 주변에 젊은이들이 여럿 있는데도 낸시가 그들 가운데 한 명을 특히 좋아하는 것 같지는 않았다. 낸시는 정신을 차리고 나한테 명랑하게 농담할 때 말고는 어딘지 모르게 아프고 초조해 보였다. 아, 정말 예쁜 아이였는데⋯⋯.

나는 레오노라가 그 엉뚱한 젊은이에게 찾아오지 말라고 했고, 그래서 낸시가 그렇게 고민한다고 생각했다.

그런데 실제로 일어난 일은 완전 지옥이었다. 레오노라는 낸시와 얘기했고, 낸시는 에드워드와 얘기했으며, 에드워드는 다시 레오노라와 얘기를 한 뒤, 계속 대화가 이어지고, 이어지고, 또 이어졌다. 어둡고 음울한 분위기에서 격렬한 감정들이 밤까지, 때로는 밤새 요동치는 끔찍한 나날을 상상해보라. 나의 아름다운 낸시가 어둑한 불빛 속에 긴 머리를 늘어뜨린 채 좁다란 그림자처럼 에드워드의 침대 발치에 느닷없이 나타나는 광경을 상상해보라. 고뇌에 찬 그녀가 그의 이성을 지키기 위해 유령처럼 말없이 나타나 갑자기 그에게 자신을 바치려는 광경을 상상해보라! 그리고 그것을 필사적으로 거부하는 에드워드의 모습, 둘이 나눈 이야기를 상상해보라! 세상에!

내가 볼 때 그들은 상냥하고, 절도 있고, 헌신적이고, 늘 웃음 짓고, 적절한 순간에 한 번씩 자리를 비워주고, 이런저런 모임에 나를 태워다 주는, 그저 좋은 사람들이었다! 대체 어떻게, 대체 어떻게 그럴 수 있을까?

어느 날 저녁을 먹고 있는데 레오노라가 입을 열었다. 그 직전에 받은 전보 얘기였다.

"낸시가 내일 인도에 사는 아빠한테 간대요."

다들 묵묵부답이었다. 낸시는 자기 접시를 내려다보고, 에드워드는 꿩 요리를 계속 먹었다. 나는 참담한 기분이었다. 그날 저녁 낸시에게 청혼해야 할 것 같았다. 그때까지 낸시가 인도에 간다는 얘기를 전혀 안 해준 것이 이상했다. 하지만 그런 것이 영국인들의 관습일 수도 있다. 나로서는 아직 이해할 수 없지만, 그런 것이 점잖은 행동이라고 생각하는 것일까. 여러분이 기억해야 할 것은, 당시 나는 어머니의 사랑을 믿듯 에드워드와 레오노라, 낸시 러포드, 그리고 그 평화롭고 유서 깊은 저택을 믿었다는 사실이다. 그리고 그날 저녁 에드워드가 내게 전부를 털어놓았다. 내가 미국에 가 있는 동안 이런 일이 있었다.

나우하임에서 돌아온 레오노라는 에드워드를 믿을 수 있다고 생각했기에 완전히 무너져버렸다. 이상한 말 같지만, 그대가 사람들이 무너지는 이유를 조금이라도 안다면 이해할 텐데, 운명이 인간에게 가하는 교묘한 고통의 특성상 긴장이 풀리고 더는 아무것도 할 수 없다고 느끼는 그 순간 우리는 그렇게 무너지는 법이다. 오래 앓던 남편이 죽고 나면 부인이 병이 나고, 조정 경기가 끝나면 선수들이 앞으로 쓰러지며 노 위에 엎드러지듯 레오노라도 그렇게 무너졌다.

에드워드의 어조와 나우하임 호텔에서 저녁을 먹고 일어설 때 충혈된 눈으로 자신을 바라보는 그의 차분한 눈길을 통해 레오노라는 남편의 양심이나 체면, 또는 그런 아이를 건드리는 것은 너무 저열한 짓이라는 그의 생각을 고려할 때 다른 여자들의 경우와 달리 낸시는 그의 유혹에서 완전히 안전할 것 같았다. 에드워드가 소녀를 건드릴 가능성은 전혀 없었고, 이 상황을 타개할 사람은 레오노라 자신뿐이었다.

그녀는 긴장을 풀고 쓰러진 다음 처음에는 급하게, 그리고 나중에는 더 급속히 운명의 흐름에 자신을 맡겼다. 평생 처음 종교의 제약에서 벗어난 뒤 완전히 본능적인 욕망에 따라 행동했다고 말할 수도 있으리라. 그런데 그녀가 완전히 달라졌다고 생각하면 과연 그렇게 볼 수 있을지 의문이다. 아니면 전에 갖고 있던 기준, 인습, 전통의 끈을 다 벗어던지고 처음으로 그녀 자신이 되었다고 볼 수도 있으리라. 그녀는 낸시에 대한 강렬한 모성애와, 자신이 사랑하는 남자가 삶의 마지막 연인을 만났음을 깨달은 여인의 질투심 사이에서 갈등하고 있었다. 이런 열정을 품은 나약한 에드워드에 대한 강렬한 혐오감과, 그가 겪고 있는 고통에 대한 강렬한 연민, 그리고 그만큼 강하지만 자기 자신으로부터 감추고 있는 감정, 즉 이 관계에서만은 스스로를 순수하게 지키겠다는 에드워드의 결심에 대한 존경심 사이에서 갈등하고 있었다.

인간의 마음은 정말 불가사의하다. 당시 레오노라의 행동을 볼 때 그녀가 에드워드의 도덕적 행동을 증오한 것은 아니었다. 내 생각에 그녀는 남편을 경멸하고 싶었지만, 자신에게서 영원히 떠나갔음을 깨달았던 것 같다. 그래서 그가 고통받고, 고뇌하고, 가능하다면 무너져버려 자신의 결심을 저버린 자들이 가는 곳인 지옥에 떨어지게 하고 싶었다. 레오노라는 다르게 행동할 수도 있었다. 예컨대 낸시를 다른 친척 집에 보내거나, 이런저런 이유를 대며 본인이 직접 어딘가로 데리고 갈 수도 있었다. 그렇다고 상황이 해결되지는 않겠지만, 그래도 그렇게 하는 편이 좋았을 것이다. 하지만 당시 그녀는 아무 생각도 할 수 없었다.

처음에 그녀는 남편이 참으로 안쓰럽게 느껴졌지만, 그 뒤에는 너무도 혐오스러워 보였다. 그래서 산소 부족으로 헉헉대는 폐병 말기 환자처럼 숨을 헐떡였다. 그러고는 누군가 다른 사람에게 자신의 처지를 얘기하고 싶어 했다. 그런데 그녀가 고른 상대는 바로 낸시였다.

낸시 말고는 얘기할 사람이 없었을지 모르지. 원래 말수가 적은데다 차가운 인상 때문에 레오노라는 친한 사람이 별로 없었다. 아니, 스페인 아가씨 사건 때 조언을 해준 웰런 대령 부인과, 삶에 대한 조언을 해준 신부 한두 명 빼고는 친한 사람이 전혀 없었다. 그런데 당시 웰런 부인은 마데이라[1]에 있었고, 신부들하고는 연락을 끊고 지냈다. 주소록에는 7백 명의 이름이 적혀 있었지만, 그녀가

---

1 마데이라(Madeira) : 모로코 해안에서 560여 킬로미터 떨어진 대서양의 섬. 포르투갈령으로, 온화한 기후 덕분에 관광 휴양지로 유명함.

얘기를 나눌 사람은 하나도 없었다. 그녀는 브램쇼 영지의 애쉬버넘 부인이었기 때문이다.

그녀는 브램쇼의 드높은 애쉬버넘 부인이었고, 그래서 온종일 사라사 천과 치편데일[2] 가구, 조파니[3]와 주카렐리[4]가 그린 애쉬버넘 조상들의 초상화로 장식된 밝고 화려하고 상쾌한 침실에 누워 지냈다. 가까운 데서 모임이 있는 날은 에드워드가 모는 마차를 타고 갔다가 혼자 마차를 몰아 돌아오곤 했다. 남편은 낸시를 데리고 어딘가 말을 타고 나갔는데, 레오노라는 두통이 너무 심해서 말을 탈 엄두를 내지 못했다. 말이 한 발짝 뗄 때마다 머리가 터질 것 같았다.

하지만 그녀는 아주 능숙하고 정확한 솜씨로 마차를 몰았다. 그녀는 지머스, 폭스, 헤들리 시튼 가족에게 웃음 띤 얼굴로 인사하고, 문을 열어주는 소년들에게 정확히 동전을 던져주고, 경2륜마차에 반듯이 앉아 사냥개들을 거느리고 떠나는 에드워드와 낸시를 향해 손을 흔들며 차가운 공기 속에 낭랑히 울려 퍼지는 맑고 높은 소리로 "잘 놀다 와!" 했다.

정말 외로운 여인이었다!

다만 한 가지 위안은 있었으니, 로드니 베이햄이 늘 그녀를 지

2　토머스 치편데일(Thomas Chippendale, 1718~1779) : 우아한 의자들로 유명한 영국의 가구 장인.

3　요한 조파니(Johann Zoffany, 1733~1810) : 독일 출신 화가로 1761년부터 죽을 때까지 영국에서 활동했음.

4　프란체스코 주카렐리(Francesco Zuccarelli, 1702~1788) : 1752~1762년, 1765~1771년에 영국에서 활동했던 이탈리아 화가로 엘리자베스 여왕, 메리 스튜어트 등의 초상을 그렸음.

켜보고 있다는 사실이었다. 레오노라가 그 사람과 연애를 해보려다 그만둔 것이 3년 전 일인데, 그는 아직도 겨울 아침 그녀의 마차 옆으로 말을 달려와 호소는 아니지만 '봐요, 나는 아직도 독일인들 말마따나, 당신 처분만 기다리고 있어요' 하는 눈빛으로 바라보았다.

그 사람과 다시 사귈 생각은 없었지만, 이런 행동이 레오노라에게는 큰 위안이 되었다. 세상에 아직 충실한 남자가 있다는 것, 그녀의 미모가 아직 시들지 않았다는 것을 보여주었기 때문이다.

그녀는 정말 여전히 아름다웠다. 마흔 살이지만 수녀원 학교를 졸업한 날과 별로 다르지 않았다. 늘씬한 몸매, 금발, 짙푸른 눈빛 모두 그대로였다. 거울을 보면 젊을 때와 똑같았지만, 마음속으로는 약간 불안했었다. 그런데 로드니 베이햄의 눈빛 덕분에 그런 불안을 떨칠 수 있었다.

레오노라가 전혀 나이 들지 않은 것은 정말 특이한 일이었다. 끝없는 슬픔을 장식해주는 미모, 심지어 젊음 같은 것이 존재하는 것일까. 너무 난삽한 말인가. 내 말은, 모든 일이 잘됐으면 레오노라는 너무 딱딱하거나 거만한 사람이 되었을 수도 있다는 뜻이다. 그런데 현실이 그렇지 않았던 만큼 그녀는 능률적이면서도 상냥해 보였다. 그 두 가지를 다 갖춘 사람은 정말 드문데, 레오노라는 조신하면서도 아주 상냥해 보였다. 상대방의 말을 들을 때 레오노라는 이쪽 얘기에 귀 기울이면서도 멀리서 들려오는 다른 소리를 듣는 듯한 표정이었다. 그렇지만 그녀는 상대의 이야기에 정말 귀 기울였고, 그 내용을 알아들었다. 그런데 인류 역사가 슬픔으로 점철되어 있는 만큼 그녀가 듣는 이야기는 대개 슬픈 내용이었다.

그녀는 낸시가 밤에 뭔가를 무서워하거나 낮에 안 좋은 데를 가야 할 때 늘 곁에 있어주었을 것이다. 그랬으니 낸시가 그녀를 그토록 좋아했겠지. 낸시는 구교도들이 성모나 여러 성인에 대해 느끼는 숭배의 감정으로 레오노라를 우러러보았다. 그녀를 위해 목숨을 바칠 수 있다고 해도 모자랄 정도였으니까. 실제로 낸시는 레오노라에게 자신의 전부나 다름없는 미덕과 이성을 바쳤다. 지금처럼 사느니 죽는 편이 나았을 텐데.

이렇게 잡다한 일들을 되돌아보는 것이 독자 입장에서는 피곤할 수 있겠지만, 계속 내 머릿속을 맴돌고 있으니 얘기할 수밖에 없다.

나우하임에서 돌아온 뒤로 레오노라는 지독한 두통에 시달리기 시작했다. 두통은 며칠씩 이어졌고, 그동안 그녀는 말도 못하고 다른 소리를 들을 수도 없었다. 그리고 낸시는 몇 시간씩 꼼짝 않고 앉아 물수건을 대주고 이런저런 생각에 잠긴 채 그녀를 간호했다. 그녀로서는 정말 힘든 일이었을 것이다. 에드워드와 단둘이 식사하기란 낸시에게도 힘들었겠지만, 에드워드에게는 더욱 힘든 일이었을 것이다. 에드워드는 물론 이랬다저랬다 했다. 그럴 수밖에 없었을 것이다. 어떤 때는 음식에 손도 안 댄 채 우울한 표정으로 말없이 앉아 있다가 낸시가 말을 걸면 한두 마디로 대답했다. 소녀가 자기를 사랑하게 될까 봐 너무 두려웠기 때문이다. 그런데 어떤 때는 술을 좀 마시고 정신을 차려서 말뚝이나 그녀의 말이 멈춰 섰던 승마용 장애물에 대해 놀리기도 하고, 치트랄 사람들에 대해 얘기하기도 했다. 식사 때 뚱하고 있으면 낸시가 힘들어할까 봐 일부러 그러는 것이었다. 나우하임의 공원에서 한 말이 소녀에게 별

다른 해를 끼치지 않았음을 깨달았던 것이다.

하지만 그 모든 것이 낸시에게 아주 큰 해를 입히고 있었다. 소녀는 에드워드가 순한 개나 믿음직한 말, 여자 친구처럼 늘 밝은 아저씨가 아니라 감정 기복이 있는 사람임을 깨달았다. 열린 문 앞을 지나다가 우연히 보면 그는 가끔 엄청나게 우울한 모습으로 총이 여러 개 걸린 방의 안락의자에 푹 기대 앉아 있었는데, 죽은 노인 같은 얼굴로 얘기할 사람도 없이 혼자 그러고 있었다. 낸시는 자신이 삼촌과 이모로 생각해온 두 사람이 서로 전혀 다르다는 사실을 알게 되었다. 하지만 그것을 깨닫는 데는 아주 많은 시간이 걸렸다.

소녀가 그 사실을 처음 눈치챈 것은 에드워드가 셈스라는 청년에게 늙수그레한 말을 준 날이었다. 청년의 아버지가 사기꾼 변호사에게 속아 파산하는 바람에 사냥 말을 다 팔게 되자 동네 사람들이 모두 정말 안됐다고 수군거렸다. 그러던 어느 날 셈스가 침울한 얼굴로 말도 안 타고 터벅터벅 걷는 모습을 본 에드워드가 자기가 타고 있던 늙은 말을 줘버린 것이다. 정말 속없는 행동이었다. 30~40파운드는 가는 말이었고 레오노라가 알면 화낼 것을 알면서도, 평생 알고 지낸 사람의 아들이 그렇게 우울해 하는 모습을 보자 어떻게든 달래주고 싶었던 것이다. 그런데 더 기가 막힌 건 셈스는 그 말을 관리할 형편도 못 된다는 사실이었다. 에드워드는 말을 준다고 한 뒤 곧바로 이 사실을 깨닫고 얼른 이렇게 말했다.

"자네 형편이 나아져서 이 녀석을 팔고 더 좋은 말을 살 때까지 이 말은 물론 우리 집 마구간에 놓고 써도 되네."

낸시는 곧바로 집에 돌아가 누워 있는 레오노라에게 이 이야기를 자세히 해주었다. 어려운 이들의 심정과 형편을 곧바로 헤아리는 에드워드의 능력을 보여주는 멋진 예라고 생각했기 때문에 레오노라가 그 얘기를 들으면 좋아할 것 같았다. 그렇게 멋진 남편을 두었다면 어떤 여자든 행복해 할 터였다. 그것이 낸시가 마지막으로 한 소녀다운 생각이었다. 왜냐하면 두통 때문에 정신은 말짱하지만 기운이 없어서 침대에 누운 채 그 얘기를 듣고 난 레오노라가 돌아누우며 낸시가 듣기에 너무도 놀라운 말을 했기 때문이다.

"그이가 내가 아니라 네 남편이면 좋았을 텐데. 우리는 망할 거야. 정말 망하고 말 거야. 그리고 난 한 번도 제대로 살아보지 못하고……." 그러더니 갑자기 대성통곡을 했다. 레오노라는 한쪽 팔꿈치로 침대를 짚고 일어나 앉더니 두 손에 얼굴을 묻고 엉엉 울었고, 손가락 사이로 눈물이 뚝뚝 떨어졌다.

소녀는 얼굴이 빨개진 채 몇 마디 웅얼거리다가 개인적으로 모욕을 당한 것 같아 훌쩍거리며 이렇게 말했다.

"하지만 에드워드 삼촌은……."

그러자 레오노라가 매몰차게 대꾸했다. "그 사람은 자기나 나, 아니 네가 입고 있는 옷도 아무에게나 벗어줄 사람이야……." 그러고는 울음이 복받쳐 말을 맺지 못했다.

그 순간 레오노라는 남편이 엄청나게 가증스럽고 경멸스럽게 느껴졌다. 그날 오전과 오후 내내 그녀는 남편이 낸시와 함께 들판을 달리다가 집으로 돌아오고 있다는 사실 때문에 손톱이 살을 파고들 만큼 두 손을 움켜쥐고 누워 있던 참이었다.

저무는 겨울 오후, 집안은 쥐 죽은 듯 조용했다. 그런데 영원처럼 긴 고뇌의 시간이 흐른 뒤 어느 순간 갑자기 문이 열리고 소녀의 명랑한 목소리가 들려왔다.

"흥, 그때는 미슬토 리스 아래 서 있다가 그렇게 된 거예요……."〔서양에서는 크리스마스 파티 때 소녀가 미슬토(겨우살이) 리스 아래 서 있으면 입을 맞춰도 된다는 풍습이 있다〕 그러자 에드워드가 볼멘소리로 뭐라고 대답했다. 그러고 나서 낸시가 계단을 뛰어 올라오더니 살금살금 걸어 문이 열려 있는 레오노라의 방으로 들어왔다. 브램쇼에는 참나무 바닥에 호피가 깔린 아주 넓은 현관방이 있는데, 레오노라 방의 문을 열면 그 방으로 통했다. 그래서 머리가 터질 듯 아픈 날도 그녀는 방문을 열어두곤 했다. 파멸과 재난이 다가오는 소리를 듣고 싶었을 수도 있겠지. 어쨌든 그녀는 닫힌 방 안에 있는 것을 싫어했다.

여하튼 그 순간 레오노라는 에드워드에 대해 지옥 같은 증오심을 느꼈고, 말채찍으로 낸시의 얼굴을 후려치고 싶은 심정이었다. 낸시는 무슨 권리로 그렇게 젊고 늘씬하고 어두운 피부에, 어떤 때는 그렇게 명랑하다가 어떤 때는 침울한 것일까? 낸시는 무슨 권리로 남편 맘에 꼭 드는 여자가 된 것일까? 레오노라는 소녀가 에드워드를 행복하게 해줄 것임을 알고 있었다.

그랬다. 레오노라는 정말 말채찍으로 낸시의 청순한 얼굴을 후려갈기고 싶었다. 채찍으로 그 특이한 이목구비를 갈기고, 볼에 지워지지 않을 깊은 자국이 나도록 손잡이를 앞으로 쭉 당기면 정말 흡족할 것 같았다.

결국 레오노라는 지워지지 않을 자국을 남겼고, 그녀의 말은 소녀의 마음속을 깊이 파고들었다.

두 사람은 그 일에 대해 다시 얘기하지 않았다. 그리고 두 주일이 흘렀다. 그 두 주일 동안 많은 비가 내려 들판이 질척거리고, 짐승 냄새를 맡을 수 없었다(여우사냥하기에 적절하지 않은 날씨였다는 뜻). 레오노라의 두통은 완전히 사라진 것 같았다.

그녀는 낸시를 에드워드에게 맡기고 로드니 베이햄을 따라 한두 번 사냥을 나가기도 했다. 그러던 어느 날 셋이 저녁을 먹고 있는데, 식탁을 내려다보고 있던 에드워드가 갑자기 그 당시 자주 쓰던 묘하고 신중하고 무거운 어조로 이렇게 말했다.

"낸시가 아빠를 위해 뭔가 더 해야 한다는 생각이 들어. 이제 그 사람도 나이가 많잖아. 그래서 낸시를 그리 보내겠다고 편지를 보냈어."

그러자 레오노라가 소리를 질렀다.

"어떻게, 어떻게 감히 그런 짓을?"

소녀는 손으로 심장을 누르며 말했다. "오, 주님, 도와주세요!" 낸시는 속으로 그렇게 묘한 생각을 했는데, 그 생각이 자기도 모르게 입 밖으로 나온 것이었다. 에드워드는 아무 말 하지 않았다.

그리고 그날 밤, 이 지옥 같은 인간 세상을 감시하는 악마의 잔인한 장난으로 낸시 러포드는 엄마가 보낸 편지를 받았다. 그때 레오노라는 에드워드와 얘기하고 있었다. 안 그랬으면 다른 편지들과 마찬가지로 이 편지도 중간에서 가로챘을 것이다. 러포드 부인의 편지는 놀랍고 끔찍한 내용을 담고 있었다.

그 내용은 나도 모른다. 하지만 그 편지가 낸시에게 끼친 영향을 보고 판단하건대, 그녀의 엄마는 어떤 놈팡이와 달아났다가 '점점 더 타락'했던 것 같다. 그녀가 정말 거리로 나섰는지는 모르지만, 남편이 보내주는 적은 돈에 그렇게 번 돈을 보태 생활했던 것 같다. 그녀는 편지에서 그런 얘기를 하며, 네 어미는 굶고 있는데 너는 그렇게 사치스럽게 사느냐는 식으로 따졌던 것 같다. 어조 또한 끔찍했을 것이다. 기분이 좋을 때도 입이 험한 여자였으니까. 또 다른 슬픔을 잊으려고 자기 방에 올라가 엄마의 편지를 열어본 가엾은 낸시는 마치 악마의 웃음소리를 들은 기분이었으리라.

그 순간 나의 소중한 소녀가 어떤 기분이었을지, 정말 상상하기도 싫다.

바로 그때 레오노라는 냉혹한 악마처럼 불운한 에드워드를 닦달하고 있었다. 아니, 어쩌면 에드워드는 불운하지 않았을 수도 있다. 자기가 옳다고 생각한 일을 했으니 행복한 사람일 수도 있지. 판단은 여러분의 몫이다. 어쨌든 그가 푹신한 안락의자에 앉아 있는데, 레오노라가 9년 만에 처음으로 남편의 방에 들어와 이렇게 말했다.

"끔찍한 당신의 삶에서 이게 당신이 저지른 가장 끔찍한 짓이야." 에드워드는 그녀를 바라보지도 않고 가만히 앉아 있었다. 그때 레오노라가 정확히 무슨 생각을 했는지는 아무도 모른다.

내 생각에 그녀는 목소리만 떠올려도 밤에 비명을 지르게 하는 아빠에게 돌아가야 할 낸시의 처지에 대한 우려와 공포가 가장 크지 않았나 싶다. 사실 레오노라가 그렇게 행동한 것은 주로 이 때문이었다. 하지만 소녀를 옆에 붙잡아둠으로써 에드워드를 계속 괴롭히고 싶다는 생각도 있었을 것이다. 당시 그녀는 그런 짓까지도 할 수 있는 상태였다.

에드워드는 안락의자에 푹 기대고 있었다. 녹색 등갓에 담긴 촛

불 두 개가 방 안을 밝히고 있었다. 그래서 책이 아니라 총신이 매끈한 갈색인 총들과 녹색 나사 천 커버에 싸인 낚싯대가 꽂혀 있는 책장에 녹색 그림자가 어려 있었다. 벽난로 선반 위에 놓인 박차, 말굽, 갈색 말 인형, 어두운 갈색으로 된 하얀 말 그림 등이 희미하게 보였다.

"당신이 저 애를 사랑한다는 걸 내가 모른다고 생각하는 건 아니죠……." 레오노라는 자신 있게 입을 열었지만 그 문장을 어떻게 끝내야 할지 막막했다. 에드워드는 아무 말 없었다. 레오노라가 다시 말을 이었다.

"원하면 이혼해줄 테니까 저 애랑 결혼해요. 저 애도 당신을 사랑하니까."

레오노라에 따르면, 그 말을 들은 에드워드가 신음 소리를 냈다고 한다. 그녀는 방을 나갔다.

그 뒤 레오노라가 어떤 생각을 했는지는 아무도 모른다. 그녀 자신도 모른다고 했다. 에드워드에게 그것 말고도 아주 많은 얘기를 했을 수 있다. 하지만 나한테 해준 얘기는 그뿐이었고, 못 들은 말을 지어낼 생각도 없다. 당시 그녀의 심정을 상상해본다면, 레오노라는 그날 꼼짝 않고 앉아 있는 에드워드에게 지난 일들을 끄집어내서 시시콜콜 비난했을 것이다. 실제로 그녀는 나중에 내게 여러 번 이렇게 말했다. "에드워드가 아무 말 안 하니까 본의 아니게 더 많은 얘기를 했던 것 같아요." 그녀는 남편의 아픈 데를 건드려서 입을 열게 하고 싶었던 것이다.

그녀는 아주 많은 말을 했는데, 그렇게 남편을 비난하다 보니 마음이 달라졌다.

그래서 회랑에 있는 자기 방으로 돌아가 오랫동안 생각에 잠겼다. 그리고 결국 완전히 이타적이고 자기 경멸적인 느낌에 빠져들었다. 자신은 아무짝에도 쓸모없으며, 남편을 되찾고 그의 낭비벽을 없애려는 그동안의 노력이 모두 허사로 돌아갔다는 생각이 들었다. 이제 자신이 지칠 대로 지쳤고, 끝장났다는 생각이 들었다. 그러다가 다음 순간 갑자기 엄청난 두려움을 느꼈다.

자기가 한 말 때문에 남편이 자살했을지도 모른다는 생각이 들었다. 그녀는 현관방으로 나가 귀를 기울였다. 그런데 큰 현관방에 있는 시계의 초침 소리 말고는 아무 소리도 들리지 않았다. 하지만 그렇게 참담한 순간에도 그녀는 머뭇거리지 않고 바로 행동을 취했다. 그녀는 에드워드의 방으로 달려가 문을 열고 안을 들여다보았다.

그는 총의 약실에 기름칠을 하고 있었다. 그렇게 늦은 시간에 예복을 입고 총에 기름칠을 하고 있다니, 특이한 일이었다. 하지만 남편이 그 총으로 자신을 쏘리라는 생각은 꿈에도 못하고, 그냥 괴로운 상념에 빠지지 않으려고 일삼아 닦고 있다고 생각했다. 문이 열리자 그는 고개를 들고 녹색 등갓에 난 둥근 구멍으로 새어 나오는 빛을 받아 훤한 얼굴로 그녀를 바라보았다.

레오노라가 입을 열었다.

"낸시가 여기 있을 거라고는 생각 안 했어요." 남편에게 그 정도 얘기는 해줘야 할 것 같았다. 그러자 에드워드가 이렇게 대답했다.

"당신이 그런 생각을 할 거라고는 생각 안 해." 그날 밤 에드워드는 그 말밖에 하지 않았다. 레오노라는 절름발이 오리처럼 긴 복도를 되돌아가 어두운 현관방에 깔린 낯익은 호피 위에 주저앉았다. 다리가 천근만근 무거웠다. 그런데 회랑 쪽을 보니 머릿속이 휑 돌면서 뭔가 행동을 취하고 싶고, 자기 마음을 표현하고 싶어졌다.

세 사람의 방은 모두 회랑으로 통해 있었다. 회랑에서 동쪽으로 가면 낸시의 방이 있고, 그다음이 레오노라, 그다음이 에드워드의 방이었다. 어두운 밤이 불러올 어떤 우연의 힘을 향해 세 방문이 나란히 열려 있는 걸 보자 레오노라는 온몸이 부르르 떨렸다. 그녀는 낸시의 방으로 들어갔다.

소녀는 수녀원에서 배운 대로, 안락의자에 아주 꼿꼿한 자세로 꼼짝 않고 앉아 있었다. 그녀는 교회처럼 차분해 보였고, 검은 장막 같은 머리카락이 양쪽 어깨를 덮고 있었다. 방금 석탄을 넣었는지 난롯불이 밝게 타고 있었다. 소녀는 벗은 옷을 반듯이 개어 의자에 놓고 발목까지 오는 흰 실내복을 입고 있었다. 낸시는 흰색과 분홍색 나사 천으로 등을 댄 의자 팔걸이에 긴 손을 얹고 있었다.

레오노라는 내게 이 모든 이야기를 해주었다. 에드워드가 자신을 아버지에게 보낸다는 편지를 썼다고 말했고, 엄마한테서 그런 편지를 받은 바로 그날 밤, 낸시가 벗은 옷을 반듯이 개키는 등 그처럼 절도 있게 행동했다는 게 신기하다는 눈치였다. 소녀는 엄마의 편지를 봉투에 넣어 오른손에 들고 있었다.

레오노라는 처음에 그것을 못 보고 이렇게 물었다.

"이렇게 늦게 뭐 하고 있니?"

소녀가 대답했다. "그냥 생각 좀 하고 있어요."

두 사람은 아주 작은 소리로 생각하고, 숨결보다 더 조용한 목소리로 말하고 있는 듯했다. 그런데 다음 순간 레오노라는 소녀가 들고 있는 봉투를 보았고, 러포드 부인의 필체를 알아보았다.

레오노라는 그 순간 머릿속이 하얘지는 느낌이었다고 했다. 사방에서 돌멩이가 날아오는데, 자기는 그냥 뛰어 달아날 수밖에 없는 그런 느낌이었다는 것이다. 그리고 다음 순간 자기도 모르게 이렇게 외쳤다.

"에드워드는 죽어가고 있어. 바로 너 때문에. 그 사람이 죽어가고 있다고. 우리보다 더 소중한 사람인데……."

소녀는 레오노라 뒤쪽의 반쯤 열린 문을 바라보았다.

"아버지, 불쌍한 우리 아버지."

레오노라가 격한 어조로 말했다.

"넌 여기 있어야 돼. 여기 있어야만 돼. 내 말 들어."

그러자 낸시가 대답했다.

"저는 글래스고로 갈 거예요. 내일 아침에 글래스고에 가려고 해요. 엄마가 거기 있거든요."

러포드 부인은 글래스고에서 파란만장하게 살고 있는 모양이었다. 돈벌이가 쉬워서가 아니라 남편에게 가장 많은 고통을 주려고 그의 고향에 가 있는 것이었다.

"넌 여기서 에드워드를 구해야 해. 너에 대한 사랑 때문에 죽어가고 있단 말야."

낸시가 차분한 눈길로 그녀를 바라보았다.

"알아요. 저도 그분에 대한 사랑 때문에 죽어가고 있어요."

레오노라는 자기도 모르게 공포와 슬픔으로 가득 찬 신음 소리를 냈다.

낸시가 말을 이었다. "그래서 내일 글래스고로 떠나는 거예요. 엄마를 딴 데로 모시고 가려고요. 세상 끝으로 모시고 갈 거예요."

소녀는 그전 몇 달 동안 정신은 여성으로 성장했지만, 여전히 여고생처럼 낭만적인 어휘를 쓰고 있었다. 너무 빨리 성장해서 머리를 틀어올릴 틈이 없었던 것 같았다. 하지만 낸시는 이런 말을 덧붙였다. "우리, 엄마와 나는 쓸모없는 사람들이에요."

레오노라는 차분하지만 강한 어조로 대답했다.

"아냐, 그렇지 않아. 너는 좋은 사람이야. 내가 쓸모없는 인간이지. 너 때문에 에드워드가 망가지면 안 돼. 넌 그 사람 곁에 있어야 돼."

레오노라 말로는, 그 순간 낸시가 마치 그녀는 어린애고 자기는 천 살이나 먹은 사람인 듯 특유의 아련한 웃음을 지으며 아주 천천히 이렇게 말했다고 한다.

"그렇게 말씀하실 줄 알았어요. 하지만 우리, 에드워드와 나는 그럴 가치가 없는 사람들이에요."

3장

사실 낸시는 셈스 청년에게 말을 준 일에 대해 레오노라가 했던 말을 들은 순간부터 줄곧 생각에 잠겨 있었다. 몇 날 며칠을 이모 옆에 말없이 앉아 있었기 때문에 생각에 생각이 꼬리를 물었다(그녀는 레오노라를 늘 이모로 생각했다). 에드워드와 말없이 식사하는 동안에도 생각은 계속되었다. 그러다 보면 가끔 에드워드가 충혈된 눈과 주름 잡힌 무거운 입으로 그녀를 보며 웃음 짓기도 했다. 그러면서 낸시는 서서히 에드워드가 레오노라를 사랑하지 않는다는 것, 레오노라가 그를 증오한다는 것을 알게 되었다. 소녀는 몇 가지 사실을 통해 그런 결론에 이르렀고, 그 짐작이 옳다는 것을 확신하게 되었다.

당시 낸시는 신문을 읽어도 좋다는 허락을 받았다. 아니, 허락 받았다기보다 레오노라는 늘 누워 있고 에드워드는 혼자 아침을 먹은 다음 영지를 둘러보러 나갔기 때문에 신문이 저절로 그녀 차지가 됐던 것이다. 그러던 어느 날, 신문에 그녀가 아주 잘 아는 여성의 사진이 실렸고, 그 아래 '8면에 실린 유명한 이혼 소송의

원고 브랜드 부인'이라는 제목이 보였다. 낸시는 이혼 소송이 뭔지 잘 몰랐다. 워낙 반듯이 자란 데다 구교도들은 이혼을 하지 않았기 때문이다. 레오노라가 어떻게 길러서 그랬는지 모르지만, 아마 점잖은 여성들은 그런 기사를 읽지 않는다는 생각을 심어주었을 수도 있다. 그렇게만 해도 낸시는 그런 기사를 빼놓고 읽었을 것이다.

어쨌든 소녀는 그날 주로 레노오라에게 얘기해주고 싶다는 생각에 브랜드 부인의 이혼 소송 기사를 읽었다. 두통이 나으면 낸시와 레오노라 둘 다 아주 좋아하는, 크라이스트처치[5]에 사는 브랜드 부인의 근황에 대해 알고 싶어 할 것 같았다. 재판은 사흘 동안 열렸는데 그날 낸시가 읽은 기사는 마지막 날의 재판 내용이었다. 에드워드는 꼼꼼한 사람답게 일주일 치 신문을 총기실 선반에 올려 두었는데, 낸시는 그날 아침 식사를 마친 뒤 적당한 읽을거리를 찾으러 그 조용한 방에 들어갔던 것이다. 기사에는 이해하기 어려운 부분이 많았다. 브랜드 부인이 언제 어디를 가고 뭘 했는지에 대해 한 변호사가 꼬치꼬치 묻는 것도 그렇고, 크라이스트처치 올드 홀의 침실 배치가 나와 있는 것도 그렇고, 몇 시에 응접실 문이 잠겨 있었는지 여부를 확인하는 것도 이상해 보였다. 어른들이 고작 그런 일에 그토록 열중하는 것이 정말 우스워 보였다. 하지만 어떤 변호사가 럽튼 양에 대한 브랜드 씨의 감정에 대해 아주 집요하고 무례하게 반대 심문을 하는 부분은 좀 특이해 보였다. 낸시

---

5   크라이스트처치(Christchurch) : 브랜드 가문의 저택 크라이스트처치 올드 홀은 아마도 햄프셔의 크라이스트처치에 위치해 있었던 듯하다. 크라이스트처치는 본머스(Bournemouth)에 인접한 도시로, 브램쇼에서 약 32킬로미터 떨어져 있음.

는 밝은 성격에 말굽 털이 두 개 난 말을 타는 링우드[6]의 럽튼 양을 아주 잘 알았다. 브랜드 씨는 계속 럽튼 양을 사랑하지 않는다고 대답했다. 그는 물론 럽튼 양을 사랑하지 않았다. 결혼한 남자 아닌가. 에드워드 이모부 역시… 레오노라 이모만 사랑할 것이다. 결혼하면 다른 사람을 사랑하는 일은 없을 것이다. 물론 예외도 있겠지만, 가난한 사람들이나 낸시가 아는 이들 말고 다른 사람들의 일일 것이다.

낸시는 그 문제에 대해 그런 생각을 갖고 있었다.

그런데 기사를 더 읽어보니 브랜드 씨가 다른 여성과 '잘못된 만남'을 가졌음을 자백하는 부분이 있었다. 낸시는 그가 다른 여성에게 아내의 비밀을 누설했나, 그 일이 뭐 그리 심각한 잘못인가 하는 의문이 들었다. 만약 그렇다면 어쨌든 신사답지 못한 행동이고, 그래서 브랜드 씨가 약간 실망스럽게 보였다. 하지만 브랜드 부인이 남편의 행동을 용서한 것을 보면 브랜드 씨가 누설한 비밀이 그다지 심각한 내용은 아닌 듯싶었다. 그러다가 어느 순간 갑자기 낸시는 자기들이 나우하임으로 떠나기 한두 달 전에 보았고, 가족과 '장님놀이'를 하다가 아내를 잡으면 입을 맞추던 상냥한 브랜드 씨가 브랜드 부인과 최악의 관계였다는 확신이 들었다. 정말 믿을 수 없는 일이었다.

믿기 어렵지만 기사를 보면 그렇게 되어 있었다. 브랜드 씨는 술을 마시고, 술에 취하면 부인을 후려쳐 바닥에 쓰러뜨리고, 아주

---

6 링우드(Ringwood) : 뉴포리스트 서쪽 끝에 있는 햄프셔의 도시로 포딩브리지에서 약 8킬로미터, 브램쇼에서 남동쪽으로 13킬로미터가량 떨어져 있음.

긴 기사의 마지막 줄을 보면 그가 부인에게 잔인하게 굴고 럽튼양과 간음을 저질렀다고 되어 있었다. 낸시는 그 마지막 단어가 정확히 무슨 뜻인지 알지 못했다. 성경에 보면 간음하지 말라고 되어 있는데, 사람들은 왜 간음을 저지르는 것일까? 엉뚱한 계절에 연어를 잡는 것처럼, 보통 사람은 하지 않는 그런 행위일 것 같았다. 낸시는 간음이 상대에게 입을 맞추거나 끌어안는 것과 연관이 있으리라고 생각했다.

하지만 낸시는 그 기사를 읽으며 뭔가 불가해하고 무섭고 사악한 것을 본 것처럼 구역질이 났고, 읽어갈수록 더 역겨운 느낌이 들었으며, 가슴이 너무 울렁거리는 바람에 결국 울음을 터뜨렸다. 소녀는 하느님께 왜 그런 일이 벌어지게 놔두는지 따져 물었다. 그리고 에드워드가 레오노라를 사랑하지 않고, 레오노라는 그를 증오한다는 사실을 전보다 더 확실히 깨달았다. 그렇다면 에드워드는 다른 누군가를 사랑하는 것일까? 하지만 그런 일은 생각할 수 없었다.

그런데 지금껏 의식하지 않았던 소녀의 심장이 어느 순간 갑자기 이런 질문을 던졌다. 에드워드가 레오노라 아닌 다른 누군가를 사랑한다면, 바로 낸시 자신일 수도 있지 않은가? 그리고 그는 이모를 사랑하지 않았다……. 이 일이 일어난 것은 그녀가 엄마에게서 편지를 받기 약 한 달 전이었다. 그녀는 역겨운 느낌이 사라질 때까지 하루 이틀 기다린 다음, 레오노라의 두통이 나은 것을 보고는 갑자기 그녀에게 브랜드 부인이 남편과 이혼했는데 그게 무슨 뜻이냐고 물었다.

레오노라는 현관방 소파에 누워 있었는데 너무 지쳐서 말할 기운도 없었다. 그래서 이렇게만 대답했다.

"그건 브랜드 부인이 재혼할 수 있게 됐다는 뜻이지."

그러자 낸시가 말했다.

"하지만… 하지만……." 그러다가 이렇게 덧붙였다. "브랜드 씨가 럽튼 양과 결혼할 수 있다는 뜻도 되잖아요." 레오노라는 눈을 감은 채 손으로만 그렇다고 대답했다.

"그러면……." 낸시가 다시 입을 열었다. 그녀의 푸른 눈은 두려움에 휩싸여 있고, 이마가 긴장되어 있었으며, 입 주변은 고통으로 깊게 주름져 있었다. 낯익은 큰 현관방이 완전히 달라 보였다. 끝에 꽃 장식이 달린 난로의 철제 장작 받침이 가짜처럼 보였고, 타고 있는 장작은 늘 알고 있던 안락한 삶의 상징이 아니라 그냥 불붙은 나뭇조각일 뿐이었다.

높은 난로 뒷벽 앞에 불길이 파닥거리고, 세인트버나드 개가 자면서 한숨을 내쉬었다. 창밖에는 겨울비가 주룩주룩 내리고 있었다. 그런데 어느 순간 갑자기 에드워드가 다른 사람과 재혼할 수도 있다는 생각이 들었고, 낸시는 비명을 지를 뻔했다.

큰 난로 옆에 소파를 끌어다 놓고 금색과 검은색으로 된 쿠션에 얼굴을 묻은 채 옆으로 누워 있던 레노오라가 눈을 떴다.

"결혼은 절대 깰 수 없는 성사(聖事)라고 생각했는데… 아까 그런 일은 상상도 못해봤어요. 결혼은 삶과 죽음처럼 절대적인 것이라고 생각했는데." 낸시가 흑흑 울면서 말했다.

그러자 레오노라가 대답했다. "그건 교회의 법이지 나라의 법이 아니란다."

"아, 맞아요. 브랜드 씨 집안은 신교예요."

그 얘기를 듣고 안심이 된 낸시는 한 시간가량 마음이 편안했다. 헨리 8세와 신교의 토대를 되돌아보니 아까 그런 생각을 한 자신이 바보 같았다.

긴 오후가 저물고 있었고, 하녀가 장작을 더 넣으러 왔을 때 그 전에 타던 불이 여전히 파닥거리고 있었다. 세인트버나드 개는 잠에서 깨어 부엌으로 어정어정 걸어갔다. 이윽고 레오노라가 눈을 뜨고 거의 냉정한 어조로 물었다.

"그리고 넌? 너도 결혼할 거 아니니?"

너무 레오노라답지 않은 말이라 소녀는 어둠 속에서 두려움에 휩싸였다. 하지만 다시 생각해보니 아주 자연스러운 질문이었다.

"모르겠어요. 저랑 결혼하고 싶어 할 사람이 있을지."

"몇 명 있던데."

"하지만 저는 결혼하고 싶지 않아요. 지금처럼 이모랑 에드워드 랑 계속 살고 싶어요. 제가 두 분께 방해가 되거나 큰돈이 들지는 않잖아요. 제가 가고 나면 이모는 시중 들 사람을 고용해야 하잖아요. 아니면 제가 돈을 벌 수도 있고……."

"돈 생각은 안 해봤어." 레오노라는 여전히 맥없는 어조로 대답했다. "돈은 네 아버지가 넉넉히 물려주실 거야. 하지만 사람들은 대개 결혼하고 싶어 하지."

그러고는 그녀에게 나랑 결혼하면 어떠냐고 물었던 것 같다. 그러자 낸시는 이모가 그러라고 하면 따르겠지만, 결혼 후에도 브램쇼에서 같이 살게 해달라고 말하고는 이렇게 덧붙였다.

"제가 만약 결혼한다면 에드워드 같은 사람과 하고 싶어요."

레오노라는 두려움에 넋이 나갈 지경이었다. 그녀는 누운 채 몸부림치며 신음 소리를 냈다.

낸시는 하녀를 부르고 아스피린과 물수건을 가지러 뛰어갔다. 이모가 두통 말고 다른 이유 때문에 그토록 괴로워한다고는 꿈에도 생각 못한 것이다.

이 일은 레오노라가 낸시의 방에 가기 한 달 전에 일어났음을 기억하라. 얘기가 과거로 돌아갔지만, 어쩔 수 없다. 이렇게 여러 사람이 한 일을 모두 기록하기란 쉬운 일이 아니다. 레오노라가 최근까지 해온 일들을 얘기하다 보면 에드워드 얘기가 뒤처지고, 그에 대해 얘기하다 보면 낸시 이야기가 형편없이 늦어지기 때문이다. 일기 형식으로 쓸 수 있으면 좋을 것 같기도 하다. 예컨대 세 사람은 9월 1일에 나우하임에서 돌아왔다. 10월 1일에는 셋이 경기를 보러 갔는데, 낸시는 에드워드가 이상하게 행동하는 것을 이미 충분히 눈치채고 있었다. 그달 6일쯤, 에드워드가 셈스 청년에게 말을 주었고, 낸시는 이모가 에드워드를 사랑하지 않는다는 사실을 알게 되었다. 20일, 낸시는 신문에서 브랜드 부부의 이혼 소송 기사를 읽었는데, 그 사건은 이틀 전인 18일부터 사흘간 연속 보도되었다. 23일, 낸시는 현관방에서 레오노라와 결혼이라는 문제에 대해, 그리고 자신의 결혼에 대해 얘기했다. 그리고 레오노라는 11월 12일에야 낸시의 방에 갔던 것이다.

그렇다면 소녀는 음울한 하늘, 검은 그림자를 드리우는 전나무로 둘러싸인 분지에 자리 잡고 있어 더욱 어둑한 옛 저택에서 3주간이나 생각할 시간이 있었던 셈이다. 브램쇼는 젊은 처녀가 살기에는 너무 쓸쓸한 곳이었다. 그녀는 그때까지 약간 웃기고 약간 어처구니없는 것으로만 여겨온 사랑에 대해 생각하기 시작했고, 여기저기서 읽은 이런저런 구절들을 떠올렸다. 읽을 때는 전혀 신경 쓰지 않던 내용들이었다. 낸시는 바두를바두르[7]를 사랑한 어떤 남자의 이야기, 사랑을 생명력을 소진시키는 불꽃이나 갈증으로 표현한 구절들, 절망적인 사랑에 빠진 이들의 눈에는 절망이 깃들어 있다는 구절을 어렴풋이 떠올렸고, 사랑 때문에 술에 빠진 여자 주인공 이야기, 사랑에 빠진 이들의 삶은 깊은 한숨으로 점철되어 있다는 구절도 기억했다. 그러던 어느 날 낸시는 현관방 구석에 놓인 피아노를 치기 시작했다. 집안에 음악에 관심 있는 사람이 없었기에 소리가 얇고 날카로운 싸구려 피아노였다. 낸시 자신도 몇 가지 간단한 곡밖에 칠 줄 몰랐는데, 그날은 자기도 모르게 건반을 두드리고 있었다. 그녀는 창가에 앉아 석양을 내다보던 참이었다. 레오노라는 외출 중이었고, 에드워드는 새로 조성된 숲에 나무 심는 것을 감독하고 있었다. 그래서 낸시는 자기도 모르게 그 오래된 피아노를 치게 되었고, 어둠 속에서 소박하고 경쾌하고 불안정한 선율이 떠오른 것이었다. 다리 아래 어두운 강물에 비친 강한 빛이 녹아 흔들리다가 결국 어두운 물속으로 사라지듯이, 명랑한 장조 음들이 반복적으로 흔들리다가 단조로 흐려지며 사라지는 곡이었다. 정말 소박하고 오래된 노래였다.

버드나무에 대한 노래였던 것 같은데, 가사는 이랬다.

너는 버드나무, 너는 사랑을 잃은 젊은이들에게
가장 잘, 그리고 유일하게 어울리는 화란······.

---

7   바드롤바두르(Badrulbadour) : 《아라비안나이트》의 알라딘 이야기에 나오는 공주
이름.

그런 유의 시였는데, 작자는 헤릭[8]이었던 것 같고, 내용에 어울리는 가늘고 불규칙적이며 경쾌한 선율의 노래였다. 어두컴컴한 저녁 시간, 회랑을 받치고 있는 거대한 기둥들은 문상객들 같았고, 난롯불은 거의 꺼져 흰 재 위에 벌건 빛이 약간 남아 있을 뿐이었다. 장소, 조명, 시간이 모두 감상적이었던 것이다…….

피아노를 치던 낸시는 어느 순간 문득 자신이 울고 있음을 깨달았다. 처음에는 조용히 울었지만 이내 아주 오랫동안 격렬하게 흐느꼈다. 자기 삶에서 밝고 명랑하고 매력적이고 달콤한 것들이 모두 사라지고 불행, 불행, 불행만이 주위에 가득한 느낌이었다. 행복한 사람은 하나도 없고, 자기 자신은 고뇌에 휩싸여 있었다.

에드워드는 눈에 절망이 그득한 데다 술을 너무 마시는 것 같고, 가끔 깊은 한숨을 내쉬기도 했다. 마음속에 불길이 타올라 영혼이 갈증으로 메마르고 내장이 시들어가는 사람 같았다. 그리고 어느 순간, 전에도 여러 번 든 생각이지만 에드워드가 레오노라 아닌 다른 사람을 사랑한다는 확신이 들어 마음이 괴로웠다. 하지만 수녀원 학교에서 배운 바에 따르면 구교도들은 그런 행동을 하지 않는다고 했다. 그런데 에드워드는 신교도였다. 그렇다면 에드워드는 누군가를 사랑하고 있는 것이다…….

그 생각을 하고는 낸시의 눈도 희망을 잃었고, 옆에 앉은 늙은 세인트버나드 개처럼 한숨을 푹 내쉬었다. 식사 때는 포도주를 한 잔, 두 잔, 세 잔 마시고 싶은 충동에 사로잡혔고, 그러고 나면 자기

---

8 로버트 헤릭(Robert Herrick, 1591~1674) : 영국 시인. 앞에 나오는 시는 헤릭의 〈버드나무에게 To the Willow Tree〉의 도입부.

도 모르게 명랑해졌다. 그런데 반 시간 후에는 그 명랑함이 사라지고 그녀는 다시 마음속에 불길이 타올라 영혼이 갈증으로 메마르고 내장이 말라붙는 사람이 된 느낌이었다. 어느 날 저녁 에드워드가 예비군 위원회에 간 사이, 총기실에 들어간 낸시는 의자 옆 탁자에 위스키가 있는 것을 보고 와인 잔에 가득 따라 단숨에 마셔버렸다.

그러자 마음속의 불길이 정말 온몸을 가득 채우는 것 같았다. 다리가 부어오르고 얼굴이 벌겋게 상기된 느낌이랄까. 낸시는 간신히 자기 방에 올라가 어둠 속에 드러누웠다. 침대가 빙빙 도는 것 같고, 자신이 에드워드의 품에 안긴 채 뜨겁게 달아오른 얼굴이며 어깨와 목에 그의 입맞춤을 받고 있다는 환상에 빠져들었다.

그 뒤 낸시는 술에 다시 손대지 않았고, 그런 환상에 빠지지도 않았다. 그로 인한 수치심이 너무 엄청나서 그녀의 머리로는 감당할 수 없었고, 그래서 그런 생각 자체가 스러져버린 것이다. 에드워드가 다른 사람을 사랑한다는 사실 때문에 자신이 느낀 고통은 순전히 레오노라에 대한 연민이었으리라고 생각했다. 그리고 이제부터는 레오노라의 몸종이 되어 평생 성경에 나오는 데보라—구교의 성인들에 대해 잘 몰라서 이름은 모르겠지만—나 중세의 성녀처럼 늘 청소하고, 시중들고, 수놓으면서 살겠다고 결심했다. 꽉 다문 입술에 침울하고 진지한 얼굴로 밝고 하얀 방에서 꽃에 물을 주고 수를 놓는 자신의 모습을 상상했던 것이리라. 그러다가 때로는 에드워드와 함께 아프리카에 가서, 달려드는 사자 앞에 자기 몸을 던짐으로써 레오노라를 위해 그의 목숨을 구하고 싶다는 생각도 했다. 슬픔에 빠져 있었지만 낸시에게는 여전히 어린애 같은 면이 남아 있었다.

그녀는 슬프게 살아야 한다는 것 이외에는 삶에 대해 아는 바가 전혀 없었다. 그녀가 아는 것은 그게 전부였다. 에드워드가 자기를 아빠가 계신 인도에 보내겠다고 하고 엄마가 그런 편지를 보낸 그날 밤, 낸시는 그 사실을 깨달았다. 그녀는 먼저 자비로우신 구세주—그녀는 하느님을 자신의 자비로우신 구세주라고 생각했다!—께 인도로 가지 않게 해달라고 빌었다. 그런데 에드워드의 표정을 보니 자기를 인도에 보내기로 작정한 것 같았다. 그렇다면 가는 게 옳았다. 그의 결정은 항상 옳았기 때문이다. 낸시에게 그는 엘시드였고, 로엔그린이었으며, 기사 바야르였다.

하지만 낸시는 그 결정을 받아들일 수 없었다. 차마 그 집을 떠날 수 없었던 것이다. 다른 여자랑 놀아나는 꼴을 보이기 싫어서 그녀를 내보내는 것이라면, 얼마든지 참아줄 테니 신경 쓰지 말라고 말하고 싶었다. 자기는 여기 남아 레오노라를 위로해야 할 것 같았다.

그런데 바로 그날 밤 엄마에게서 충격적인 내용의 편지가 왔다. 편지에는 대충 이런 사연이 담겨 있었다. "넌 그렇게 부유하고 고상한 삶을 살 권리가 없어. 너도 나와 같이 거리의 여자로 살아야 해. 넌 러포드 대위의 딸이 아닐 수도 있어." 낸시는 그 말이 무슨 뜻인지 이해하지 못했지만, 엄마가 눈 내리는 날 다리 밑에서 자는 장면을 상상했다. '거리의 여자'라는 말을 읽었을 때 떠오른 광경이었다. 그것이 무슨 뜻인지 불분명했지만 추상적인 의무감 때문에 낸시는 자기를 낳아준 엄마를 위로하러 가야 한다는 생각에 사로잡혔다. 그와 동시에 엄마가 다른 남자랑 살기 위해 아빠를 버렸다는 것을 생각하면 아빠가 가엽고, 그런 아빠의 목소리를 생각하며 진저리를 치는 자신이 부끄럽기도 했다. 엄마가 그런 여자라면 아빠가 자기를 후려쳐 바닥에 쓰러뜨릴 정도로 광분하는 것도 무리가 아니라는 생각이 들었다. 낸시는 자신의 가장 중요한 의무는 효도라고 생각했다. 그런 양심의 소리에 귀 기울이면서 낸시는 아주 조심스럽게 옷을 벗은 다음 벗은 옷을 반듯이 개어 의자에 놓았던 것이다. 어떤 날은 옷을 벗어 방 안 여기저기로 던져버리기도 했다.

낸시가 이렇게 의무감에 사로잡혀 있던 바로 그날, 큰 키에 늘씬한 팔다리, 금발에 온통 검은 옷으로 치장한 레오노라가 문간에 나타나 에드워드가 그녀에 대한 사랑 때문에 죽어가고 있다고 말했다. 그리고 그 말을 듣는 순간, 자신도 지난 몇 달 동안 에드워드가 그녀에 대한 사랑 때문에 실제로 육체적으로 죽어가고 있다는 것을 알고 있었음을 깨달았다. 낸시는 그 짧은 순간 마음속으로, '주여, 이제 당신의 하인을 마음 편히 떠나게 하소서' 하고 속삭일 수 있었다. 이제 엄마를 구하러 기꺼이 글래스고로 떠날 수 있을 것 같았다.

4장

 그리고 에드워드가 자신에 대한 사랑 때문에 죽어가고 있고 그녀 또한 그에 대한 사랑 때문에 죽어가고 있음을 안다고 말하는 것이 그 순간의 기분과 시간, 그리고 자기 앞에 서 있는 여자와 어울릴 것 같았다. 엄지로 누르면 빙 돌아가는 휘스트 탁자의 눈금처럼 그 사실이 갑자기 제자리를 찾으면서 그녀에게 사실로 느껴졌다. 게임이 완결된 것이다.

 그러자 레오노라가 달라진 것 같고, 레오노라를 대하는 낸시 자신의 태도도 달라진 것 같았다. 희고 얇은 실크 실내복을 입고 난로 옆에 앉은 자신은 왕좌에 앉아 있는 느낌인 반면, 딱 맞는 검은 레이스 드레스를 입고 윤기 나는 어깨와 낸시 자신이 평소 세상에서 가장 아름답다고 생각한 땋은 금발 머리를 한 레오노라는 초췌하고 쪼그라들고 추위에 파랗게 질린 채 떨고 있는 탄원자가 된 느낌이었다. 그런데 레오노라가 낸시 자신에게 명령을 내리고 있었다. 하지만 내일 글래스고에 있는 엄마한테 갈 테니 그래 봤자 아무 소용 없었다.

레오노라는 소녀에게 여기 남아서 그녀에 대한 사랑 때문에 죽어가고 있는 에드워드를 구해야 한다고 말했다. 하지만 에드워드가 자신을 사랑하고, 자기 역시 그를 사랑한다는 생각에 자랑스럽고 행복해진 낸시는 그녀의 말에 귀를 기울이지 않았다. 에드워드의 육신을 구할 사람은 아내인 레오노라였고, 자신은 그의 소중한 영혼을 가졌으니 안전하게 안고 떠나면 될 것 같았다. 그녀에게 레오노라는 자신이 안고 있는 어린양을 채어가려고 노리는 굶주린 개처럼 느껴졌다. 그랬다. 낸시는 에드워드의 사랑이 잔인하고 탐욕스러운 짐승으로부터 자기가 지켜야 할 소중한 어린양처럼 느껴졌다. 당시 그녀에게 레오노라는 잔인하고 탐욕스러운 짐승같이 느껴졌다. 레오노라의 욕심과 잔인함이 에드워드를 미치게 만든 것 같았다. 낸시 자신에 대한 그의 사랑과 그를 향한 그녀의 사랑이 그를 지켜주어야 했다. 그녀는 아주 멀리서 말없이 그를 사랑할 것이었다. 자신의 사랑으로 그를 감싸고 받쳐줄 것이며, 글래스고에서 그에게 자신은 그를 사랑하고 숭배하며 매 순간 그리워하고 열애하고 그 사랑 때문에 떨고 있노라고 말할 셈이었다.

레오노라는 여전히 아주 크고, 집요하고, 매서운 어조로 얘기하고 있었다.

"너는 에드워드 거니까 여기 있어야 돼. 난 그이와 이혼할 거야."

이윽고 낸시가 대답했다.

"교회는 이혼을 금하고 있어요. 저는 이모 남편의 것이 될 수 없어요. 저는 엄마를 구하러 글래스고에 갈 거예요."

이때 반쯤 열린 문이 소리 없이 활짝 열리더니 에드워드가 나타났다. 그는 처절한 눈빛으로 소녀를 집어삼킬 듯 바라보았다. 그의 어깨가 앞으로 굽었다. 술을 마시고 있었던 듯 한 손에는 위스키병을 들고, 다른 손으로는 촛불을 비스듬히 잡고 있었다. 그는 무겁고 격한 어조로 낸시에게 말했다.

"넌 이런 문제에 대해 얘기하면 안 돼. 아빠가 나한테 편지할 때까지 여기 있다가 가."

두 여자는 에드워드는 거들떠보지도 않은 채 금방이라도 물어뜯을 맹수들처럼 서로 째려보았다. 그는 문설주에 기대 선 채 다시 말했다.

"낸시, 이 집의 주인으로서 다시 한 번 말하는데, 넌 이런 문제에 대해 얘기하면 안 돼." 어둠을 배경으로 서 있는 에드워드의 두터운 가슴에서 울려 나오는 무겁고 남성적인 목소리를 들으며 낸시는 자신의 영혼이 두 손을 맞잡고 그의 앞에 엎드린 것처럼 느껴졌다. 그녀는 인도에 가야 하고, 다시는 이런 문제에 대해 얘기하고 싶지 않다는 느낌이 들었다.

레오노라가 말했다.

"넌 저이의 것이 되어야 해. 그가 계속 술을 마시게 두면 안 돼."

낸시는 대답하지 않았다. 에드워드는 방을 나갔고, 두 사람은 그가 반들거리는 참나무 계단에서 미끄러지고 비틀대는 소리를 들었다. 그러다가 꽝 넘어지는 소리가 나자 낸시가 비명을 질렀다. 레오노라가 다시 입을 열었다.

"거봐!"

아래층 거실에서 계속 같은 소리가 들리고, 에드워드가 들고 있는 초의 불빛이 회랑의 난간 기둥들 사이에서 흔들렸다. 그러더니 잠시 후 그의 목소리가 들렸다.

"글래스고요… 스코틀랜드의 글래스고 부탁해요… 글래스고 심록 파크에 사는 화이트 씨 전화번호를 알려주세요… 글래스고 심록 파크에 사는 에드워드 화이트 씨요… 이 늦은 시간에 10분이라니……."

그는 아주 차분하고 심상한 어조로 말하고 있었다. 술 때문에 다리는 휘청거렸지만 말하는 데는 전혀 지장이 없는 것 같았다. "기다릴게요." 그의 목소리가 다시 들려왔다. "네, 그 집에 전화 있는 거 맞아요. 전에도 통화한 적 있거든요."

"네 엄마한테 전화 걸려고 하는 거야." 레오노라가 말했다. "엄마를 도와주려는 거지." 레오노라가 일어나 문을 닫더니 난로 옆으로 다가와 씁쓸한 어조로 말했다. "저이는 늘 모든 사람에게 잘해. 나만, 나 하나만 빼고 말야."

낸시는 아무 말 없이 행복한 꿈에 잠겨 있었다. 그녀는 사랑하는 에드워드가 어둠 속에서 늘 그렇듯 둥근 등받이가 달린 거실 의자에 깊숙이 앉아 수화기를 귀에 댄 채 전화를 걸거나 세상을 구할 때, 그리고 낸시 자신을 구할 때 쓰는 부드럽고 낮은 목소리로 얘기하는 모습을 그려보았다. 그러고는 드러나 있는 목 아랫부분과 가슴에 손을 댔다. 피부의 온기를 느껴보고 싶었기 때문이다.

그녀가 말없이 앉아 있는 동안 레오노라는 다시 뭐라고 얘기했다…….

그때 레오노라는 무슨 말을 하고 있었을까? 그녀는 다시 한 번 낸시가 에드워드의 것이 되어야 한다고 말했다. 그러면서 자기가 그런 표현을 쓰는 것은, 자기가 에드워드와 이혼을 하든 교회가 이 결혼을 해소해주든 간에 낸시와 에드워드는 간음을 범하게 되기 때문이라고 했다. 하지만 그것은 그럴 수밖에 없었다. 그것은 낸시가 에드워드로 하여금 그녀를 사랑하게 만든 죄, 자기 남편을 사랑한 죄에 대한 대가이기 때문이었다. 레오노라는 난로 옆에 앉아 이야기를 계속했다. 낸시는 불륜녀가 될 수밖에 없고, 그렇게 아름답고 상냥하고 착한 탓에 에드워드에게 피해를 끼치게 되었다는 것, 그렇게 착한 것은 죄악이고, 따라서 자기가 피해를 준 남자를 구하려면 그 대가를 치를 수밖에 없다는 얘기였다.

레오노라의 말 사이사이로, 내용은 알 수 없지만 저쪽의 대답을 듣느라 잠깐씩 쉬었다가 다시 얘기하는 에드워드의 목소리가 들려왔다. 낸시는 사랑하는 이가 자기를 위해 그렇게 애쓰는 것을 보며 정말 뿌듯한 심정이었다. 그는 최소한 그렇게 하기로 결정했고, 남자답게 확고한 결심을 했으며, 이 일을 어떻게 추진할지 알고 있었다. 레오노라는 낸시를 뚫어지게 바라보며 얘기하고 있었다. 소녀는 그녀를 보지도, 그녀의 말을 듣지도 않았다. 그리고 아주 오랜 시간이 흐른 후에 이렇게 말했다.

"에드워드가 아빠 답장을 받는 대로 저는 인도에 갈 거예요. 에드워드가 이 문제에 대해 얘기하지 말라고 했으니 그 얘기는 안 할 거예요."

그 말을 들은 레오노라는 비명을 지르더니 문 쪽으로 비틀비틀 걸어갔다. 낸시는 자기도 모르게 벌떡 일어나 팔을 벌려 레오노라를 껴안고 이렇게 말했다.

"아, 가엾은 이모, 가엾은 이모." 두 사람은 부둥켜안고 계속 울다가, 침대에 누워 이야기를 나누었다. 에드워드는 밤새도록 두 사람이 얘기하는 소리에 귀를 기울였다. 그날 그런 일이 일어났던 것이다.

다음 날 아침 세 사람은 아무 일 없었던 것처럼 행동했다. 11시경 에드워드가 은그릇에 크리스마스 장미를 꽂고 있는 낸시에게 다가오더니 전보 한 장을 탁자에 놓았다. "네가 직접 읽어봐." 그러더니 밖으로 나가며 이렇게 말했다.

"이모한테 내가 다우얼 씨에게 와달라고 전보 보냈다고 말해라. 그 사람이 와 있으면 네가 떠날 때까지 좀 편할 거야."

전보를 해독해보면 대충 이런 내용이었다.

"러포드 부인을 이탈리아로 데리고 갈 거요. 이 일은 꼭 해야 하오. 내겐 러포드 부인이 정말 중요하오. 재정적 지원은 필요 없소. 그 사람에게 딸이 있다는 거 알고 있소? 내가 할 일을 알려주어 정말 고맙소.—화이트."

그날부터 내가 도착할 때까지 세 사람은 평소와 다름없는 나날을 보냈다.

5장

내게는 지금부터 얘기할 부분이 이 책에서 가장 슬프게 느껴진다. 나는 끊임없이 이 사람들이 대체 뭘 했고, 뭘 했어야 되는지 자문하며 지치고 당혹스러운 마음으로 고통의 공간을 빙빙 맴돌고 있다.

세 사람은 이런 결말을 명확히 알고 있었다. 그 단계에서 레오노라의 표현대로 소녀가 '에드워드의 것이 되지' 않으면 에드워드는 죽어야 하고, 그가 죽으면 소녀는 실성할 수밖에 없고, 세 사람 가운데 당시 가장 강하고 냉정했던 레오노라는 어느 정도 시간이 지나면 로드니 베이햄과 결혼해서 위안을 찾고 조용하고 안락하고 행복한 삶을 살게 될 것이었다. 그날 밤, 그러니까 레오노라는 소녀의 방에 앉아 있고 에드워드는 아래층 거실에서 전화를 건 바로 그 밤, 이런 결말은 너무도 분명해 보였다. 누가 봐도 소녀는 이미 반쯤 실성한 상태였고, 에드워드는 반쯤 죽어 있었으며, 적극적이고 집요하고 차가운 열정의 에너지로 가득 찬 레오노라만이 '뭔가를 하고 있었다.' 그렇다면 이들은 어떤 일을 했어야 할까? 결과를 보면, 오랫동안 힘들게 살아온 좀 더 평범한 사람이 드디어 조용하고 안락하고 행복한 삶을 살게 하기 위해 아주 뛰어난 두 사람이—에드워드와 소녀는 정말 뛰어난 사람들이었다—희생된 셈이었다.

지금 나는 이 앞 장의 마지막 단어를 쓰고 만 18개월이 흐른 뒤에 이 부분을 쓰고 있다. "내가 도착할 때까지"라는 말로 앞 장을 끝낸 뒤 나는 급행열차를 타고 아름다운 하얀 탑이 있는 보케르, 네모난 성이 있는 타라스콩, 거대한 론 강, 크로[9]의 넓은 평야를 지나갔다. 프로방스 역시 급히 지나쳤다. 이제 프로방스는 아무것도 아니다. 지옥밖에 남지 않은 세상이니 올리브 동산에 간다 해도 내 천국은 없으리라……

에드워드는 죽었고, 소녀는 사라졌다. 아, 정말 완전히 사라졌다. 레오노라는 로드니 베이햄과 행복하게 살고 있고, 나는 브램쇼 영지에 혼자 앉아 있다. 나는 프로방스를 지나갔고, 아프리카를 구경했으며, 아시아의 실론을 찾아가 나의 가엾은 소녀가 아름다운 머리를 풀어헤친 채 보아도 보이지 않는 눈으로 나를 바라보며, "나는 전능하신 하느님만을 믿네"라고 또렷이 말하는 모습을 보았다. 이 말을 빼면 소녀가 하는 말을 전혀 알아들을 수 없었고, 이 말만을 영원히 되풀이할 것 같다. 이것은 이성적인 말이고, 그녀가 전능한 신을 믿는다고 말할 수 있다면 아주 이성적인 말이라고 할 수 있으리라. 하지만 그것은 알 길이 없다. 이 모두가 정말 피곤하게 느껴진다……

---

9 크로(Crau) : 타라스콩과 마르세유 사이에 있는 평원.

이 모든 일이 낭만적으로 보일 수도 있지만, 사건의 한가운데 있던 나에게는 그저 피곤하고 또 피곤한 일이었다. 표를 사고, 열차를 타고, 전능한 신에 대한 믿음만을 천명하는 환자가 먹을 만한 음식을 구하려고 사무장이나 차장에게 부탁을 한다는 것은 남들이 보면 낭만적일 수 있지만 내게는 정말 피곤한 일이었다.

나는 왜 늘 이런 일에 동원되는 깃일까? 그런 부탁을 받는 것은 괜찮지만 실제로 도움이 되지 않는다는 것이 문제다. 플로렌스는 자기 목적을 이루려고 나를 이용했지만 실제로는 별 도움이 되지 못했고, 에드워드는 나를 브램쇼로 불렀지만 나는 그의 자살을 막지 못했다.

어쨌든 18개월 전 어느 날, 내가 조용히 글을 쓰고 있는데 레오노라가 편지 한 통을 들고 찾아왔다. 러포드 대위가 낸시에 대해 쓴 아주 안쓰러운 편지였다. 대위는 전역 후 실론의 차 농장에 취업한 상태였다. 너무 짧고, 모호하고, 사무적이어서 안쓰럽게 느껴지는 그런 편지였다. 낸시를 맞이하러 배에 갔는데, 소녀는 이미 완전히 실성한 상태였다. 아덴[10]에 도착했을 때 그 지역 신문에서 에드워드가 자살했다는 기사를 보고, 홍해를 지날 때 정신을 놓아버린 것 같았다. 낸시는 그녀를 데리고 가던 러튼 대위의 부인에게 전능한 신을 믿는다고 얘기했다고 한다. 소란을 피우지도 않고 눈물을 흘리지도 않은 채 그냥 흐리멍덩한 눈으로 그랬다는 것을 보면, 실성한 상태에서도 조신하게 행동하는 소녀였다.

---

10 아덴(Aden) : 1839년 영국군이 점령한 아덴 항은 1869년 개통된 수에즈 운하를 거쳐 인도를 오가는 기선들이 석탄을 공급받는 주요 기착지였음. 현재는 예멘의 상업 중심지.

러포드 대위는 의사에게서 딸이 회복될 가능성은 전혀 없지만 브램쇼에서 온 사람을 보면 마음의 위안을 얻어 상태가 호전될 수도 있다는 말을 들었다. 그래서 대위는 레오노라에게 이렇게 썼다. "부인이 와주시면 그렇게 될 수도 있습니다."

난 연민의 마음을 다 잃었지만 늙은 대위의 이 단순하고 엄청난 요구는 정말 안쓰럽게 느껴졌다. 그는 흉포한 성격과, 반쯤 미친 채 술에 절어 거리의 여자가 된 아내 때문에 저주받았고, 이제 딸까지 완전히 실성했지만 여전히 인간의 선함을 믿고 있었다. 그래서 레오노라가 머나먼 실론까지 와서 자기 딸을 위로해주리라고 생각했다. 하지만 레오노라는 그러고 싶지 않고 다시는 낸시를 보고 싶지 않다고 했다. 당시 상황을 보면 레오노라가 그러는 것은 당연한 일이었다. 하지만 객관적으로 보면 브램쇼에서 누군가 실론에 가보는 것이 도리였다. 그래서 그녀는 낸시가 처음 브램쇼에 온 열세 살 때부터 길러온 유모와 나를 실론에 보냈다. 나는 프로방스를 급히 통과해 마르세유에서 기선을 탔다. 하지만 실론에 도착해서도 전혀 도움이 되지 못했다. 유모 역시 마찬가지였다. 그 무엇도 도움이 되지 못했다.

캔디[11]에서 만난 의사는 소녀를 영국에 데려가면 바다 공기, 기후 변화, 항해, 평소 쓰던 물건들의 작용으로 상태가 나아질 수도 있다고 했다. 물론 그렇게 되지는 않았다. 낸시는 지금 내가 글을 쓰고 있는 이 책상에서 40보 떨어진 거실에 앉아 있다. 나는 이 상

---

11 캔디(Kandy) : 스리랑카 중부의 캔디 분지에 있는 도시. 1480년경부터 1815년 까지 스리랑카 왕국의 수도였음.

황을 낭만적으로 꾸밀 생각은 전혀 없다. 소녀는 아주 잘 차려입고, 아주 조용하고 아름다운 모습으로 앉아 있다. 늙은 유모는 그녀를 정성껏 돌본다.

물론 아주 특이한 상황이지만 내 입장에서 보면 그냥 평범한 일상일 뿐이다. 낸시가 영국 국교식 결혼식의 의미를 이해할 만큼 이성을 되찾으면 그녀와 결혼할 생각이다. 하지만 그녀가 영국 국교식 결혼식의 의미를 이해할 만큼 이성을 되찾을 가능성은 거의 없다. 그리고 영국 법에서는 실성한 사람과의 결혼은 성립되지 않는다.

그래서 나는 13년 전과 아주 비슷한 상황에 처해 있다. 나에게 전혀 관심이 없는 아름다운 아가씨의 남편이 아니라 수행인 역할을 하고 있는 것이다. 레오노라는 내가 없는 사이 로드니 베이햄과 결혼해 베이햄에 살고 있기 때문에 나와는 많이 멀어졌다. 내가 그 결혼에 반대한다고 생각해서 나를 싫어하게 된 것이다. 사실 나는 그 결혼이 맘에 들지 않는다. 질투심 때문일 수도 있다.

그렇다. 나는 정말 질투심을 느끼고 있다. 약간 에드워드 애쉬버넘 같은 사고를 하고 있는지도 모른다. 나도 중혼자가 되어 낸시, 레오노라, 메이시 메이단, 어쩌면 심지어 플로렌스와도 결혼하고 싶은 마음일 수도 있다. 다른 남자들도 다 마찬가지겠지만, 아마 미국인이기 때문에 좀 희석되어 나타나는 것이리라. 하지만 나는 정말 점잖은 사람이다. 딸 때문에 늘 불안에 떠는 엄마나 아주 엄격한 교장조차도 내 처신에 이의를 제기하지 않을 것이다. 나는 아주 희미하게, 그리고 무의식적인 욕망 속에서만 에드워드 애쉬버넘을 모방했다. 그리고 이제 그 모든 것이 끝났다. 우리 가운데 그 누구도 원하는 것을 얻지 못했다. 레오노라는 에드워드를 원했지만 로드니 베이햄을 얻었다. 물론 그런대로 괜찮은 남자다. 플로렌스는 브램쇼를 원했지만, 실제로 레오노라에게서 이 영지를 구입한 사람은 바로 나다. 사실 내가 원했던 것은 브램쇼가 아니라 간호사 또는 수행인의 역할에서 벗어나는 것이었다. 하지만 지금 나는 간호사 또는 수행인으로 살고 있다. 낸시 러포드를 원한 것은 에드워드였지만 그녀를 차지한 사람은 바로 나다. 그리고 지금 그녀는 실성한 상태다. 정말 이상야릇한 세상이다. 사람들은 왜 원하는 것을 얻을 수 없을까? 세상에는 우리가 원하는 것이 모두 있는데 자기가 원하는 게 아니라 뭔가 다른 걸 갖게 되는 것이 인생이다. 여러분은 그 이유를 이해할지 몰라도 나는 전혀 모르겠다.

올리브 잎들이 살랑대는 가운데 각자 좋아하는 사람과 함께 우리가 좋아하는 것을 누리면서 시원한 나무 그늘 아래 쉴 수 있는 낙원이 이 세상 어디엔가 있을까? 아니면 세상 모든 사람이 점잖은 애쉬버넘 부부나 다우얼 집안, 러포드 가족처럼 비명, 우행, 죽음, 고뇌로 얼룩진 참담하고, 파란만장하고, 고통스럽고, 낭만적이지 못한 삶을 살다 가는 것일까? 누구도 알 수 없는 일이다.

애쉬버넘 비극의 대단원은 수많은 우행으로 얼룩져 있었다. 두 여자는 자기들이 무엇을 원하는지 몰랐고, 에드워드는 아주 분명한 노선을 취했지만 거의 매일 술에 절어 있었다. 하지만 취해 있든 깨어 있든 그는 사회와 가문의 전통에 따라 행동했다. 그래서 낸시 러포드를 인도에 보내고, 사랑한다는 말 한마디 전해주지 않았던 것이다. 결국 낸시는 인도로 보내지고, 에드워드 애쉬버넘에게서 편지 한 장 받지 못했다.

정말 전통적인 처신이었고, 애쉬버넘 집안의 가풍에 따른 행동이었다. 아마 집단의 최대 행복을 보장하는 노선이기도 했을 것이다. 인습과 전통은 맹목적이지만 확실하게 평범한 이들을 보전하며 당당하고 의연하고 특이한 사람들을 없애는 방식으로 작용할 것이다.

에드워드는 평범한 사람이지만 지나치게 감상적이었다. 그런데 사회는 감상적인 사람이 너무 많은 것을 원치 않는다. 낸시는 뛰어난 사람이지만 약간의 광기를 지니고 있었다. 사회는 약간의 광기를 지닌 이들을 원치 않는다. 그래서 에드워드와 낸시는 밀려나고, 완전히 평범한 유형인 레오노라가 살아남아 약간 토끼 같은 남자와 결혼한 것이다. 로드니 베이햄은 약간 토끼 같은 면이 있고, 레오노라는 출산을 세 달 앞두고 있다고 들었다.

그래서 매력과 열정을 갖춘 뛰어나고 격정적인 두 사람, 내가 진정 사랑한 두 사람은 지상에서 사라졌다. 그들에게는 잘된 일이다. 낸시가 에드워드와 맺어졌다면 그를 어떻게 보게 됐을까? 에드워드는 낸시를 어떻게 보게 됐을까? 낸시는 약간의 잔인함, 확실하고 명백하게 잔인한 면을 지니고 있어서 사람들이 고통받는 것을 보고 싶어 했기 때문이다. 그랬다. 그녀는 에드워드가 고통받는 모습을 보고 싶어 했고, 그래서 그에게 지옥의 고통을 겪게 했다.

그녀는 에드워드로 하여금 상상할 수 없는 지옥의 고통을 겪게 했다. 두 여자는 마치 채찍으로 살가죽을 벗기듯 그 가엾은 이를 몰아댔고, 그의 마음은 거의 눈에 보일 정도로 심하게 피를 흘렸다. 웃통을 벗은 채 벗겨진 피부가 너덜너덜 늘어진 팔을 쳐들어 얼굴을 가린 그의 모습이 보이는 듯하다. 나의 이런 느낌은 결코 과장된 것이 아니다. 레오노라와 낸시가 힘을 합쳐 자기들이 차지한 남자를 인류를 위해 처치했다는 느낌이 든다. 둘은 기둥에 꽁꽁묶인 아파치족 포로를 끝없이 고문하는 수 인디언들 같았다.

그는 매일 밤 두 여자가 끝없이 수군대는 소리를 들으며 반쯤 미친 채 진땀을 흘리고, 다 잊기 위해 술을 마시고 자리에 누웠지만, 그들의 이야기는 끝없이 이어졌고, 날이 새면 레오노라가 와서 두 사람이 내린 결론을 얘기해주었다.

그들은 죄인을 어떻게 처벌할지 의논하는 판사들이나 옆에 묻힌 시신을 놓고 수군대는 귀신들 같았다.

둘 중 레오노라가 더 적극적이었지만, 사실은 두 여자가 똑같이 그를 괴롭혔다. 앞에서 말했듯이 레오노라는 극히 평범한 여성이다. 일반적인 상황이라면 그녀도 사회가 필요로 하는 부류의 여성과 똑같은 것을 원했을 것이다. 그녀는 아이를 낳고 예의를 지키며 안정된 삶을 영위하고자 했고, 낭비를 피하고 체면을 유지하고자 했다. 그녀는 그야말로 완전히 평범하고 누가 봐도 완전히 아름다운 여자였다. 완전히, 철저하게 비정상적인 상황에서 그녀가 완전히 정상적으로 행동한 것은 아니다. 상황이 완전히 비정상적이고, 주변 사람들이 모두 미쳐 있고, 본인 역시 고통받고 있었기에 당시 레오노라는 미치거나 아주 못된 악녀같이 보였다. 그럴 수밖에 없었으리라. 강철은 원래 평범하고 단단하고 매끈한 물질이지만, 불에 넣으면 빨갛고 말랑해지다가, 더 뜨거운 불에 넣으면 뚝뚝 녹아 사라지고 만다. 레오노라도 마찬가지였다. 그녀는 평범한 삶, 로드니 베이헴 같은 사람에 맞게 태어났다. 그자는 포츠머스에 몰래 딴

살림을 차리고 가끔 파리나 부다페스트에 놀러 갈 것이다.

에드워드와 그 소녀의 경우, 레오노라는 완전히 이성을 잃고 극단적인 행동을 했다. 그녀는 낯선, 그래서 아주 특이하고 볼썽사나운 태도를 취했다. 어떤 때는 복수심에 사로잡혀 밤새 소녀를 들볶다가, 낮에는 몇 시간씩 에드워드를 괴롭혔다. 그는 딱 한 번 실수했고, 그것 때문에 망했다. 그날 오후에 위스키를 너무 많이 마셨기 때문일 수도 있다.

레오노라는 에드워드에게 원하는 것이 뭐냐고 끊임없이 물었다. 대체 뭘 원하느냐, 대체 무엇을 원하느냐고 물으면 그는 "말했잖아" 했다. 러포드 대위에게서 낸시를 맞을 준비가 됐다는 전보가 오는 즉시 그녀를 인도로 보내고 싶다는 뜻이었다. 하지만 그는 한 번 실수를 범했다. 레오노라가 계속 뭘 원하느냐고 묻자 그는 자기가 삶에서 원하는 것은 다시 정신을 차리고 나날의 생활을 충실히 영위하는 것이라고 했다. 소녀가 8천 킬로미터 떨어진 곳에서 계속 자기를 사랑해준다면. 에드워드가 바라는 것은 그것뿐이었고, 신에게 그것으로 충분하다고 기도했다. 그는 감상주의자였다.

그 말을 듣는 순간 레오노라는 소녀가 8천 킬로미터 떨어진 곳으로 가서도 안 되고, 그를 계속 사랑해서도 안 된다고 결정했다. 그래서 이런 조치를 취했다.

그녀는 소녀에게 매일같이 너는 에드워드의 것이 되어야 하고, 나는 그와 이혼할 것이며, 교황청에서 혼인 소멸 허가를 받을 것이라고 말했다. 그러면서도 남편이 얼마나 형편없는 인간인지 알려주어야 한다고 생각했다. 그래서 낸시에게 스페인 아가씨, 베절 부인, 메이시 메이단, 플로렌스에 대해 얘기해준 다음, 난폭하고 거만하고 허영심 많고 술주정뱅이에 오만불손하고 성적 욕망을 주체하지 못하는 그 인간과 살면서 자기가 어떤 고통을 받았는지 말해주었다. 이모가 겪은 고통에 대해 듣고 난 소녀는―레오노라는 다시 이모로 처신하고 있었다―젊은 사람다운 신속함과 여자들끼리 느끼는 연대감으로 몇 가지 결심을 했다. 레오노라는 끊임없이 "에드워드의 목숨을 구해야 돼. 그의 목숨을 구해야 돼. 그는 얼마 동안 너를 농락하고 싶을 뿐이야. 그러고 나면 너한테 싫증이 나서 다른 여자들에게 갈 거야. 하지만 지금은 그의 목숨을 구해야 돼" 라고 말했다.

그러는 동안 가엾은 에드워드는 같이 사는 사람들 사이에 오가는 특이한 직감으로 어떤 일이 벌어지고 있는지 정확히 알고 있었다. 하지만 자신을 구하려는 어떤 노력도 하지 않고 묵묵히 견뎠다. 그가 사회의 일원으로 살아가는 데 필요한 것은 단 하나, 소녀가 8천 킬로미터 떨어진 곳에서 그를 계속 사랑해주는 것뿐이었다. 하지만 그들은 그것을 끝내려 하고 있었다.

앞에서 소녀가 어느 날 밤 에드워드를 찾아왔다고 말한 적이 있다. 에드워드에게는 정말 지옥 같은 일이었다. 어두운 밤, 소녀가 침대 발치에 서 있던 모습이 그의 뇌리를 떠나지 않았다. 에드워드의 말로는, 그날 낸시는 두 침대 기둥 사이에 서 있었는데, 몸에 기둥의 그림자가 드리워져 얼굴이 약간 녹색으로 보였다고 했다. 낸시는 아주 잔인한 눈길로 그를 똑바로 보며, "당신 목숨을 구하기 위해 당신의 것이 되려고 왔어요"라고 말했다.

"안 돼, 안 돼, 안 돼." 에드워드가 대답했다.

에드워드는 그때 자기는 정말 그러고 싶지 않았다고 했다. 그런 짓을 하면 자신을 싫어하게 될 테고, 그런 일은 상상할 수도 없었다는 것이다. 하지만 생각할 수 없는 그 일을 하고 싶다는 욕망이 그를 사로잡았다. 육체적 욕망 때문이 아니라 정신적 확신을 얻고 싶다는 생각, 즉 그녀가 자기에게 몸을 바치면 평생 자기 것이 되리라는 확고한 믿음 때문이었다.

낸시는 이모한테서 그가 8천 킬로미터 떨어진 곳에서 자기를 사랑해주기를 바란다는 말을 들었다. 그래서 이렇게 말했다. "이제 당신이 어떤 사람인지 아니까 절대 사랑하지 않을 거예요. 당신 목숨을 구하기 위해 당신의 것이 되겠지만, 나는 절대 당신을 사랑할 수 없어요."

정말 너무도 잔인한 행동이었다. 그녀는 남자의 것이 된다는 말이 무슨 뜻인지 전혀 몰랐다. 하지만 그 말을 들은 에드워드는 정신이 퍼뜩 났다. 그래서 하인이나 말에게 하듯 통명하고 오만하고 목 쉰 소리로 말했다.

"네 방으로 돌아가. 네 방으로 돌아가서 빨리 자. 이건 말도 안 돼."

두 여자는 당황했다.

내가 도착한 것은 그즈음이었다.

6장

내가 도착하자 분위기는 한결 누그러졌고, 낸시가 떠나는 날까지 두 주일 동안 그런 상태가 이어졌다. 하지만 밤새 이어지던 두 여자의 대화가 끊겼다거나, 레오노라가 나를 낸시와 외출시킨 뒤 에드워드를 괴롭히는 일이 없어졌다는 것은 아니다. 그가 원하는 것, 그러니까 낸시를 8천 킬로미터 떨어진 곳에 보내놓고 연애소설에 나오는 방식으로 변함없이 사랑받기를 원한다는 사실을 알게 된 레오노라는 그 꿈을 박살 내기로 결심했다. 그녀는 온갖 방법으로 소녀는 그를 사랑하지 않는다는 것, 그의 난폭함과 오만함과 술버릇 때문에 이미 아주 싫어하게 되었다는 것을 알렸다. 또한 그는 이미 베절 부인, 죽은 메이시 메이단, 플로렌스의 남자였고, 현재는 자신의 남편임을 상기시켰다. 에드워드는 아무 말 하지 않았다.

소녀는 에드워드를 사랑했을까, 사랑하지 않았을까? 알 수 없는 일이다. 내 생각에 레오노라가 에드워드를 헐뜯기 전에는 분명 그를 사랑했지만, 그 당시 낸시는 그를 사랑하지 않았다. 그녀는 군인으로서 본분을 다하는 태도, 바다에서 부하들의 목숨을 구한 일, 운동선수나 지주로서의 훌륭한 처신 등 공적인 이유로 그를 좋아했다. 하지만 그가 좋은 남편이 아니었다는 사실을 알게 된 순간 이 모든 것이 무의미하게 보였을 수 있다. 왜냐하면 내 생각에 여성들은 군(郡)이나 나라, 직업에 대해서는 책임감이 전혀 없거나 아주 적고 공동체 의식도 없지만, 자기도 모르게 여성들의 이익에 충실하게 행동하려는 강한 본능을 지니고 있기 때문이다. 물론 어떤 여성이든 다른 여자의 남편이나 연인을 빼앗아 갈 수 있지만, 이는 그들이 남자를 힘들게 했다고 믿는 경우에만 가능하다. 그런데 그 남자가 상대 여성에게 아주 못되게 굴었다고 생각하면 고통받는 여성에 대한 본능적인 연민 때문에 그를 이를테면 '제자리에 돌려놓는' 것이다. 이런 일반적인 이론을 특별히 중시하는 것은 아니다. 이런 생각은 맞을 수도 있고 틀릴 수도 있기 때문이다. 나야 삶에 대해 아는 바가 별로 없는 늙은 미국인에 불과하다. 그러니 이런 내 생각을 받아들여도 되고 거부해도 된다. 하지만 낸시 러포드의 경우, 그녀가 에드워드를 아주 깊고 다정하게 사랑했다는 내 생각은 틀림없을 것이다.

그가 레오노라를 배신했고, 부인이 볼 때 과도하게 많은 돈을 기부나 봉사 활동에 소비했다는 사실을 알자마자 소녀는 아주 단호하게 행동했다. 그럴 수밖에 없었다. 여성들의 여론을 고려하면 그럴 수밖에 없었다. 또한 에드워드가 레오노라, 베절 부인, 그리고 이미 세상을 떠난 두 여성을 배신할 수 있다면 낸시 자신도 언젠가 배신당할 수 있으니 자기 보전 본능 때문에라도 그럴 수밖에 없었다. 그리고 물론 사랑하는 이에게 참을 수 없이 잔인하게 구는 여성의 성적 본능도 작용했을 것이다. 어쨌든 당시 낸시가 그를 사랑했는지 여부는 나도 알 길이 없다. 낸시는 에드워드 애쉬버넘을 사랑했다. 그런데 아덴에서 그의 자살 소식을 듣고 실성했을 때도 그를 사랑했는지는 알 수 없다. 그것은 에드워드 때문일 수도 있고, 레오노라 때문일 수도 있기 때문이다. 어쩌면 그 두 사람 모두 때문일 수도 있다. 나는 모른다. 아무것도 모른다. 그저 아주 피곤할 뿐이다.

레오노라는 소녀가 에드워드를 사랑하지 않았다고 굳게 믿었고, 그 믿음에 필사적으로 매달렸다. 그 믿음은 영혼의 불멸만큼이나 자신의 생존에 필요했기 때문이다. 에드워드의 과거 행적과 인품에 대한 자신의 견해를 듣고도 낸시가 그를 사랑할 리는 없다고 생각했기 때문이다. 반면에 에드워드는 자신이 지닌 어떤 본질적인 매력 때문에 소녀가 겉으로는 자신을 미워하면서도 실은 계속 사랑하리라고 믿었다. 그는 낸시가 자기를 미워하는 척하는 것은 체면 때문이고, 브린디시에서 보낸 잔인한 전보는 그러기 위한, 즉 여성의 일원으로서 가져야 할 태도를 갖추고 있음을 보여주기 위한 시도라고 생각했다. 글쎄, 나는 잘 모르겠다. 그 판단은 여러분에게 맡긴다.

이 슬픈 사건에서 아주 염려되는 측면이 또 있다. 소녀를 8천 킬로미터 떨어진 곳으로 보내면서도 계속 자신을 사랑해달라는 에드워드의 바람은 극도로 이기적인 행동이라는 것이 레오노라의 생각이다. 남편이 젊은 아가씨의 인생을 망쳐놓으려 했다는 것이다. 그런데 에드워드는, 소녀의 사랑이 자신의 삶에 꼭 필요하고 그 사랑을 유지하기 위해 자기가 어떤 말이나 행동을 하지 않았다면 이기적인 것이 아니라고 했다. 하지만 레오노라는 그가 아무리 올바르게 행동했더라도 원래 끔찍할 정도로 이기적인 심성을 갖고 있다고 대꾸했다. 난 둘 중 누구 말이 옳은지 모르겠다. 이 역시 여러분이 판단할 일이다.

어쨌든 에드워드가 완전히, 끔찍할 만큼, 잔인할 정도로 올바르게 행동한 것은 사실이다. 레오노라가 자신을 완전히 몹쓸 인간으로 매도하고 지옥 밑바닥으로 몰아넣는데도 고개 하나 까딱하지 않았던 것이다. 내가 보기에 정말 바보 같은 짓이었다. 소녀가 그를 필요 이상으로 나쁘게 보도록 놔둘 이유는 없었다. 그런데도 그는 가만히 있었다. 게다가 세 사람은 점잖은 사람들 중에서도 특히 더 점잖은 사람들로 보이려고 애썼다. 내가 그 아름답고 유서 깊은 저택에서 지낸 두 주일 동안, 그들에 대해 갖고 있던 좋은 인상을 망쳐놓을 일은 단 하나도 눈치채지 못했다. 당시 상황을 다 아는 지금 되돌아보아도 그들의 실상을 엿보게 할 말은 한마디도 기억나지 않는다. 레오노라가 그 전보를 읽은 저녁 식사 때까지도, 세 사람 가운데 누구 하나 속눈썹이 파르르 흔들리거나 손을 떠는 일 없이 그냥 시골 저택에서의 저녁 파티를 즐기는 것처럼 보였다.

그중에서도 레오노라는 그보다 더 오래, 즉 에드워드의 장례를 치른 지 8일이 지난 뒤까지도 아무렇지도 않은 외양을 유지했다. 낸시가 다음 날 인도로 떠난다는 말을 들은 그날 저녁 식사 후, 나는 레오노라에게 얘기 좀 하자고 했다. 그녀를 따라 작은 방에 들어간 뒤, 나는 레오노라 자신도 낸시와 결혼하고 싶어 하는 내 마음을 알고 있고 나를 남편감으로 좋다고 생각하면서, 소녀가 조금이라도 나랑 결혼할 의향이 있다면 군이 돈 들여 표를 사고 인도까지 가게 할 필요가 있느냐고 물었다.

그런데 레오노라는 그야말로 완벽한 영국 여자였다. 그녀는 정말 내가 소녀의 남편감으로 맘에 들고 나보다 나은 배필은 바랄 수 없다면서도, 낸시가 그렇게 중요한 한 발을 내딛기 전에 삶에 대해 좀 더 배울 필요가 있다고 했다. 레오노라는 정말 '그렇게 중요한 한 발을 내딛기 전에'라는 말을 썼다. 어쩌면 그렇게 완벽할 수 있을까. 사실 그녀는 낸시가 나와 결혼하는 것도 괜찮다고 생각했을 것이다. 그런데 나는 결혼하면 브램쇼에서 2.4킬로미터 떨어진 포딩브리지로에 있는 커쇼 저택을 사서 거기 정착할 생각이었는데, 레오노라로서는 절대 용납할 수 없는 일이었다. 소녀가 평생 에드워드에게서 2.4킬로미터 떨어진 곳에 살게 놔둘 수는 없었던 것이다. 그렇지만 내가 소녀를 데리고 필라델피아나 팀북투[12]로 떠난다면 결혼해도 좋다고 에둘러 말할 수 있다고 생각했을 수도 있다. 나는 낸시를 정말 사랑했고, 레오노라도 알고 있었다.

하지만 나는 더 개입하지 않았다. 낸시가 인도에 간다고 평생 거기 살지는 않을 테니 얼마간 가 있어도 괜찮을 것 같았다. 나는 원래 합리적인 사람이니 그 정도는 이해할 수 있었고, 반년이나 1년 후에 낸시를 찾아갈 수도 있다고 생각했다. 그리고 실제로 1년 후에 낸시를 찾아 인도에 갔다…….

사실 나는 낸시가 인도에 간다는 얘기를 진즉 해주지 않은 레오노라가 상당히 원망스러웠다. 내가 보기에 그녀는 구교도들이

---

12 팀북투(Timbuktu) : 니제르(Niger) 강가에 있는 말리(Mali)공화국의 한 도시. 말리 공화국은 1959년까지 프랑스령 수단(Sudan)이었음.

현실적인 일을 처리할 때 자주 그러하듯, 약간 비뚤어진 방식을 동원한 것 같았다. 낸시가 그렇게 빨리 떠난다는 사실을 미리 알면 내가 그녀에게 청혼하거나 전보다 더 적극적으로 구애할까 봐 그런 것 같았다. 레오노라의 생각이 맞았을 수도 있다. 특이하고 교묘한 수법을 동원하는 구교도들의 생각이 늘 맞을 수도 있다. 인간이란 원래 특이하고 교묘한 존재이기 때문이다. 실제로 낸시가 그렇게 빨리 떠난다는 사실을 알았으면 내가 청혼하거나 더 열심히 구애했을 수도 있다. 그랬으면 일이 더 복잡해졌을 수 있다. 그랬더라도 큰 차이 없었을 것이다.

점잖은 사람들이 그 어떤 일에도 꿈쩍 안 하는 듯한 외양을 유지하기 위해 감행하는 특이한 짓들을 보면 정말 대단하다. 에드워드 애쉬버넘과 그의 아내는 미국에 있던 나를 지구 반 바퀴나 돌아 브램쇼에 오게 한 다음 뒷자리에 앉히고 마차를 몰아 인도로 떠나는 낸시를 기차역에 태워다 주었던 것이다. 자기들이 이 일을 얼마나 태연하게 해내는지 지켜봐줄 증인이 필요했겠지. 짐은 이미 꾸려 부쳤고, 기선의 좌석도 예약했고, 치밀한 계획이 세워져 있기에 만사가 척척 진행되었다. 애쉬버넘 부부는 러포드 대위가 에드워드의 편지를 받는 날짜, 딸을 인도로 오라고 하는 대위의 전보가 도착할 시간을 알고 있었다. 에드워드는 이 모든 것을 아주 아름답고 무자비하게 기획했던 것이다. 부부는 어떤 대위 부인이 그 배로 가니까 낸시의 샤프롱 역할을 할 수 있다고 말함으로써 러포드 대위가 그런 전보를 보내게 만들었다. 정말 놀라운 일이었다. 나는 그들이 칼로 서로의 눈을 파내려 들었으면 하느님이 보시기에 더 나았으리라고 생각한다. 하지만 그들은 '점잖은' 사람들이었다.

그날 레오노라와 얘기한 뒤 나는 별생각 없이 에드워드의 총기실에 들렀다. 낸시가 안 보여서 혹시 거기 있는지 보러 간 것이었다. 레오노라의 입장은 들었지만 그래도 거기 있으면 청혼해볼까 생각 중이었다. 그러고 보면 나는 애쉬버넘 부부같이 점잖은 사람은 아닌 듯하다. 의자에 앉아 시가를 피우고 있던 에드워드는 5분이 지나도록 아무 말 없었다. 녹색 전등갓 때문에 총기류와 낚싯대가 든 장식장에 초록색 그림자가 어렸다. 벽난로 선반에는 퇴색된 흰 말 사진이 놓여 있었다. 정말 고즈넉한 순간이었다. 그런데 갑자기 에드워드가 내 눈을 마주 보며 입을 열었다.

"자네 내일 낸시와 나랑 같이 역에 가줄 거지?"

그래서 물론 그러겠다고 했다. 그는 오랫동안 쭉 뻗은 자기 다리를 지나 퍼덕거리는 난롯불을 응시하더니 눈도 쳐들지 않은 채 갑자기 아주 차분한 목소리로 말했다.

"나는 지금 낸시 러포드에 대한 지독한 사랑 때문에 죽어가고 있다네."

가엾은 인간—그 이야기를 할 생각은 없었겠지만, 누군가에게 말을 할 수밖에 없었고, 내가 여자나 변호사같이 느껴졌던 거겠지. 그의 이야기는 밤새 이어졌다.

그는 자신의 계획을 맨 끝까지 실행에 옮겼다.

그날 아침은 청명하고 서릿발이 쳤다. 햇살이 아주 밝았고, 히스와 고사리 덤불 사이로 구불구불 이어진 길은 딱딱하게 굳어 있었다. 나는 마차 뒷자리에 앉았고, 낸시는 에드워드 옆에 타고 있었다. 두 사람은 말의 걸음걸이에 대해 얘기했고, 그러다가 에드워드가 채찍으로 1.2킬로미터 정도 떨어진 산비탈에 서 있는 사슴 무리를 가리켰다. 키 큰 가로수가 늘어선, 포딩브리지로 가는 평평한 길목에서 사냥개 떼를 만났는데, 에드워드가 마차를 세우자 낸시는 사냥꾼에게 작별을 고하고 그에게 마지막 남은 금화를 주었다. 그녀는 열세 살 때부터 그 사냥개들과 같이 돌아다녔다.

출발역인 스윈던이 장날이라 그랬는지 기차가 5분 연착했다. 세 사람은 그런 얘기들을 주고받고 있었다. 기차가 도착하자 에드워드는 낸시를 어떤 할머니가 앉아 있는 일등석으로 데리고 갔다. 소녀가 객실로 들어가자 에드워드가 문을 닫았고, 소녀는 손을 내밀어 나와 악수했다. 두 사람의 얼굴에는 아무런 표정도 없었다. 기차 출발을 알리는 신호가 켜졌는데 아주 밝은 빨간색이었다. 그것이 그날 유일하게 눈에 띈 강렬함이었다.

그녀는 평소보다 좀 초라해 보였고, 머리 색깔에 별로 어울리지 않는 갈색 털모자를 쓰고 있었다.

"안녕히 계세요."

그러자 에드워드가 대답했다. "잘 가거라."

그는 발꿈치를 축으로 빙 돌아서서 크고 구부정한 모습으로 뚜벅뚜벅 걸어 역을 벗어났고, 나도 따라 나와 높은 마차에 올라탔다. 그렇게 끔찍한 연기는 본 적이 없다.

그리고 그 후, 우리 인간은 절대 이해할 수 없는 하나님의 평강[13]처럼 신성한 평화가 브램쇼 영지에 깃들었다. 레오노라는 의기양

---

13 우리 인간은 절대 이해할 수 없는 하나님의 평강: 〈빌립보서〉 4장 7절에 나오는 말.

양하게 웃으며 이런저런 일을 처리했다. 아주 희미하지만 분명히 득의만만한 웃음이었다. 남편을 되찾겠다는 계획은 오래전에 포기했지만 소녀를 브램쇼에서 내쫓고 에드워드에 대한 그녀의 사랑을 확실히 없앤 것만으로도 충분하다고 생각했을 것이다. 한번은 레오노라가 외출하려는 참인데 에드워드가 현관으로 나오더니 혼잣말처럼 이렇게 읊조렸다.

아, 창백한 갈릴리 사람[14]이여, 그대가 이겼노라.

감상적인 사람답게 스윈번을 인용한 것이다.

하지만 그는 말이 없어졌고, 술도 마시지 않았다. 그날 역에 다녀온 이후 그가 한 말은 딱 하나였다.

"다우얼, 자네한테 꼭 할 얘기가 있네. 모든 게 끝나고 나니 그 애에 대해 이제 아무런 느낌도 없어. 그러니까 내 걱정은 하지 말게. 난 아무렇지도 않아." 그리고 한참 후에 이렇게 말했다. "그저 일시적인 감정이었네." 그는 다시 영지를 관리하고, 자기 아기를 죽인 정원사의 딸을 구하기 위해 백방으로 애썼다. 시장에 나가면 이 사람 저 사람과 열심히 악수를 했고, 정치 회합에 두 번 참석했고, 사냥도 두 번 나갔고, 정원사의 딸을 석방시키는 데 2백 파운드를 쓴 일로 레오노라에게 혼쭐이 나기도 했다. 마치 소녀는 존재한 적도 없었다는 듯 모든 일이 전처럼 이어졌다. 아주 조용한 나날이었다.

---

14 창백한 갈릴리 사람: 영국 시인 앨저넌 스윈번(Algernon C. Swinburne, 1837~1909)의 시 《페르세포네 찬가 Hymn to Proserpine》 25행에 나오는 말.

그것이 이 이야기의 끝이다. 그리고 생각해보면 정말 결혼식의 종소리 등등 행복한 결말이기도 했다. 악당들은—물론 에드워드와 소녀가 악당이었다—자살과 광기라는 벌을 받고, 완벽하게 정상적이고 선하고 약간 위선적인 여주인공은 완벽하게 정상적이고 선하고 약간 위선적인 남편의 행복한 아내가 되었다. 그리고 얼마 안 있으면 완벽하게 정상적이고 선하고 약간 위선적인 아이의 엄마가 될 것이다. 행복한 결말, 그것이 이 이야기의 끝이다.

그리고 이제 나는 레오노라를 싫어한다는 사실을 스스로 인정할 수밖에 없다. 물론 나는 로드니 베이햄에 대해 질투를 느낀다. 그런데 나 자신이 레오노라를 갖고 싶었다는 사실에서 나온 질투인지, 그녀가 내가 정말 사랑한 두 사람, 에드워드 애쉬버넘과 낸시 러포드를 희생시켰기 때문에 생긴 감정인지는 나도 잘 모르겠다. 레오노라를 모든 편의시설이 갖춰져 있고 정말 점잖고 아주 알뜰한 가장이 지배하는 현대식 저택에 들어앉히기 위해서는 에드워드와 낸시가 적어도 나에게는 비극적인 그림자가 되어야 했다.

가엾은 에드워드가 고대 그리스 신화에 나오는 저주받은 영혼들처럼 타르타로스[15]인지 하는 어둠 속에서 벌거벗은 몸으로 차가운 바위에 엎어져 있는 모습이 머릿속에 떠오른다.

낸시는… 어제 점심을 먹는데 그녀가 갑자기 "셔틀콕!" 했다. 그러더니 '셔틀콕'이라는 말을 세 번 되풀이했다. 그녀가 마음을 갖고 있는지 모르지만, 만약 그렇다면 그녀가 마음속으로 무슨 생각을 하는지 나는 알고 있다. 전에 레오노라가 한 말인데, 어느 날

---

15 타르타로스(Tartaros) : 그리스 신화에서 죄 지은 자들이 사후에 벌을 받는 지하 세계.

가엾은 낸시가 자신은 격렬한 에드워드와 격렬한 그의 아내 사이에서 이리저리 튕겨지는 셔틀콕이 된 느낌이라고 말한 적이 있다고 했다. 레오노라는 늘 자기를 에드워드에게 보내려 하고, 에드워드는 아무 말 없이 그녀를 아내에게 되던지고 있다는 것이었다. 그런데 흥미롭게도 에드워드 본인은 이 두 여자가 자기를 셔틀콕 취급한다고 생각했다. 정확히 말하면, 에드워드는 자신이 아무도 배송료를 내지 않아 이리저리 반송되는 짐짝 같은 느낌이 든다고 했다. 레오노라 역시 에드워드와 낸시가 기분 내키는 대로 자기를 들었다 놨다 한다고 느꼈다. 정말 대단한 상황 아닌가. 내가 기성도덕에 어긋나는 뭔가를 주장하는 것은 아니다. 이 사건이나 다른 이야기와 관련해 자유연애를 주장하는 것도 아니다. 사회는 존속되어야 하는데, 그러려면 선하고 정상적이고 약간 위선적인 사람들이 살아남고, 열정적이고 고집 세고 너무 진솔한 사람들은 자살하거나 미쳐버려야 할 것이다. 하지만 나 자신도 그 둘보다는 약하지만 그들과 마찬가지로 열정적이고 고집 세고 너무 진솔한 축에 속할 것이다. 내가 에드워드 애쉬버넘을 사랑했고, 그것은 그 사람이 바로 나 자신이었기 때문이라는 사실을 이제 인정해야 한다. 내가 에드워드 애쉬버넘 같은 용기, 정력, 그리고 그런 체격 조건을 가졌으면 나 역시 그 사람과 비슷하게 살았을 것이다. 그는 걸핏하면 나를 데리고 나가 이런저런 멋진 일을 해 보이는 몸집 큰 형같이 느껴진다. 그가 과수원에 들어가 과일을 훔치는 동안 나는 멀리서 그 광경을 지켜보았을 것이다. 그리고 여러분도 아시겠지만 나 역시 에드워드 같은 감상주의자 아닌가…….

그렇다. 사회는 존속되어야 하고, 토끼들처럼 번성해야 한다. 그것이 바로 우리가 존재하는 이유다. 그렇지만 나는 사회를 별로 좋아하지 않는다. 나는 바로 그 우스꽝스러운 존재, 즉 평화로운 영국의 옛 저택을 산 미국의 백만장자다. 나는 적막하기 이를 데 없는 저택에서, 여기 에드워드의 총기실에 하루 종일 앉아 있다. 내가 남의 집에 안 가니 나를 찾아오는 사람도 없다. 내가 그 무엇에도 흥미가 없으니 아무도 내게 흥미를 갖지 않는다. 20분 뒤에 나는 내가 소유한 참나무들 밑을 지나고 내가 소유한 가시금작화 덤불을 지나 마을로 내려가 미국에서 온 우편물을 받아올 것이다. 내 소작인, 동네 꼬마들, 상인들은 나를 보고 인사할 것이다. 삶은 그렇게 이어지는 것이다. 돌아와 저녁상에 앉으면 낸시는 내 건너편에 앉아 있을 테고, 늙은 유모는 그녀 뒤에 서 있으리라. 소녀는 신비로운 침묵에 싸인 채 아주 예의 바르게 저녁을 먹다가 잊어버린 뭔가를 생각해내려는 듯 포크와 나이프를 쥔 채 동작을 멈추고 눈썹을 치켜올린 채 푸른 눈으로 허공을 응시하거나, 전능하신 주님을 믿는다든가 '셔틀콕'이라는 단어를 말할 것이다. 양 볼에는 건강한 혈색이 감돌고, 땋아 올린 검은 머리에 자르르 윤기가 흐르고, 얼굴을 똑바로 쳐들고 손을 우아하게 놀리는 그녀를 보면 정말 놀라울 뿐이다. 그런데 이 모두가 다 아무것도 아니라는 것, 그 아름다운 모습이 다 무의미하다는 것을 생각하면 정말 묘한 느낌이다.

하지만 레오노라를 보면 기운이 난다. 내 이야기로 여러분을 우울하게 하고 싶지 않다. 그녀의 남편은 아주 평범하고 알뜰한 사람이라서 대부분 기성복을 사 입는다. 그것은 정말 중요한 장점이다. 내 이야기는 여기까지다. 레오노라는 아이를 구교도로 기를 생각이다.

그런데 에드워드의 죽음에 대해 얘기하는 것을 깜박했다. 낸시가 떠난 뒤 브램쇼에 평화가 깃들고, 레오노라는 의기양양해지고, 에드워드는 소녀에 대한 사랑은 일시적인 감정이었다고 말한 것을 기억하시리라. 어느 날 오후, 우리는 마구간에서 에드워드가 새로 설치할 바닥재를 구경하고 있었다. 에드워드는 열띤 어조로 햄프셔 국방의용군[16]의 인원수를 적절한 수준으로 늘려야 한다고 얘기하고 있었다. 그는 아주 침착하고, 조용하고, 피부도 맑고, 금발 머리는 단정히 빗은 상태고, 벽돌색 피부는 눈꺼풀 끝까지 깨끗했다. 그는 푸른 눈으로 나를 똑바로 바라보았다. 얼굴에는 아무런 표정이 없었고, 목소리는 깊고 거칠었다. 그는 저만치 선 채 이렇게 말했다.

"2,350명까지 늘려야 돼."

그때 마부가 전보 한 통을 가져왔다. 에드워드는 아무렇게나 봉투를 뜯더니 무표정한 얼굴로 내용을 읽고, 말없이 내게 건네주었다. "무사히 브린디시 도착. 아주 즐겁게 지내고 있음. 낸시."

에드워드는 영국 신사였지만, 다른 한편으로는 죽을 때까지 진부한 시와 소설로 물들어 있던 감상주의자였다. 그는 하늘을 보듯 마구간 지붕을 쳐다보더니 뭐라고 중얼거렸다.

그러더니 손가락 두 개를 회색 모직 양복 조끼 주머니에 넣어 작고 예쁜 주머니칼을 꺼냈다. 아주 작은 칼이었다.

"그 전보 좀 레오노라에게 갖다 주게." 그러고는 그 도발적이고

---

16 햄프셔 국방의용군(Hampshire Territorials): 영국의 국방의용군은 1907년에 제정된 국방예비군 조례에 따라 창설되었음.

위협적인 눈길로 나를 똑바로 바라보았다. 자기를 말리지 않을 것임을 내 눈빛에서 읽었으리라. 내가 왜 말리겠는가?

세상은 에드워드를 원치 않았다. 나타났다 사라지는 그의 소작인들, 총기협회, 술친구들은 그가 없어도 다 살게 되어 있었다. 그들 수백 명을 모아놓아도 에드워드가 고작 그런 자들 때문에 평생 고통받을 가치는 없었다.

내가 말리지 않을 것을 눈치챈 에드워드는 부드럽고 거의 애정 어린 눈빛으로 말했다.

"잘 있게, 친구. 난 좀 쉬어야 돼."

뭐라고 해야 할지 난감했다. 나 역시 감상주의자였기에 "신의 축복이 있기를"이라고 말하고 싶었지만, 영국식 예의에 어긋나는 것 같아서 레오노라에게 전보를 전해주러 갔다. 전보를 읽은 레오노라는 아주 흡족한 눈치였다.

작품 해설

 우리나라에는 많이 알려져 있지 않지만,《훌륭한 군인》은 대중성과 문학성을 두루 갖춘 20세기 최고의 명작 중 하나로 꼽히고 있다. 모던 라이브러리 출판사의 '영어 소설 100선'(1998),《옵서버》지의 '역사상 가장 위대한 소설 100선',《가디언》지의 '필독 소설 1000선', '하버드대학 필독서 100선', '미국대학위원회 SAT 추천 도서'에 들어 있고, 1981년에는 TV 영화로 제작되어(Granada TV) 영국과 미국에서 방영되었다. 2008년에는 영국 BBC (Radio 4)에 의해 음성 파일로 제작되어 방송되기도 했다.

 '영어로 된 최고의 프랑스 소설'이라는 평을 들은[1] 이 소설은 9년 동안 누가 보아도 점잖고 품위 있고 친밀한 우정을 이어온 두

---

1 엘리엇, 파운드 등 모더니즘 시인들의 작품을 출판하고, 프랑스 소설들을 영어로 번역한 존 로드커(John Rodker, 1894~1955)의 말. 평자들은 흔히 《훌륭한 군인》을 영국 소설보다는 포드가 사숙했던 플로베르, 모파상 등의 프랑스 소설, 그리고 섬세한 심리 묘사와 높은 상징성을 위주로 하는 헨리 제임스, 콘래드 등 모더니즘 작가들의 영향을 강하게 반영하는 작품으로 분류한다.

부부의 관계를 그중 한 사람인 존 다우얼이 회상하는 방식으로 구성되어 있다. 1904년 여름, 온천으로 유명한 독일 나우하임의 우아하고 고급스러운 호텔 식당에서 우연히 알게 된 네 사람은 다우얼 본인의 표현대로 그야말로 '마음의 미뉴에트' 또는 '든든한 성채' 같은 친교를 이어갔던 것이다. 그리고 그로부터 9년 6주일 3일 후, 그는 자신이 그토록 완벽하다고 생각한 레오노라로부터 그녀의 남편 에드워드와 자신의 아내 플로렌스가 그 기간 내내 내연 관계였고, 아내가 심장마비 때문이 아니라 극약을 먹고 자살했다는 믿을 수 없는 이야기를 듣게 된다. 그러고는 자신이 그토록 좋아하던 두 사람의 피후견인 낸시가 에드워드를 열애했고, 그의 자살 소식에 완전히 실성했다는 말을 듣고 실론까지 가서 그녀를 데려다가 에드워드의 저택에서 같이 지낸다. 그 후 레오노라는 전부터 그녀를 흠모하던 로드니 베이햄이라는 지주와 재혼해 그의 아이를 가진다.

에드워드의 자살 후 그의 저택을 구입해 낸시를 돌보게 된 다우얼은 에드워드가 자살 직전에 털어놓은 낸시에 대한 사랑, 레오노라의 고백을 듣기 전에는 전혀 모르고 있던 자기들 네 사람의 과거를 반추하며, 불과 얼마 전까지 그렇게 오롯하고 특별해 보였던 자신들의 우정이 실은 "넷이 마차를 타고 타우누스 숲의 그늘진 길을 달릴 때 그 비명이 마차 바퀴 소리보다 크게 울리지 않도록 단단히 묶어놓은 미치광이들로 가득 찬 감옥"(15쪽)이었다는 결론에 이른다. 포드 자신이 원래 선택한 제목이 '가장 슬픈 이야기(The Saddest Story)'였다는 사실도 이 작품의 깊은 비극성을 시사한다. 그렇다면 이 소설은 다우얼이 직면한 인식론적 위기와 그 무서운 결과를 그린, 하나의 철학적 실험이라고 할 수 있겠다. 작가는 화자를 통해 우리가 무엇을, 어떻게 알 수 있고, 그것을 타인에게 어떻게 전달할 수 있는가라는 인식론의 고전적인 주제들을 검토하는 과정을 보여주고 있는 것이다. 다만 그 실험이 일견 너무도 매력적이고 친근하고 생생히 살아 숨 쉬는 듯한 인물들을 소재로 하여 진행되고, 그들이 겪는 고뇌와 결말이 너무도 참담하기에 독자는 벗어날 수 없는 악몽에 사로잡힌 듯한 느낌을 갖게 된다.

이 소설의 비극성을 높이는 또 하나의 특징은 그 표면의 감각적 아름다움이다. 평생 시와 소설, 비평을 쓴 작가였지만, 화가인 가족과 친지들의 영향으로 미술에 대한 관심과 애정이 유독 많았던 포드는[2] 이 작품에서 한번 읽으면 잊을 수 없는, 그야말로 환상적인 장면들을 연이어 그려내고 있다. 자신이 얼마나 에드워드를 사랑하는지 깨달았지만 돌아올 기약도 없이 8천 킬로미터 떨어진 인도로 가야 할 낸시가 슬픔과 절망에 잠긴 채 어둠에 물든 고색

---

2 〈영국의 최후 The Last of England〉(1855)라는 그림으로 유명한 화가 포드 매덕스 브라운(Ford Madox Brown, 1821~1893)의 외손자인 포드는 평생 그 사실에 높은 긍지를 가졌고, 브라운과 그 동료 화가들을 다룬 책(《라파엘 전파 The Pre-Rapahelite Brotherhood》, 1907)을 쓰기도 했다. 《로제티Rossetti》(1902)와 《한스 홀바인Hans Holbein》(1905) 역시 화가들을 다룬 작품이다. 포드가 8년간 동거했고 이 작품에서 플로렌스 다우얼의 모델이 된 소설가 바이올렛 헌트(Violet Hunt, 1862~1942)는 라파엘 전파 화가인 부친 덕분에 존 러스킨, 윌리엄 모리스 등과 교유했다. 그의 딸을 낳았고 《훌륭한 군인》을 헌정받은 오랜 연인 스텔라 보웬(Stella Bowen, 1893~1947)은 오스트레일리아 주 출신 화가였다. 포드의 여생을 함께했던 젊은 미국 여성 재니스 비알라(Janice Biala, 1903~2000) 역시 쿠닝(Willem de Kooning), 로젠버그(Harold Rosenberg) 등과 교유한 20세기 중반의 중요한 추상화가였다. cf. Laura Colombino ed., 《포드 매덕스 포드와 시각 예술 Ford Madox Ford and Visual Culture》, Editions Rodopi BV, 2009.

창연한 거실에서 피아노를 치며 혜릭의 시를 노래하는 장면은 그대로 한 폭의 그림이다. 둘만의 외출에 한껏 들뜬 소녀와 에드워드가 밤안개에 싸인 공원을 걷다가 커다란 느릅나무 아래 벤치에 앉아 서로에 대한 감정의 본질을 채 알지 못한 상태로 사랑을 속삭이는 장면은 휘슬러(James Abbott McNeill Whistler, 1834~1903)의 그림처럼 몽환적인 분위기를 자아낸다. 수천의 이슬방울이 햇살에 반짝이는 비 개인 아침, 나비날개 같은 흰옷에 챙 넓은 모자를 쓰고 앉아 환하게 미소 짓는 낸시의 모습은 사전트(John Singer Sargent, 1856~1925)의 그림에서나 찾아볼 수 있는 경묘하고 신비로운 우아함으로 빛나고 있다. 소녀처럼 순수하고 맹목적인 애정으로 에드워드를 사랑하다가 갑자기 숨을 거둔 메이시 메이단의 마지막 모습은(89쪽) 포드가 어린 시절부터 익히 보았던 라파엘 전파의 로제티(Dante Gabriel Rossetti, 1828~1882)나 번 존스(Edward Burne-Jones, 1833~1898)가 그린 가련하면서도 고아(古雅)한 여성들을 그대로 글로 옮겨놓은 느낌이다.

희귀한 화첩처럼 그렇게 감미롭고 아름다운 장면들로 이루어진 이 작품은, 그럼에도 등장인물들의 저열한 이기심과 그로 인한 엄청난 파멸, 인간과 사회에 대한 한없이 어둡고 착잡한 환멸로 얼룩져 있다. 예컨대, 낸시가 백조처럼 단아한 자태와 밝고 명랑한 대화로 다우얼을 즐겁게 해주던 바로 그 순간, 어린 그녀에게 주먹을 휘둘러 정신을 잃게 만들고 걸핏하면 엄마에게 구타와 폭언을 일삼던 아빠 러포드 대위가 갑자기 나타나고, 소녀는 공포로 하얗게 질린 채 눈을 감아버린다.(148쪽) 그녀가 늦은 밤 벤치에 앉아 에드워드의 밀어에 황홀해하는 동안, 그 옆 나무 뒤에 숨어 있던 플로렌스는 조용히 자리를 떠나 호텔로 돌아간 다음 청산가리를 마시고 자살한다.(139쪽) 비극은 만발한 장미 덤불 속의 독사처럼 이 작품의 감각적인 장면마다 은밀히 그 혀를 내밀고, 우리는 다우얼의 복잡다기한 회상을 뒤따라가며 뒤늦게야 그 무서운 함의를 깨닫게 된다.

그런데 이처럼 화려한 표면과 살아 숨 쉬는 인물들, 수학의 논증처럼 철저히 계산된 플롯으로 이루어진 이 소설에 대해 출간 직후부터 지금까지 대다수 비평가들이 해석의 어려움을 토로하고[3] 있는 이유는 무엇일까? 그것은 바로 작품 속의 어떤 사건, 어떤 인물도 우리가 문학작품, 특히 소설에서 일반적으로 기대하는 인간적인 가치 또는 열정을 지켜내지 못하기 때문이다. 그리고 바로 그 중심의 부재(不在)가 이 작품의 해석을 극도로 어렵게 만든다. 포드가 지향하는 문학관을 갖고 있고[4] 높은 상징성이나 정교히 구축된 표면 때문에 흔히 그와 비견되는 헨리 제임스의 경우,《비둘기의 날개 The Wings of the Dove》(1902)나 《금빛 화병 The Golden Bowl》(1904)같이 난해한 작품에서도 밀리(Milly Theale)나 매기

---

3 "《훌륭한 군인》은 가장 난해한 현대소설 중 하나이다"(Eugene Goodheart, *The Good Soldier*, Norton Critical Edition(Norton, 2012, 1995), 이하 *NCE* 382); "독자들과 평론가들은 포드의 소설에 매료되면서도 다른 한편으로는 이 작품에 어떻게 접근해야 할지 고민해왔다"(Vincent J. Cheng, *NCE* 382). 작품 속에서 우리가 알게 되는 모든 사실을 전달하는 다우얼에 대해서도 많은 이들이 그의 화자로서의 신빙성 또는 진솔함에 의문을 제기해왔다(Grover Smith, *NCE* 343; Paul B. Armstrong, *NCE* 397).

4 포드는 《헨리 제임스: 비평적 연구 Henry James: A Critical Study》(New York: A & C Boni, 1915)에서 제임스의 세계관과 탁월한 기교를 절찬했고("the greatest writer now living," p. 17) 다른 작가들과의 차이를 통해 그의 위대성을 분석하고 있다.

(Maggie Verver)처럼 올곧고 지혜로우면서도 사랑이나 공정함 등 어떤 보편적 가치를 끝까지 고수하고 거기에 필요한 노력이나 희생을 마다하지 않는 주인공들이 있고, 머튼(Merton Densher)처럼 처음에는 치명적인 오류를 범했다가도 작품의 전개 과정에서 작가가 생각하는 도덕적 기준에 도달하는 인물들이 꼭 등장한다. 소설을 읽을 때 우리는 그것이 아주 전위적인 표면을 지녔다 할지라도 그런 도덕적·정서적 틀 또는 중심에 도달하기 위해 작품의 모든 요소를 평가 분석하고, 마침내 작가의 의도 또는 의미의 지평에 근접하는 경험을 하게 된다.

그런데《훌륭한 군인》은 그런 도덕적 몰입 또는 해독이 불가능한 소설이다. 주인공 에드워드 애쉬버넘을 비롯해 거의 모든 등장인물이 표면과 실제의 행동 또는 행동의 여파가 너무도 판이하기 때문이다. 우리는 화자 다우얼과 더불어 그들의 완벽한 외모와 행동, 극적인 연애와 사랑에 매료되면서도, 다른 한편으로는 인형처럼 무심하고 경직되고 냉혹한 그들의 감정과 결정, 인물들 간의 어긋난 의도와 소통의 불가능성에 경악을 금치 못하게 된다.

화자의 아내 플로렌스가 가장 대표적인 예다. 오래전 조상들이 거주하던 영국으로 돌아가 상류층 숙녀로 살기를 꿈꾸던 그녀는 바로 그런 삶을 살게 해줄 것처럼 보이는 에드워드 애쉬버넘을 만나자마자 그를 유혹하고 남편을 감쪽같이 속이며 9년 동안 내연관계를 이어간다. 너무도 사랑스러운 외모 뒤에 숨은 그녀의 천박함, 이기심, 육욕과 탐욕은 주변 인물들의 삶에 치명적인 영향을 끼치지만, 그녀가 죽은 후 단 한 사람도 그녀를 그리워하거나 그죽음을 슬퍼하지 않는다. 플로렌스의 종이 인형 같은 실체는 8월 4

일에 대한 그녀의 집착으로 표현된다. 작품 속에 끊임없이 등장하는 이날은 영국이 1차 대전에 참전한 날(1914년), 레오노라가 그동안의 일을 다우얼에게 털어놓기 시작한 날(1913년)이기도 하지만, 플로렌스의 삶과 불가분의 관계를 맺고 있는 중요한 날짜이기도 하다. 이날은 플로렌스의 생일이면서, 그녀가 삼촌 지미와 함께 세계 여행을 떠난 날(1899년), 지미에게 순결을 잃은 날(1900년), 그녀가 다우얼과 결혼한 날(1901년), 그녀 때문에 메이시 메이단이 죽은 날, 그리고 나우하임의 카지노 앞 공원에서 에드워드와 낸시의 대화를 듣고 그녀가 자살한 날이기도 하다. 헛된 야망과 이기심에 눈이 먼 그녀는 앞뒤 가리지 않고 자신의 욕망에 따라 행동했고, 자신의 도덕성이나 타인의 행복에 전혀 무관심했기 때문에 에드워드가 낸시를 사랑한다는 사실을 알고, 죽어도 감추고 싶었던 지미와의 관계를 들킨 그날, 우연성과 도덕적 결단이라는 인간적 요소를 알지 못하는 인물답게, 8월 4일이라는 미신적 숫자 앞에서 마치 폭풍우에 휩쓸린 종이 인형처럼 힘없이 무너져버린 것이다.

주인공 에드워드 애쉬버넘 역시 그녀와 크게 다르지 않다. 당당한 체격, 잘생긴 외모, 뛰어난 경영 능력, 유서 깊은 가문, 잘 가꾸어진 영지와 저택, 어디에 내놓아도 자랑스러울 만큼 완벽한 아내, 가난하고 어려운 사람을 보면 모든 걸 바쳐 구해주는 따뜻한 성품을 지닌 그는, 낸시의 표현대로 "엘시드였고, 로엔그린이었으며, 기사 바야르였다."(249쪽) 하지만 그는 20대 후반부터 끊임없이 아내 레오노라를 속이며 여러 계층의 여인들을 정복해왔고, 메이시 메이단이나 플로렌스의 죽음을 대하는 그의 태도에서 알 수 있듯이 그야말로 아무런 회한이나 상처 없이 그들의 삶에서 빠져나간다. 다우얼은 "낸시야말로 에드워드가 진정으로 사랑한 유일한 여자"였다고(133쪽) 말하고 있고, 에드워드 역시 그동안 딸처럼 길러왔고 목숨처럼 사랑하는 소녀를 자신으로부터 보호하기 위해 머나먼 인도로 보내고 자살의 길을 택한다. 하지만 소녀의 안녕과 행복보다는 자신의 도덕적 고결함과 사회적 관습을 중시한 그의 이기적인 사랑은 소녀를 슬픔과 절망의 구렁텅이에 몰아넣고, 결국 인형보다 못한 존재, 완전히 실성한 채 두 마디만을 되풀이하는 상태로 평생을 살게 만든다. 낸시가 그토록 사랑하고 숭배한 에드워드는 그녀에게 최악의 횡액이었던 것이다.

그렇다면 포드가 작품의 서두에서 인용한 성경 구절("순결한 이들은 복이 있나니"[5])에 가장 근접한 인물이라고 할 메이시 메이단과 낸시는 어떤 가치를 대변하는 인물들일까? 에드워드는 작고 병약한 메이시를 아끼고 염려해 인도에서 독일까지 데리고 오지만, 정작 그녀는 에드워드가 만난 지 얼마 안 된 아름답고 화려한 플로렌스에게 자신을 아무것도 아닌 존재로 얘기하는 걸 듣고 심장마비로 숨을 거둔다. 그리고 자신의 한마디가 그녀를 죽게 만든 줄 모르는 에드워드는 한순간도 그녀의 죽음을 슬퍼하지 않고 오히려 그동안 잘해준 자신을 대견해한다. 즉 두 사람의 관계는 사랑이라기보다 연민 또는 자선의 경우라고 보아도 무방할 것이다.

낸시의 경우는 그와 전혀 다른 것 같지만, 더 큰 맥락에서 보면 별 차이가 없다. 최근 들어 《훌륭한 군인》을 페미니즘이나 탈식민주의 시각에서 읽는 학자들이 등장하고 있는데, 이들은 에드워드의

---

5 "Beati Immaculati"(《시편》 119장 1절).

여성 편력과 영국의 제국 경영 간에 중요한 유사성이 존재한다고 보고, 작품에 그려진 그의 행동들을 제국과 식민지의 관계로 해석한다.(Karen A. Hoffmann, *NCE* 404~412; Colm Toibin, *NCE* 412~418) 빅토리아 후기, 구체적으로 말해 1880년대에 시작된 토지 소유 귀족들의 위기감, 지배력 약화, 여권신장 요구, 제국 경영의 어려움이 초래한 문제들을 레오노라와 에드워드의 사고방식과 행동에서 읽어내고 있는 것이다. "새로운 여자를 만날 때마다 시야가 넓어지고 새로운 영토를 획득하는 셈"이라든가 "경험의 지평을 넓히는 사건에 지나지 않는다"는(133쪽) 다우얼의 말은 그런 시각을 반영하는 단적인 예가 될 것이다. 에드워드는 하녀와 외국인 매춘부 때문에 사회적·경제적으로 곤경에 처하자 제국의 변방인 인도로 떠나 8년을 보내고, 그곳에서도 마치 새로운 영토를 획득하듯 자기보다 가난하고, 무력하고, 의존적인 베절 부인, 메이시 메이단을 정복한다. 영국 지주계급의 화려하고 풍요로운 생활을 동경하는 미국 여성 플로렌스와의 관계 역시 그런 패턴의 일부라 할 수 있다.

그런데 감상적인 에드워드가 자기 목숨보다 사랑한다고 생각하는 낸시 역시 이 범주에서 크게 벗어나지 않는다. 가난하고 폭력적이고 이기적인 부모에게 버림받고, 전통적인 가치관과 행동 양식에 의해 구속되고, 레오노라와 에드워드의 철저히 이기적이고 세속적인 고려와 피상적인 도덕성 때문에 식민지 인도로 보내진 소녀는 작품 속 어떤 인물보다 그런 사고방식의 철저한 제물이라고 볼 수 있다는 것이다. 구교의 경직된 윤리관과 철저한 세속성, 맹목적인 이기심을 대표하는 레오노라와 손잡고 여성을 부당하게 짓밟은 부도덕한 에드워드를 괴롭히는 낸시의 잔인한 측면 역시 레오노라 부부와 다우얼의 마음속 깊이 자리한 가부장적·제국주의적 피해망상의 산물일 가능성이 높다. 그렇다면 낸시 역시 순수한 사랑의 화신으로 보기에는 여러 의미에서 너무 오염되고, 짓밟히고, 왜곡된 인물이라 하지 않을 수 없다.

그렇게 볼 때 '훌륭한 군인: 열정의 기록'은 극히 아이러니컬한 제목이 아닐 수 없다. 전통적인 소설은 물론이고, 흔히 전위적이고 실험적이라고 평가받는 모더니즘 시와 소설에서도 인간적 가치는 작품의 도덕적 기준이나 해석의 토대 또는 지평으로 작용한다. 전쟁과 불모의 풍경 속에서도 희망과 재생을 노래하는 〈황무지〉, 극단적인 이기심과 정서적 병증에 맞서 희생과 도덕적 고결함을 추구하는 《비둘기의 날개》, 빈사 상태에 빠진 종교와 사회, 자신을 철저히 짓밟고 배신하는 아내를 용서하고 화해와 사랑의 회복을 꿈꾸는 《율리시스》 등이 그 대표적인 예가 될 것이다. 하지만 이 작품은 흔히 인간의 감정 중 가장 깊고 강렬하고 숭고한 것으로 그려지는 사랑이 얼마나 취약하고 맹목적이고 천박할 수 있는지, 인간 사회는 사랑이 살기에 얼마나 부적합한지, 우리의 의도와 욕망은 얼마나 철저히 짓밟히고 왜곡될 수 있는지 낱낱이 보여주는 하나의 암울한 과학 실험을 수행하고 있고, 등장인물 중 그 누구도 실험의 성공 가능성을 보여주지 못하기에 가히 '가장 슬픈 이야기'로 불릴 만하다.

영국과 미국의 두 부부와 한 소녀의 불행한 이야기를 그중 한 사람이 회상하는 구조를 가진 이 소설은 좀 더 넓은 맥락에서 보면 결국 한 문명의 몰락, 또는 한 사회의 근본적인 변화를 배경에 깔고 있다. 앞에서 탈식민주의와 페미니즘 비평가들의 관점을 간단히 소개했지만, 1880년대에 시작된 영국 기득권층의 위기감, 1890년대에 장기간 지속된 심각한 흉작, 산업혁명과 세계대전으로 인한 여권신장, 새로운 남녀관계의 형성, 대영제국에 대한 안팎으로부터의 도전 등은 이 소설의 가장 중요한 동력이라고 할 수도 있다. 에드워드 애쉬버넘과 아내를 포함한 그의 여인들, 그리고 그가 열렬히 사랑했지만 결국 돌이킬 수 없는 광기로 몰아넣은 낸시의 관계는 개인적 특성이나 전통적인 인간관계의 모델보다는 그런 역사적 배경과 변화를 고려할 때 좀 더 명확히 설명될 수 있기 때문이다.

애쉬버넘은 영국의 봉건지주 계급이 누려온 온갖 혜택과 특권의식, 그런 환경에서 불가피하게 얻게 되는 정서적 아둔함이 체질화된 인물인 반면, 식민지 여기저기를 떠돌며 군인으로 근무하다가 아일랜드에 돌아가 빈한한 지주로 살아가는 포위스 대령의 딸 레오노라는 결코 양립할 수 없는 세계관을 갖고 있다. 영지와 돈, 소작인 관리를 둘러싼 레오노라와 에드워드 부부의 갈등은 작품 내내 해결되지 않는다. 자신의 영토뿐 아니라 세상의 모든 여인이 자기 것이라고 생각하는 에드워드에게 식민지 하급 군인의 아내인 베절 부인이나 메이시 메이단, 육체적 매력과 천박하고 진부한 지식만으로 수백 년 된 자기 가문이나 계층에 들어오려고 하는 플로렌스는 그야말로 약간 흥미롭지만 일시적인 오락거리에 지나지 않는다. 같은 수녀원 학교를 다닌 레오노라와 낸시의 구교적 감성과 과장된 정의감, 선민의식은 이혼, 불륜으로 규정될 수밖에 없는 에드워드와 소녀의 사랑을 결코 받아들일 수 없다. 낸시를 영지나 저택과 마찬가지로 자기 것, 자신의 소유로 생각하는 에드워드 역시 그녀가 8천 킬로미터 떨어져 있더라도 평생 자신을 절대적인 열정으로 사랑할 것이라는 과대망상적 확신과 그녀의 순결과 구교적 도덕감을 지켜주어야 한다는 감상적인 동기 때문에 돌이킬 수 없는 비극을 초래하고 만다.

작품의 시대적 배경을 이루는 빅토리아조 후기에서 1차 대전에 이르는 소위 '아름다운 시절(Belle Epoch)'처럼 이 소설은 겉으로는 예리하고 화려하고 정교한 작품이지만, 그 안에 담긴 사회는 다가오는 낯선 현실을 전혀 의식하지 못하는 주인공들을 싣고 어두운 바다에 침몰하는 거대한 배처럼 역사상 가장 심대하고 때로 비극적인 변화를 향해 가고 있는 것이다. 그로부터 백 년이 흐른 지금 우리는 여전히 새로운 세상, 과거와 전혀 다른 경제구조와 세계관, 인간적 가치를 만들어가는 과정에 있다. 《훌륭한 군인: 열정의 기록》이 출간 당시는 물론 지금도 그토록 부도덕하고 난해하다는 평을 받고 있는 것도 무리가 아니다. 포드는 아직 온전히 형성되지 않은 세상의 감성과 잣대로 저물어가는 문명 속의 인물과 그들 사이의 치명적인 관계를 구축하고 묘사했기 때문이다.

손영미

옮긴이 **손영미**

서울대 영어교육과를 졸업했다. 같은 대학원 영문과에서
석사를 마치고 박사 과정을 수료한 후,
미국 오하이오 주 켄트 주립대 영문과에서
석·박사(박사 논문은 〈에밀리 디킨슨의 시간시 연구〉) 학위를
받았다. 현재 원광대학교 영문과 교수로 재직하고 있다.
옮긴 책으로는《여자만의 나라》,《여권의 옹호》,《트로이전쟁》,
《이상한 나라의 앨리스》,《암초》,《경계 너머의 삶》,《순수의 시대》등이 있다.

훌륭한 군인

1판 1쇄 발행 2013년 2월 8일
1판 2쇄 발행 2021년 1월 1일

지은이 포드 매덕스 포드 | 옮긴이 손영미
펴낸곳 (주)문예출판사 | 펴낸이 전준배
출판등록 1966. 12. 2. 제 1-134호
주소 03992 서울시 마포구 월드컵북로 6길 30
전화 393-5681 | 팩스 393-5685
홈페이지 www.moonye.com | 블로그 blog.naver.com/imoonye
페이스북 www.facebook.com/moonyepublishing | 이메일 info@moonye.com

ISBN 978-89-310-0723-7 03840